U0486948

有一种力量,叫文学;
有一种美好,叫回忆;
有一种感动,叫青春;
有一种生命,在鲁院!

关东遗韵

鲁迅文学院「百草园」书系

葛均义 ◎著

关东风情浓郁，诗意、画意、禅意浓厚，语言弥漫着古典文化韵味，意境空灵深邃，有较强的文学性和故事性。

GUANDONG YI YUN

江西高校出版社

图书在版编目（CIP）数据

关东遗韵/葛均义著.—南昌：江西高校出版社，2017.5
（鲁迅文学院"百草园"书系）
ISBN 978-7-5493-5351-4

Ⅰ.①关… Ⅱ.①葛… Ⅲ.①中篇小说—小说集—中国—当代②短篇小说—小说集—中国—当代 Ⅳ.①I247.7

中国版本图书馆CIP数据核字(2017)第101494号

出版发行	江西高校出版社
社　　址	江西省南昌市洪都北大道96号
总编室电话	（0791）88504319
销售电话	（0791）88595089
网　　址	www.juacp.com
印　　刷	北京一鑫印务有限责任公司
经　　销	全国新华书店
开　　本	700mm×1000mm　1/16
印　　张	16
字　　数	199千字
版　　次	2017年5月第1版 2020年7月第2次印刷
书　　号	ISBN 978-7-5493-5351-4
定　　价	43.00元

赣版权登字-07-2017-467

版权所有　侵权必究

图书若有印装问题，请随时向本社印制部（0791-88513257）退换

目录 Contents

黑水白山 ………………………………… 1
水 ………………………………………… 10
旗　镇 …………………………………… 51
关东遗韵 ………………………………… 102
格　子 …………………………………… 112
淡泊的日头 ……………………………… 118
挡 ………………………………………… 124
老人和小熊 ……………………………… 140
山　魂 …………………………………… 149
最后的狩猎 ……………………………… 160
随流去 …………………………………… 167
七月七 …………………………………… 178
虚　谷 …………………………………… 182
空　河 …………………………………… 186
鱼　价 …………………………………… 190
菊花谷 …………………………………… 194
暮　归 …………………………………… 196
夜　路 …………………………………… 200
牧　牛 …………………………………… 203
污　雪 …………………………………… 207

地方天圆……………………………………… 211
旗镇的月亮……………………………………… 223
叫卖人生……………………………………… 235
短　街……………………………………… 240

黑水白山

一

垂暮斜阳里，通往盛京的大御道上，走着一群蓬头垢面、披枷带锁之人。春寒料峭的凛冽中，一个个敝履褛衣，憔悴不堪。一行人中，有老人孩子，还有拧挪着小脚的女人，在几个差卒的押解下，步履蹒跚地向东北走去。残冬落日照耀在他们的脊背上，不知是一种温暖，还是一种彻骨的寒冷。一辆拉着小山般东西的老牛车，嘎嘎悠悠地走在人群的后面。

远远有一棵枯树，空寂地立在大路边。

驿路上的行人，见惯不怪。朝廷大兴文字狱，在这条路上，发配往宁古塔、卜奎、辽阳等关东诸地的流人，络绎不绝。正所谓"南国佳人多塞北，中原名士半辽阳。"

遂古之初，谁传道之？
上下未形，何由考之？
冥昭瞢暗，谁能极之？
冯翼惟象，何以识之？

一位中年汉子悲怆低沉的吟诵之声，沿路回荡在慷慨悲歌的燕赵大地上。古道千年多悲风，峰峦叠嶂的燕山岭脉，伸展着荒凉的两京大御道，一路枯寂地向东向北，穿越万里长城的天下第一关——山海关，再穿过柳条边关"卡伦"，就是野蛮神秘、丘荒断肠的关东大驿路了。

山海关，古称榆关，有"两京锁钥"之称。关外三里，有高丘，曰凄惶岭。"凄惶岭上心凄惶，生离死别恨断肠。亲人自此无相见，荒山野岭伴豺狼。"凄惶岭外，一条漫长蜿蜒的柳丛，便是大清护祖封关的壁垒之重地柳条边了。高高的土堤柳林前，一道深壕被土堤丛柳半遮半荫，不见边际地向两边伸延，遥遥望不到尽头。柳林深壕宛若一道屏障般，横亘在山海关外苍茫的大地上。

穿越过"柳条边"，就是大清"龙脉""祖宗肇迹兴王之所"的"龙兴重地"。大清朝以柳丛壕沟，筑成了森严壁垒的"边墙"，以阻挡挖参、采珠者偷偷越渡，为的是大清"封禁护祖"。

柳边沟壕被两京大御道穿断，筑成了一座大驿门，这便是边门"卡伦"。"卡伦"设有边门衙门，有士卒兵丁把守，不分昼夜查验往来行人。大门处立着一块木牌，写有满汉两种文字的通文："凡在禁河内来捕蛤蜊及采蜜蜂、捕水獭、采东珠者，照采人参例，为首者拟绞监候，为从者枷两月，鞭一百。如雇人偷刨人参，不分旗民，俱发云南等省充军。只身潜往偷刨，得参一两以下，杖六十，徒一年；至五两，杖一百，流三千里；为从及未得参，各减一等。如果各项采参人，将本身印票转卖他人者，买卖之人各枷两月，鞭一百。"

一辆满载货物的马车被士兵截住，赶车人被查验银票后，正在交钱纳税。威严肃穆的边门衙门前，站着大千爷、二千爷。衙门的外侧，立着一块木牌，上面写道："衙门重地，国课攸关，有敢故违，定行究办。"

衙门的大门敞开着，院子里摆放着大枷和黑红棒。一个兵卒抡着皮鞭子，正在抽打着一个"犯边"之人，里面传出揪心的惨嚎之声。

一行披枷戴锁、敝履褛衣的蓬头垢面者，步履蹒跚地走过卡伦衙门，悲怆地响着中年汉子低沉沙哑的吟诵之声：

明明暗暗，惟时何为？
阴阳三合，何本何化？

二

过了盛京，已经一月有余。

寒山寒水的关外，蓬蒿遍野，朔风凛凛。一轮冰穹之上皎皎的明月，已经是塞外胡天胡地的天涯缺月了。

中年汉子低沉嘶哑的吟诵之声，一路在关东大地崇山峻岭间回荡着：

圜则九重，孰营度之？

惟兹何功，孰初作之？

大驿路上行人稀少，偶尔见到一群行人，便是发配往尚阳堡、稽林乌喇、宁古塔、卜魁、墨尔根等诸多苦寒之地的犯人。大清顺治三年，修成《大清律集解附例》共 30 卷 7 篇 30 门律文 459 条，一应流犯，俱照律例所定地方发遣。

空旷辽远的漠野上，荒草蓬生。大驿路越走越荒凉，四望不见人烟。偶尔看到一座镇子，也已是人去城空。大白天死寂，街上空荡无一人。关外八旗满人，大量内迁入关，一城一城人去街寂，江河落寞，苍野莽莽，只余高高耸立着的长白山，还有贯穿于荒山野岭中枯寂的驿道。

偶尔路过一个冷清的驿站。墙外路边，站着一个驿卒，还有一匹拴在木桩上悠闲着的骏马。空空荡荡的冰雪驿路，许久也不见一个行人。

远处传来一阵"嗒嗒嗒"的马蹄声，一个信卒官差，骑马急疾而来，老远便扯着长音高喊着。驿卒忙解下缰绳，把马牵到路边候着。信卒一路奔驰到跟前，翻身跃下马，接过缰绳，换过马背之物，又腾身跃马，扬鞭绝尘而去。

奔来的驿马,浑身汗津津的,鬃毛濡湿,口中喷吐着白气。驿卒牵过来,将缰绳缠绕到马脖子上,轻轻地拍了一下马腹,那马便沿着原路,自个蹄声"嗒嗒"地跑回去了。

蛮荒的大驿路上,长满了野蒿枯草。深辙旧痕里,杂着朽木碎石,还有未融尽的碎冰残雪,踩踏在脚底,"咯吱"作响。浮生若梦的关东大驿路,在穿过蒿蓬苇深的荒野之后,渐渐进入了人烟绝迹的崇山峻岭之中。

遮天蔽日的大森林,古树参天,藤萝倒挂,虎吼枭鸣,正是令人闻名丧胆的关东"大窝集""小窝集"。"窝集",又称乌稽,也叫阿机,亦名渥吉,即虎啸狼嚎的原始森林之意。终日狂风怒吼,山魑魉魅啸呼不绝,令人心惊胆寒。

一行人扶老携幼,呻吟哀号着,走得迟滞缓慢。那辆载着东西的老牛车,一路上摇摇摆摆、晃晃荡荡。老牛车后边,还有两三个奉旨押解犯人的兵丁。行人的中间,是女人和孩子,还有病残老人,身上都胡乱披着些皮毛,有血肉湿漉漉地粘在上面,看得出都是些新扒下来的狍子皮或兔子皮。走在前面的,是那群伤痕累累、戴着木枷的汉子,领头的是两个兵卒。

走在古木蔽天的大森林中,路旁老树藤萝攀缠,一棵棵粗大如轮。凄寂荒凉的关东大驿路,只有茫茫的原始莽林,遥遥不见尽头。

"山非山兮水非水,生非生兮死非死……"戴着木枷的中年汉子,踉跄地迈着沉重的两腿,一路疯魔癫狂般吟诵着。

千里大窝集驿道,没有人烟,只有彻骨的寒冷和令人恐惧的绝望。天空中,传来一阵大雁嘹亮的鸣叫。

中年汉子抬头望去,透过稀疏的林荫,隐约看到天上有一行大雁,排成一个"人"字形,正在振翅高飞。七九河开,八九雁来,是北回的大雁!戴着木枷的汉子感慨叹息,这一幅古老的天画,他已不知道看过多少回。一万年前的天空,不也是这个样子吗?白居易《江楼晚眺》云:"风翻白浪花千片,雁点青天字一行。"这一行万里云天之上鲜活的文字,难道不正是上苍的点化吗?他喃喃地叫着自己的名字,"雁鸣、雁鸣"!

天空又传来几声呼唤般的大雁鸣叫。

雁飞塞北过辽天。天上的雁鸣之声，叫中年汉子恍然若悟，似乎感到这眼前的一切，冥冥中都与自己的身世有着关联。这无际无涯、无生无死的天空，大雁用活体拼写出绵延了亿万年的古老天书，不正是为自己而著吗？他顿时胸中一阵翻涌，内心激荡，喉头哽咽，眼泪止不住淌了下来。

天上的雁阵，地上的行人，今夕何夕？晴空一片无古今！一瞬间，他似乎彻悟了这一切。

春天还驮在大雁的翅膀上，驿道的残冰正在消融。大驿路遥遥远远的终点，就是那夕阳落日里，已经走过了一千余里，还要再走一千多里，才能到达的"极人世之苦"的地方——宁古塔！

他们是一群被大清皇帝流放的犯人！

三

天空中大雁的鸣叫，使吟诗的汉子蓦然顿悟了自己的身世之谜。爹说过，在他出生之时，恰好有一行"人"字形的大雁，在天空中连声鸣叫而过。爹正拿着红布条，欲往门上"挂红"，忽听到一声道号，一位手提拂尘的玄衣道人，向他走了过来。

"雁鸣九皋，声震泰岳，此谓天鹅送子之兆。婴儿哭声嘹亮，贵宅添子，可喜可贺，贫道送令郎一个名字如何？"

爹甚是欢喜，便请那道人赐名。玄衣道人为他取名峻极，字泰岳，号雁鸣。爹惶恐地说："道长，小儿如何担得起这'峻极''泰岳'之名？"玄衣道长说："贫道特意从关外白山赶来，此子异时必有盛名，然难免于祸。贫道暂收令郎做个记名弟子，现送太极锁一副，四十年后当须再会！"言毕从怀中掏出一物，转身作歌而去：

南雁北飞终有还，
黑水白山太极旋。

立得九九真文字，
　　开天辟地大道传。

　　那天落日极圆，道人一路向西，仿佛径直走进那一轮夕阳里去了。

　　爹依稀记得，那玄衣道长左眉尖处，有一颗蚕豆大的黑痣。爹当时已是齐鲁名士，但对道人那几句非诗非歌的话，思索数年，亦不可解。道人所赠太极锁，质地似木似石，非金非铁，极为坚硬，不知究为何物。圣人曾说东夷之地，产一种"石砮"，乃千年入水松脂所化，厥色青绀，纹理如木，坚过石铁。那道长自称打关外白山而来，不知这太极锁，会不会是肃慎"石砮"所制？

　　雁鸣峻极！中年汉子暗叫着自己的名字。如今被流放宁古塔，不正是那玄衣道人所说的"南雁北飞"之路？歇息落枥之时，他取出戴在脖颈上的太极锁，仔细地观瞧着，心中甚是感伤。想自己四岁诵《老子》《论语》，十三岁熟背《四书五经》，习"礼、乐、射、御、书、数"，集六艺于一身，诗词文赋盛极一时，有"泰山游龙"之誉。三十岁殿试进士及第"三甲"，正欲依圣人所教，"立德立功立言"三不朽，却因言获罪，被捕入狱。虽经友人多方周旋，暂时保住了性命，却被发配往虽生犹死的关东极苦寒之地宁古塔：

　　　　水经玄菟黑，
　　　　山过混同青。
　　　　漫道无城郭，
　　　　相看有驿亭。
　　　　糠灯劳梦寐，
　　　　麦饭慰飘零。
　　　　明发骑鞍马，
　　　　萧萧逐使星。

四

古木参天的大山深处，有粗声的"臭咕咕"鸟，在一声声骇人地吼叫着。

一行人走到了一座山林前，差役叫停下，打兜里掏出一条红布，系到林边一棵大树低垂的枝杈上。大树枝枝桠桠，已经挂满了滴哩当啷的布条和小物件，随风摇晃着。进山人规矩，凡进林者，必先解一小物件，悬于树上。若车马忽然不能前行，鞭子抽亦不走，人便要下马伏地叩拜，向山神默默祈祷。每座林子前的大树枝上，都悬挂着一溜溜的布条和滴溜当啷的小物件，祭祀山神老把头。

驿路旁常能见到一些新坟，亦有朽蚀的白骨，弃于荒草野蒿中。两千里发配流放之路，或病或冻，或喂了野兽，活着走到地方的又有几人？视亡骨如同见面，唉，同为被发配之人，也算得上是患难之亡缘！峻极便停下脚步，让差人打开枷，扒些浮草腐土埋了，再堆上几块大石头。

男人们肩上扛着木枷，后臀大腿，全是皮破肉烂的杖伤，一瘸一拐地走。一千多里走下来，脚底磨起的水泡，破了又涨，鼓了又碎，硌在凸起的石头上，疼得钻心裂胆。一行人面容憔悴，步履蹒跚。暮色渐暗，忽然有人呜呜咽咽地哭腔地喊起来："冤枉啊！皇上，屈煞老臣了！"

一个差卒跑过去，挥起鞭子，没头没脸地乱抽着："冤枉什么？留你一条老命，已经是圣上的无量恩德。作什么歪诗，讥讽圣祖，巧言乱政，还连累我们，陪你走这几千里的冤枉路！"垂暮之年的赵举人，放声号啕大哭起来。一阵风吹得他白发凌乱，愈加苍老了。

"老子不冤！"一个虬髯大汉粗声吼道："老子就是要'反清复明'！顺治，你就是把老子流放到宁古塔，老子也要在你满人的祖宗肇兴之地，闹它个天翻地覆！"这人嗓音沙哑，已经骂了一道，差卒只作没听见。

一阵急促沉闷的马蹄声打身后传来，人们慌忙躲向道边。一个身穿黄号坎的驿卒，骑着一匹乌黑骏马，从众人身边急驰而过。马蹄声渐远渐弱，后面扬起一缕细尘。

望着西天的莽林落日，知道是赶不上驿站了。一行人在森林驿道边停下来，老人、女人和孩子，开始在地上铺垫着皮毛衣物。有几只狸鼠，在树上跳来窜去；一只野兔子跑到道上，瞪着猩红的眼睛瞅着。

差卒给男犯人开了枷，趁天还亮着，进树林子里打些野兽回来，准备过夜。手臂被木枷夹得久了，疼痛麻木，一时缓不过劲来，都揉搓着，甩动着胳膊。女人递过来弓箭，男人接了，悬着腰刀，在差卒的监视下，十几个人朝密林深处走去。

女人在路旁的草地上，将狍子皮卷打开铺下，老人和孩子或躺或坐地先歇息着。四处找石头支锅，拾柴做饭。一个差卒提着木桶，沿着来路去小溪里提水。

天说黑就黑下来，树林子里落影幢幢，已经模糊不清，远处天上还有一抹光亮。风在山顶上怪吼着，叫人心惊胆战。

月亮浮上林梢的时候，打猎人都回来了，射到了两头狍子，五只山兔。有人打火镰点燃柴堆，烟火打干柴草缝里冒出来，寒风把火吹得忽高忽低。借着火光，男人拿刀子把狍子皮小心翼翼地剥下来，撑开四脚，紧绷到粗大的直树上。女人拿刀把狍子砍开，剁成大大小小的一堆肉块。

都围坐在大火堆旁，反复地揉搓烘烤着手，还不时地往火里填些枯木树枝。女人早削好了一小堆细木棍，各人扎着肉块，伸到火里头"滋滋啦啦"地烤着。烧糊巴了的，带着血的，没人顾忌，都啃撕咀嚼着，吃得狼吞虎咽，有肉香味飘满了树林子。

峻极拿过一张弓和几支箭，放到了身边，背靠到一棵老树上。夜里头狼多，白日里，已有几只瘸狼跟在后面，趁着夜深熟睡的时候，便要溜过来偷人。

山风呜呜地怪吼着，吹得四周树枝乱摇。大火堆欲灭未灭，人们都东倒西歪地围坐着，迷迷糊糊打着盹儿。差卒惯走山路，半睡半醒中,也能拾起根木头,投进将要燃尽的火里。下半夜,寒气渐重,直往骨子里刹,人冻得实在抗不住,便相互依偎挤靠着取暖,仍是哆嗦不止。

浓重诡秘的黑影里,开始有绿幽幽的眼睛游动,慢慢地逼近。突然"嗖"的一声,接着一声惨叫,一盏绿光一闪即灭,其余的瞬间全都退得老远。几个射箭好的,轮流地值夜。到天亮,便能看到一两条死狼,或是几堆血肉模糊的残骨。

下半夜,一片漆黑,篝火早熄了。杀气侵人冷,悲风透骨寒。突然有人"呜呜咽咽"地哭起来,赵举人病了月余,又上了岁数,撑不住了!

路边堆起了一座新坟。清寒刺骨,赵举人的女人和孩子,都跪在坟前,哭得死去活来。死人为大,众人都叩头祭拜过,又开始上路了。

斡维焉系,天极焉加?

八柱何当,东南何亏?

"嗒嗒嗒嗒",一阵马蹄声从树林子深处传过来。大驿路上,出现了一匹空鞍子缰绳缠绕在脖子上的黑马,像是刚才信使乘骑的那匹马。

水

一

九天之际，安放安属？

隅隈多有，谁知其数？

一行人披枷带锁，行程二千余里，终于走到了苦寒的流放发配地——宁古塔将军府。

峻极孤身一人，又被更远地流放到了寒山冰水的旗镇。

旗镇

旗镇之外的山，是盘龙山！

夕阳余晖中，纵目远望，九条绵延起伏的山脊，云遮雾绕，犹如九条飞腾的巨龙，盘绕旋舞，把龙珠般的旗镇吞含在嘴里，犹如九龙嘁珠。九条巨龙涎水般的小溪，汇成了一条波涛翻滚的大河，喷云吐雾地在崇山峻岭间闪亮蜿蜒着。千回百转之后，一路奔腾向东，直入东海，呈现出一副龙归大海之象。

山是盘龙山，水是龙盘水，但山环水绕着的镇子，却不叫盘龙镇。老穆昆达说，旗镇是古镇。很早以前，是一座繁华的大城，叫东京。东京大城，乃是王者拓基霸业之地，历时千余年。虽说古城如今已经破败，峻极先生站在北山高岭上眺望，见城内街道隐然，残墙颓壁间，犹有一股王者霸气。

如今古城已是荒凉不堪，只残存着几处颓墙断碑、废庙歪塔，人家也已凋零稀疏。古城之外，有很多村落，早年大都是官庄，十人一屯，都是些耕田披甲之人。后来朝廷用兵，城里城外八旗青壮子弟，一屯屯官庄披甲之人，都集汇到东京古城排兵列队，刀枪剑戟如林，战马嘶鸣，无数杆黄白红蓝大旗，在狂风中猎猎飘展，雄壮威武之极。东京古城，自此便被称之为"旗镇"。

八旗的铁骑军，暴风骤雨般地开走了。骏马铁蹄踏碎了大驿道，冲过了长城，渡过了黄河、长江……再后来，朝廷又连续调兵，去江上做"水手帮"，抵御罗刹人老毛子，整个一座繁华的旗镇，从此人去城空，只剩下了一些老弱病残、妇女婴幼。镇子内蓬蒿四起，一派空落萧索凄清之象。城外阡陌纵横的田地，也大都随之废弃荒芜。

盘龙山一条条溪水，汇成了一条水势滔天的大河，打城外由西向东波涛滚滚地流过去，旗镇人都叫它北大河。渔人划着桦皮船，撑着两头尖的"威呼"小船，在河里撒着网。也有的小船上驾着鱼鹰，来回地飞着叼鱼。

打鱼人的好日子，都是河神赐给的哩！旗镇人祖祖辈辈，每年初春，都要举行盛大的鱼祭。

峻极垂着一根长辫子，欲哭无泪地站在一座破旧地窨子前，胸中悲怆难抑。从今以后，这就是他的家，他一个人的家。他将要在这穷寒极边的夷狄之地，默默地度过余生，埋骨于这地老天荒的酷寒冰雪之下，只感到孤身只影，天地茫茫。

萧萧的北风，飘摆起他的褴褛衣衫。眼前的这座废地窨子，颓墙残壁，歪窗断棂，一扇破烂的木门，被风很响地拍打着。半秃的屋顶，一层矮荐的苫房草已经烂黑，一阵阵的大风中，被一缕缕地揪下抛到天上。再破的房，也是个家啊！峻极放下行李，打包里拿出一块兽皮，遮蔽到呼嗒着高丽纸的窗户上；又拾起地上的石头，去堵塞墙壁的裂缝和窟窿。

一阵嬉笑声打背后传来。他转过身，看见不远处有一群孩子，在吵吵闹闹地望着他。突然有个东西迎面飞来，他伸手一抓，握在手里，竟沉甸甸的，是一枝颇有劲道的"土箭"。他心中愤怒，若自己只是个文弱书生，这一箭岂不被穿透腮骨？他抬头望去，看见在那群孩子之中，有个面带惊慌的半大孩子，手里拿着一张弓，直往身后藏匿。

一个汉人孩子，冲到那孩子面前，大声地斥责说："哈什玛，你要射伤人吗？"

那个叫哈什玛拿着弓的孩子，忽然狡黠地眨了眨眼，歪着头走到满脸惊怒的峻极面前，用半生的汉话说道："哈番（大官），跟你闹着玩的，把那只'楛矢石砮'还给我吧！"

峻极瞪了他一眼，又看了看手中的箭，觉得这支箭格外沉重。他惊异地暗想，难道这就是传说中的"楛矢石砮"？他仔细地瞧了瞧箭头，看到上面果然隐现着一种木质花纹。他狠狠地瞪了那个土孩子一眼，见这孩子的眼中，闪烁着一种骨髓里生就的野性，心想箭发之于手，恶念乃生之于心……他默默地把箭还给了那个土孩子，转身往屋里搬东西。

那个汉人孩子大声地喊道："都帮帮忙！"一大群孩子"呼拉"跑过来，争抢地帮着拿东西。

阴冷空荡的地窨子里，峻极坐在土炕的木沿上，这就是他的家，他一个人的家了！从今以后，漫长的日子里，他将独自在这里默默地度过余生，蓦地心中涌上一阵凄怆。屋外有风在呼啸，地窨子潮湿昏暗，肚子一阵"咕噜噜"响，饥饿难忍，他已经一天多没吃到东西了！仿佛屋外面刮的不是风，而是这种天底下夜的黑暗。

墙上歪斜地挂着一张弓，他忽然想起了那支"楛矢石砮"。那个"恶作剧"的土孩子，竟然会有一支"楛矢石砮"！他拿出挂在脖子上的太极锁，仔细地分辨着。石砮相传有黑、黄、白三色，为松脂入水浸润千年所化。其纹理如木，长三四寸，非铁非石，坚硬可以削铁。《国语·鲁语》载："仲尼在陈，有隼集于陈侯之庭而死，楛矢贯之，石砮，其长尺有咫。陈惠公使人以隼如仲尼之馆问之。仲尼曰：'隼之来也远矣！此肃慎氏之矢也。昔武王克商，通道于九夷、百蛮，使各以其方贿来贡，使无忘职业。于是肃慎氏贡楛矢、石砮，其长尺咫。先王欲昭其令德之致远也，以示后人，使永监焉，故名其栝曰'肃慎氏之贡矢'，以分大姬，配虞胡公而封诸陈。"他恍然大悟，暗自苦笑着，自己是被发配到古肃慎国来了！肃慎人正是女贞满人的祖先！

一阵"吱吱呀呀"的推门声，有个孩子端着盆木炭，摇摇摆摆地走了进来，原来是白天那个汉人孩子。汉人孩子把炭盆放到地上说："屋里头冷，烤烤火！"他又伸手打背上抽出一卷狍子皮，对峻极说道："铺到身子底下，这个地窨子太潮！"顺手打腰间摘下一条大鱼，峻极看见他腰上有个木勾子，鱼原来是挂在木勾子上的。汉人孩子说，他是汉人，叫"石娃"，那些孩子都是土人。

峻极让石娃坐到炕上，闲唠了几句，向他询问起那支"楛矢石砮"。"昂威赫"？石娃打腰里摸出一把小刀，照炕跟石头砍了两下，递给峻极说："河里捡的！"

峻极拿到手里，感到沉甸甸的，果然是把石砮刀。

二

那个叫石娃的孩子走了。峻极打着火镰，点燃盆里的炭火，把石娃送来的大鱼，放到炭火上烤着。一盆炭火，地窨子里有了些许暖意。他大口地嚼吃着，一条大鱼，转眼便只剩下了一根脊骨。他想，多亏了这个叫石娃的孩子！

虽然是个四处漏风的地窨子，也总算是有了个安身的地方！他借着微暗的火光，把地窨子瞅了一遍，除了土炕，四周空荡荡的。炕边倚着一根棍子，手握的地方，被老茧已摩擦得变细发亮，幽幽暗红。墙角有个木盆，盆里有一个木碗。地上有个倒着的木桶，也许是个缸。他悲凉的心里一阵酸楚，真是人世无常！

寒夜的地窨子，阴冷彻骨。土炕也不知道有多久没烧了，缺边漏洞的苇席，又凉又潮。他把石娃送来的狍子皮，铺到了苇席上。这是张用过很久的旧皮子，已经磨得脱毛露皮。脱了毛的狍子皮，也隔潮啊！他解开行李，把被褥铺到了狍子皮上。

终于没有了枷，歇下来，浑身酸痛。他躺在炕上，望着房笆，心下凄楚。屋棚的裂隙透着天光，似乎看到了一颗星。土炕叫他感到了实在，不会再继续被流放了！关东磨人的野路，总算活到了地方！身上的枷痕杖伤，脚底磨破的水泡，一齐钻心地疼痛起来。

不知何时，外面竟下起了小雨，淅淅沥沥的。屋顶开始往下滴水，一会便漏成了溜儿。他急忙爬起来，先把装书的袋子搬到炕上，再去墙角拿过木盆，接到漏雨的地方。忙乎了一阵，竟睡不着了。寒夜难耐，心甚烦乱，便在被褥上盘腿打起坐来。

不知道过了多久，窗子泛出了一丝微明，天终于放亮，有公鸡或近或远地叫起来。他打开门，雨已停了，屋外湿湿泞泞着。太阳刚一冒出来，立刻就叫人感到了些许暖意。

他走回地窨子，把脑后的辫子梳了，又收拾了一下屋子。其实也没啥可收拾的，将木盆重新放好，倒在地上的桶立起来，又在地下垫了块木板，把书袋子搬到上边。在屋角找了把破笤帚，开始扫地。

一个高大的白发老人，领着个小男孩儿，打屋外走了进来。小男孩儿有些羞涩，躲闪在老人的背后，眼睛却清澈晶亮。峻极初以为是昨晚那个叫石娃的孩子，却一眼就认出不是。

老人身材魁梧，一双鹰眼高鼻，脑后垂着条长辫子，一只手端着根极长的烟袋，神情祥和地对峻极说："哈番，你起来了！"小男孩儿从老人身后闪出来，抢着说："这是我玛法，尼沙萨玛！"

峻极苦笑着说："尼沙萨玛，我不是哈番，只是个流放的犯人！"

尼沙萨玛点了点头说："你懂满语！"

峻极让尼沙萨玛炕上坐，尼沙萨玛说："我是还书来了！"

峻极一怔。

尼沙萨玛说："昨天我窝摸罗（孙子），拿了你的一本书，我给送回来了！"小男孩儿忽然说："是哈什玛拿的，就是射箭的那个！"

峻极这才想起，这个小男孩，原来昨天见过的。

尼沙萨玛说:"怕你着急,一大早就过来了,哈什玛是我二儿子的孩子。"

小男孩儿又抢着说:"是我告诉玛法的。"

峻极看了看书袋子,果然是已经被打开了。他心中暗想,第一天就遇上了偷!他苦笑了一下说:"等看完了,再送回来也不迟。"

小男孩儿又抢着说:"哈什玛不识字。"

老人摸着小男孩儿的头说:"瀛生是我小窝摸罗(孙子)。"

峻极点点头。

尼沙萨玛站起来说:"请到我家吃饭吧,你的家还没有安好!"

小男孩儿瀛生抢着说:"我家里炖了一大锅鱼!"

三

何由并投,而鲦鲦疾修盈?

白霓婴茀,胡为此堂?

峻极来到旗镇,已经三天了。石娃挑来了一对木桶,领着峻极去井上打水;他找来了一群土孩子,拿着绳子镰刀,去山坡割些苦房草,把房顶苫盖了;又打水和了粘泥头,塞着石头把墙窟窿堵了。峻极空怀满腹经纶,对过日子,却是一窍不通。深夜里,他躺在炕上百感交集,不由得长叹一声,人还是得先活下来啊!

石娃背着鱼篓子,拿着两副鱼弦,来找峻极去河里钓鱼。大河就在城外,两个人在柳树丛,砍了两根柳条鱼竿儿,系好弦,插上漂,鱼钩上挂了饵,便坐在水湾子前的老柳树底,举着杆垂钓起来。峻极钓鱼极熟,在家时,也常拎着长竿去湖边钓鱼。

石娃说:"要是有条威弧就好了,撒大网,鱼捞得多。吃不完,土人都晒鱼干,留着过冬。"

两个人,两副竿,一齐伸在水里。水很平稳,飘荡着些浮沫子,白木鱼漂就竖在这些水沫子中。

石娃钓上来一条半大的鲫鱼,活蹦乱跳地投进了鱼篓子里,又把篓子半浸到水里，折了根带叶的柳枝搭上。峻极也钓上来一条大鲶鱼，把鱼竿都扯折了。石娃忙放下竿，跑过来帮把手，费了好大劲才把那条鲶鱼拽上来，投在鱼篓子里，"噼里啪啦"地蹦着。峻极暗自深深叹了口气，于这宽阔奔涌的野水之中，他看到了一条能够活下去的生路。

石娃瞅着空荡荡的河面说："待过了鱼祭，土人就都下河打鱼了！"

四

春雷滚滚，大雨滂沱，大河滔滔，两岸的杨柳涨绿，渔队便要撑船下水了。每年入水捕鱼前，旗镇都要举行盛大的"鱼祭"。

白头发族长老穆昆达，带人在河边的石滩上，用圆木和厚木板，搭建起了一座高大的祭坛，坐北朝南，并排摆放下四张高桌，以西为大，桌上摆放着天地神、海神、河神、船神和鱼神的神位，四周遍插旌旗灵幡。主祭坛前，设一小祭坛，祭坛上横放着一个用鲜嫩柳枝扎成的鱼形神偶，最惹眼的是一双用天鹅羽翎做成的银翅膀，祭祀河神"必拉妈妈"，鱼神"莫德喝恩都力"和船神"妈妈威呼里"——"威呼里额真"两位姐妹神。尼沙萨玛说，打鱼为生的人，全靠河神"必拉妈妈""妈妈威呼里"——"威呼里额真"的保佑和鱼神"莫德喝恩都力"的赐予哩。

满镇子大街小巷的人家，都在忙着扎"神偶"。祭祀的"神偶"，扎成一条条的大鱼形，比人还要大。绑扎鱼形神偶，要用带叶儿的新柳枝。人们穿梭般地去河边，砍回一捆捆的新叶春柳，摆在院子里，扎成四五米长的鱼偶，再用白天鹅的翎毛，给鱼偶粘糊成银翅膀；拿鲜嫩的柳枝，编织成遍身柳叶儿的鱼身。鱼形神偶，有各种各样，家家都比着扎，有跳跃鱼形的，飞腾鱼形的，游动鱼形的，双鱼追尾形的，咬尾鱼形的……鱼形神偶，要缠上些树皮和细绳，谓之保佑行船平安、不畏风浪。

鱼祭前，一家家把做好的鱼形神偶，或抬或扛，或用车拉，运到河边的浅水里，沿河摆放下。站在河边上望，各种各样的鱼形神偶，奇形怪状，一眼望不到头。靠水打鱼的人家，谁不想能够多打些鱼，打到大鱼，有一个收成的好年景？

家家户户除了扎"神偶"，还要做"神糕"。

尼沙萨玛说，鱼祭的祭品，不能用猪头猪尾，也不用鸡鱼肉蛋，而要用神糕。祭祀的神糕，要做成鱼形，称鱼形饽饽，也叫鱼形神糕。蒸做神糕，要用黏得能粘掉牙的大黄米磨的面。坡上的糜子，秋后割了，脱去外壳，把大黄米拿石碾子磨碎，磨成粉，再用温水搋和成黏面，拿刀在面板上切成一块块的，按到木头雕纹的鱼模子里，卡出来就是一条有鳞有腮的小面鱼了。这些小面鱼，再一条条地放到糜秸秆扎成的盖帘上，端到锅台前，放进锅里的木帘子上蒸。待锅烧开了，热气腾腾地掀开，就是金黄的鱼形饽饽了。

全镇子的人（包括旗镇方圆百里的人），都聚到河边祭坛下。水面上一大片的小船，都站着人。网长阿布达（简称"网达"，族中捕鱼人的首领）戴着拿柳枝雕成的柳珠饰儿，参加鱼祭的人，也都遍身围着带柳叶儿柳枝儿。小孩子们的头上，戴着鱼鳖虾蟹各种形状的柳树帽儿，有龙虾形的，鲸鱼头形的，飞鱼头形的……

石娃和峻极站在人群边上，远远望着。

灯火通明的祭坛，一支支，一排排，一层层，千百支粗大的糠灯，一齐点燃，火苗熊熊，火光烁烁。

满头白发的老穆昆达，站在高大的祭坛上，大声地宣布，新春鱼祭开始！祭坛下一片欢腾，成群的孩子，大姑娘、小伙子，都"呼啦啦"往河边跑，争抢着钻进摆放好的鱼形神偶中，拼命地摇着。沿河一溜的鱼形神偶，忽动腮，忽摆尾，忽跳跃，忽飞腾；忽潜进水里，忽浮上水面，好似一群活鱼在戏水，一派热闹。整个的河边，仿佛变成了一座水晶宫。

这时，有人唱起了渔歌，所有人都跟着唱起来，有人跳起了渔舞，祭台四围一片欢腾。

老穆昆达站在祭坛上，开始念诵祭文：

  天地玄根，万物宗本。
  白山黑水，上降泽恩。
  供列尊神，奉道酬恩。
  佑我子民，风调雨顺。
  一拜天！
  二拜地！
  三拜河神！

  祭台下，人们纷纷跪倒，对着祭坛叩头祀拜。主祭萨玛——尼沙大萨玛，登上了主祭坛。

  尼沙大萨玛穿着用龟、蛙、蛇皮和四足蛇做成的神服（对襟马褂：前面有六条蛇、龟、蛙、四足蛇，两个短尾的四足蛇；后面也有六条蛇、龟、蛙、四足蛇，两个袖底有四条小皮带），戴着用十五叉鹿角做成的神帽（垂着用带毛熊皮做成的帽带，帽前正中，是一面护头的小铜镜。神帽的鹿角中间，有一只铜鸠神，两旁还各有一位神，帽子上挂有求子袋。尼沙萨玛只在鱼祭时戴神帽），穿着神裤神裙（有20条布带，4条皮带，9个铃铛，5面小铜镜，3个龟，3条蛇，3条四足蛇。有3串珠子，9个求子袋。后幅有铃铛4个，画着蛙、蛇、蜘蛛、龟和狐狸）；胸前背后，挂着护心铜镜和护背铜镜，戴着黑皮神手套，腰间系着腰铃，脖子上挂着额其和、布克春和萨日卡三位神的神偶，满身遍插柳枝柳叶，穿着系有铃铛的蛙皮神鞋（缝有蛙、蛇等图案），手里拿着12根皮条鼓绳神鼓的鼓槌（桦木槌心，槌面包着水獭皮，槌背上雕有布克春神、两条蛇、四足蛇、龟，槌柄包皮），持着杖柄包裹蛇皮和四楞尖铁包头的神杖（杖头有一个口中含着铜钱的铜人），显得神奇又圣洁。

  夜空静穆，皓月当照，四野岑寂。祭坛上的尼沙萨玛，开始敲响了他的依姆钦熊皮神鼓，抖动着腰铃，跳起了神舞，祭坛四周立刻静下来：

德乌勒勒，哲乌勒勒，
德乌咧哩，哲咧！
当我手中的神鼓敲响的时候，
当我满身的神铃摇响的时候，
正是河水中大蟹肥胖的时节，
正是河水中滩头鱼要迴游的时节，
正是河水中群鱼寻偶的时节，
正是河水中神龟怀卵的时节——
无边的白云彩耶依耶！
无边的蓝浪涛耶依耶！

　　大河两岸黑黢黢的山峰巍巍耸立着，波光粼粼的河水昼夜不舍地在向东流淌着，祭坛下黑压压的一片静谧，在倾听着尼沙萨玛的咏唱：

我穿上祭河神衣，
这是用虎、豹、鹰、鲸、獐、狼、蟒皮缝制的报祭九天神服，
用一百个银铃缝制的神服响器，
用一百根河鱼牙缝制的神服骨笼，
用一百条牛鱼皮缝制的神的魂石，
用一百颗鲸鱼睛镶嵌的神服飘饰。
河鱼牙刺穿黑涛浊汐，
牛鱼皮驱避妖风鬼迹，
鲸鱼睛照穿苍海迷疑。
彩燕翩翩预告吉祥的消息，
鼓声铿锵预报丰收的来期。
虔诚地颂唱创世的天神——阿布卡赫赫——阿布卡恩都里。

群山在远处静静地蜿蜒着,尼沙大萨玛的诵唱之声,沿着滔滔的河水,顺着无遮拦的河风,飘荡得很远。

主祭坛下,人们在茫茫黑夜里,按照北斗七星的方位,点燃着了七堆篝火。尼沙萨玛摇动满身的神铃,舞蹈不止:

众人欢腾起来,围着火堆跳起了舞蹈:

> 迎亲舞,踏歌舞,乌咧哩!
> 野人舞,渔人舞,乌咧哩!
> 醉人舞,鹤翔舞,乌咧哩!
> 鹿鸣舞,蟒匋舞,乌咧哩!
> 篝火熊熊,乌咧哩!
> 铜鼓吟吟,乌咧哩!
> 皮弦嗡嗡,乌咧哩!
> 欢乐啊,兄弟相聚,乌咧哩!

主祭尼沙萨玛开始向河中祭酒,祭鱼形饽饽和肉烧饽饽,奠祀三位神灵。沿岸的人,船上的人都跪成一片,磕头祈祷。

跳神一直跳到深夜,在沿河飘起的流雾里,云气缭绕中的杂树,变得一派仙风道骨。大家围坐在一起,兴高采烈地吃着祭品——是河神所赐的哩!

三天三夜,祭祀的人,都吃宿在河边。一家家地围坐在河岸上,聚住在水中的"威呼"小船里。人们嚼着新鲜脆嫩的柳叶,吃着刚打上来的鱼虾,饮着新鲜的鹿血,喝着春天的河水和美酒。

鱼祭结束了,人们要下河捕鱼了。

在网达的率领下,人们乘着五板船、"威呼"小船、桦皮船……顺着大河缓缓东去。渔场是早选好的,祖祖辈辈打鱼的河湾、深汀子,渔人在船上叩拜祈祷着。渔猎首领网达,打船上提起大旋网,挽上手臂,迎着刚刚冒出山巅的新鲜日头,朝着明晃晃的河水,抛撒出了第一网。打上来的第一条鱼,在穆昆达和尼沙萨玛的主持下,举行"头鱼宴"。

一日到晚，一船船都收网了。网达跪在船上，焚香祭鱼，所有的渔人都一起叩头，感谢和祈求河神的恩赐。

五

石娃常来找峻极，说一些旗镇的事。有时闲坐在炕沿上，拿起峻极放到枕边的书，一页页翻着，嘴里像是在念叨着啥。峻极看他把书都拿倒了，便笑着问："你喜欢看书？"

"俺不认得字，没念过书！"石娃脸一红，对峻极说："哈蕃，你能教我识字吗？"

峻极说："你家在哪里？我想见一见你爹！"

石娃领着峻极去老石头沟。

深邃湛蓝的天空中，飘荡着大块的白云。太阳穿行在云彩里，向四外放射出强烈的光芒。小道翻山越岭，石娃提着鞭子走在前面，峻极在后，一路吟诵着：

　　安得夫良药，不能固臧？
　　天式从横，阳离爰死。
　　大鸟何鸣，夫焉丧厥体？
　　萍号起雨，何以兴之？

路旁尽是些榛丛山林，柳树一团团绿了，大杨树涨满了鹅黄的棉苞儿。林子边上，偶尔飞起只野鸡，又在不远处落下了。有只狍子跑到了道上，傻傻地望着，蓦地蹿进林子里去了。

走上岭顶，山风很大，劲劲地吹拂着。对面的山坡，尽在眼底。一片一片的树林间，零散着几块补丁般的田地，山脚下有一间茅屋。

两个人下山的时候，有一条狼，一瘸一拐地跟着后面。石娃扬了扬手中的鞭子，瞅着后面的瘸狼对峻极说："狼不怕棍子，怕鞭子！"

山谷间的甸子里，稀落着一片片的灌木丛，弯腰驼背的河柳，一团团地都鲜绿了；水冬棺和抱马子，刚刚冒出嫩芽。一些红红绿绿的小鸟，在树枝上跳跃喇啾着。有一只水鸭子，打柳丛里扑棱棱地飞起来。

一条山溪淌进了树丛里，到处肆意地奔流着。水中浸泡着好多大白石头，像是一只只白花花的老绵羊，寂静地卧在树丛的流水里。踩着白石头过河，仿佛走在一断一断的石桥上。奔淌的山水真清，一群群的小鱼儿，黑影子般地游来游去。

过了河，是一条茅道，两边尽是些没人深的枯草。一棵碗口粗的老柳树下，縻着一头大花牛，满身的黑白花点，在低头嚼吃着新冒芽的嫩草。还不时地甩着尾巴，驱赶着些"嗡嗡"的小蚊蝇。老牛驮着鞍子的背部，已长不出毛了。两肋、臀部和大腿、全是被磨去毛的一块块青皮，东一撮西一撮地长着乱草般的毛，全身像是一片撂荒地。

一条大黄狗打小道上跑过来，欢快地摇着尾巴，直往石娃身上扑，又蹦又跳地亲热着，蓦地又"汪汪"吠叫着向前蹿扑过去。不一会儿，又摇着尾巴跑回来，跟在后面的那条瘸狼不见了。

大黄狗径直朝前跑去。一条碎石子甬道，通向一个大院子。大黄狗跑进了屋，接着又摇着尾巴跑出来，后边跟着一个壮汉。

石娃说："爹，哈番来了。"

石娃爹笑着说："怪不得一大早就有喜鹊叫，果真是有贵客到了。圣人云：有朋自远方来，不亦乐乎！"

峻极说："我不是哈番，是个流放的犯人！"

石娃爹说："俺早听石娃说过，快进屋里去！"

峻极和石娃爹盘腿坐在炕上。石娃爹打烟包子里抠出一袋烟，打火镰点着，递给峻极说："吃一袋吧！"

石娃领着大黄狗，呼呼啦啦地跑出去了。

峻极接过烟袋，含在嘴里巴达着，喷吐出一口口浓烟。地上有一些桦树皮，一个正在编着的柳条筐，旁边放着缕发红的柳条子。

"听石娃说，哈番可是个有大能耐的人！"

峻极说："啥大能耐，老哥识字？"

"斗大的字不认一个！圣人脚下，跟人学几句话说罢了！"

"这坡上开了不少地？"

"烧几块火田，种些庄稼。这里的土人，只是狩猎打鱼，不大会种五谷。"

六

三年前，石娃爹带着石娃来到了旗镇。

凡犯边闯关东之人，大都是挖参的老客。也有的是在老家杀人越货，窜逃到了关东山，躲一条命；抑或是遭了天灾，实在活不下去，就豁出去了，闯了关东山。魔鬼般的关东山哎，把活人冻死，叫死人活下去，也能让穷光蛋一夜间暴富，腰缠万贯！

石娃爹带着石娃闯关东，一不为挖参发横财，二没有杀人越货作案犯科，三不是遭了大灾大难无法活下去，仅仅是因为自家的一桩打掉牙，也只能往肚子里咽的刃事。

石娃三岁死了娘，爹一个人拉把着他，日子过得跟头把式的，就有些难。没有女人的日子，算不上是囫囵日子，有人就打外庄介绍了一个。一年半载，女人开了怀，生了个大胖小子，取名胖娃。石娃有了个弟弟，背着抱着，亲得不行。

女人自打生了自己的骨肉，心里就犯了嘀咕。家里头就这一间老房子，几亩薄地，将来两个儿子都大了，还不得哥俩分？打那以后，石娃就慢慢变得面黄肌瘦，还老是咳嗽。冬天里穿着棉袄，也哆嗦着总是喊冷。每当瞅见后娘，眼神就怵怵的。夜里头躺在炕上，女人便对石娃爹叨叨："你看石娃，穿着厚棉袄，还整天价喊冷，吃饭顿顿都是一大碗一大碗，还瘦得跟个刀螂似的。知道的说是天生的瘦坯子，不知道的，还不当是俺给虐待的？"

石娃爹的心思都在活里，地里头忙死，摸黑才回来。女人疼男人，端上来一大碗面条，鲜韭菜鸡蛋卤子。给石娃端了一大碗面汤，又给胖娃盛了小半碗面条。石娃爹吃得狼吞虎咽。石娃只喝了一口，就停住嘴，只是眼瞅着碗里的汤，泪汪汪的。

女人说："你看这孩子惯的，连面条子都不吃！要是说出去，还不当是俺不给他吃？"

石娃爹吼道："快吃！"

胖娃大口地吃着，边吃边说："哥哥吃呀，真好吃！"

石娃又喝了一小口汤，怯怯地说："咸！"

"咸，俺咋没觉得？"

石娃怵着脸，拿嘴唇沾了沾，只是脸戚戚地望着那碗汤。

爹一大巴掌，把石娃打了个趔趄，连那一大碗面汤，也碰翻到了桌子上。蓦地，全家人都惊呆了，扣翻了的碗里，半碗盐粒子，只残杂着几根面条。

石娃爹猛地转过脸，瞪着女人，眼睛要瞪裂似的。

女人吓蒙了，突然捂住脸"呜呜"地哭了起来。

男人眼里像在冒火："你、你这蛇蝎的女人！"

石娃捂着半边脸，"吧嗒""吧嗒"地掉眼泪儿。

胖娃不知发生了什么，突然"哇"的一声哭了，一口面全吐到了桌子上。女人把胖娃搂过来，娘俩抱着哭成了泪人。

石娃爹操起一根顶门棍，指着女人吼道："俺、俺休了你——"

石娃一下子明白了眼前发生的事，看着哇哇大哭的弟弟，突然"扑通"跪到了爹面前说："爹，别休了娘。娘走了，俺和弟弟就都是后娘了！"

石娃爹一怔，手里的棍子"当啷"跌落到了地上——

石娃爹硬起心肠，一咬牙，一跺脚，撇下女人和小儿子，带着石娃闯了关东山。前庄的表兄，早些年闯关东挖棒槌，曾捎回信来，说他在宁古塔旗镇安了家。石娃爹带着石娃到了旗镇，正赶上表哥患重病，地都撂荒了。石娃爹把地种起来，独自住在老石头沟，留下石娃照顾表大爷。

石娃爹叹了口气说："三年了！女人捎信来，说她知错了，让俺带着石娃回去。唉，女人拖着个孩子，日子该咋过哩？"

俩人都不言语，只是吧哒着抽烟。

峻极对石娃爹说:"来找老哥商量个事,俺想收石娃做个弟子。"

石娃爹一怔,蓦地满脸欢喜,立马就要给峻极跪下:"俺、俺这可得给先生磕头了!"

峻极忙扶起石娃爹:"这咋当得起!"

石娃爹喜极:"石娃这孩子——俺可放心了!"

大黄狗摇头摆尾地跑了进来,欢实地扑到石娃爹身上,又"呼"地蹿了出去,不一会,又跟在石娃身后进了屋。石娃扛着个鱼篓子,竟是半下子河鱼!

石娃爹说:"快过来给先生磕头,先生收你做弟子啦!"

石娃喜得"扑通"跪到地下,"咚咚咚"一连给峻极磕了三个响头说:"哈番,你肯教俺识字啦?"

石娃爹说:"什么哈番,叫先生!一日为师,终身为父!打今个起,你要好好侍候先生。"

石娃答应着,欢天喜地摘鱼去了,石娃爹忙着烧水煮饭。峻极慢慢地走出了屋子,站在院子里,若有所思地望着远处岚气浮动的山野。

七

在地窨子里,峻极先生给石娃上了第一课:

"打今天起,你的学名叫真仁。要先学会盘膝打坐,闭目止念,这叫作'澄意静心'。要消去俗虑,灭尽杂念,使人心与本性相合,所学领悟的才能深邃,格物致知,方能齐家治国平天下!"

峻极先生拿出了一册书,郑重地说:"四书五经,为儒之经典。儒为人道,故当年有孔子向老子问道。我给你讲的第一课,便是《老子》。数千年以下,道由广成子传黄帝,黄帝传岐伯天师,岐伯传至老子。《老子》开篇便说,道可道,非常道。老子是说,他的道,和这世上所有的道,都是不同的。《老子》五千言,又名《道德经》,博大精深,打今天起,你要把它背诵下来,铭记在心,终生受用。书读百遍，其义自见。反复诵读，则日日新，你要切记。"

窗外有些窸窣的动静，高丽纸被手指头捅破了一个洞，有一只小眼睛在往里瞅。峻极先生咳嗽一声，一群孩子"呼"地跑开了。这时，门"吱哑"一声被推开，一片亮光里，身材高大的尼沙萨玛，拎着两串肉干，领着瀛生和哈什玛走了进来。

尼沙萨玛向峻极先生鞠了一躬，峻极先生忙还礼。尼沙萨玛说："听说哈番开馆收徒，我带着两个窝摸罗（孙子）拜师来啦！"

峻极先生让瀛生和哈什玛，挨着石娃坐下。尼沙萨玛瞅了一圈屋子说："教孩子——这宁巴拉有些小。"

峻极先生有教无类，连日来不断地有人领着孩子前来求学。没出半月，就收了九个弟子：石娃、哈什玛、瀛生、桑格、虎克欣、满泰、赫勒、素蓉和穆哈连。

尼沙萨玛去找老穆昆达，俩人商量了，把镇子里的一座废寺收拾出来，交给峻极先生，作为临时学堂。寺庙虽荒废已久，一旦收拾出来，倒也宽绰敞亮。峻极先生在学堂门楣上，高悬出一块满汉两种文字的匾额——"满汉学堂"。

学堂侧墙上，挂着"满汉学堂"教规：

　　五德：仁义礼智信。
　　六艺：礼乐射御书数。
　　大学之道，在明明德，在亲民，在止于至善。
　　格物，致知，诚意，正心，修身，齐家，治国，平天下。
　　志于道，据于德，依于仁，游于艺。
　　克己复礼，改过迁善。
　　见贤思齐焉见不贤而内自省也。
　　己所不欲勿施于人。
　　仁者爱人。学而不厌，诲人不倦。
　　言忠信，行笃敬，惩忿窒欲，迁善改过。不远之复以修身也。

博学之，审问之，慎思之，明辨之，笃行之。

父子有亲，君臣有义，夫妇有别，长幼有序，朋友有信。

古之学者为己，今之学者为人。

程门立雪，吾道东矣！

达则兼济天下，穷则独善其身。

为天地立心，为生民立命，为往圣继绝学，为万世开太平。

学堂以"礼乐射御书数"六艺育人，鸡鸣而起，昼读书，夜习武。每月月初、月中，进行"朔、望"两考。

学堂开学之日，峻极先生将一幅画轴，垂挂到了正墙上。画上一位老者，长眉长髯，端庄肃穆，身材威武，两手交叠于胸前，正是"大成至圣先师"孔子。

峻极先生庄重地对弟子说："先拜过孔圣人！"

峻极先生在前，弟子跟后，一齐向圣人画像叩头祭拜。峻极先生说："玉不琢，不成器；人不学，不知义。吾今秉承圣人之学，'有教无类'，授以为人之礼，持'内圣外王'中庸之道。

"子曰：'学而时习之，不亦说乎？有朋自远方来，不亦乐乎？人不知，而不愠，不亦君子乎？'

"有子曰：'其为人也孝弟，而好犯上者，鲜矣；不好犯上，而好作乱者，未之有也。君子务本，本立而道生。孝弟也者，其为仁之本与？'

"子曰：'巧言令色，鲜矣仁。'

"曾子曰：'吾日三省吾身。为人谋而不忠乎？与朋友交而不信乎？传不习乎？'

"子曰：'弟子入则孝，出则悌，谨而信，泛爱众，而亲仁，行有余力，则以学文。'

"子曰：'君子，不重则不威；学则不固。主忠信。无友不如己者；过则勿惮改。'"

八

满汉学堂正式开学,急难之事甚多,所需笔墨纸砚,一一尽缺。每日背诵,师徒口口相传,但识字书写却甚是困难。峻极先生找来几块木板,刀刮石蹭,打磨得光滑了些,把《论语》中的句子,依次地写到上面,做成了几片木牍,让众弟子识记默认。尼沙萨玛送来了一叠桦树皮,压得极平整,拿刀切成了长方形,说是可以在上边写字的,待年底去高丽国互市,让人再换些高丽纸回来。

峻极先生拿着桦皮板,眼前忽然一亮。他一张张看着,反复地端详。旗镇四围的大山上,白桦树漫山遍野,有的是桦树皮可剥。若将四书五经,都抄写到桦皮上,倒也似竹简木牍一般。弟子亦可以桦皮为纸,只要有笔墨,便可用来抄书习字。

峻极先生带着弟子,到山里去扒桦树皮。

濛濛细雨里,山野正在悄悄地变化着。荒坡上已是绿草青蒿,林木枝桠鼓起密密麻麻胀裂的新芽。悬崖怪石的浅林处,燃烧着火焰般的达子香花,粉一片红一片的。杏花早含苞吐艳地开了,一树树粉白堆雪。峻极先生走在前边,一路上吟诵着:

撰体胁鹿,何以膺之?

鳌戴山抃,何以安之?

瀛生向峻极先生问道:"先生,山上为啥会生长出小草和大树?"

峻极先生说:"山生草木,犹人之毛发,乃自然之功,造化奥妙。万物纷繁,形之于目,声之于耳,感之于心,醒之于神。《易》曰:'古者包羲氏之王天下也,仰则观象于天,俯则观法于地,观鸟兽之文与地之宜,近取诸身,远取诸物,于是始作八卦,以通神明之德,以类万物之情。'视之于形、听之于音为外,感之于心、醒之于神者为内。辨万物之形,感万物之理,是为格物。一切地道,莫不是天道之呈现。"

石娃问:"先生,什么是'格物'?"

峻极先生说:"格物致知,乃大学之道,格物以致知为本。有一个典故,叫'王阳明格竹子'。王阳明,字守仁,年少时曾苦修'格物致知'之道。他知'理一分殊',重在分殊,便约了几位同仁,一起来格竹子。几个人围着一丛青竹,皆盘膝端身而坐,瞑目结印止观,静寂绝虑。一日自晨至晚,一轮夕阳渐渐沉下山去,绿荫中透出一团耀眼的光芒。有人打竹子前站了起来,整理一下衣冠,独自走了。过一会,又有一人站起来,踏着薄暮远远地去了。待到月至天心,那一大丛青竹子前,只剩下了王阳明一个人。他独自对着竹子,一直盘坐了三天三夜,可眼前仍是一片漆黑。他睁开眼,那丛竹子,还是一丛竹子。他又累又饿,腿脚疼痛麻木得全没了知觉,半天也站不起来。自此,他便不再外求,转而修心向内,倡'知行合一',《致良知》,终成就一代心学集大成者。"

峻极先生和弟子们一路谈论着,不知不觉走进了白桦林。大窝集里都是白桦树,银灿爽眼,满树纵横伸展的枝桠上,已经吐出了细长嫩绿的尖芽。

白桦树皮,是关外的一宝。人们拿它做桦皮桶,用来盛水屯粮;小桦皮盒放在炕上,用它盛针线和刀剪;放到橱柜里,去盛肉干和鱼干。精致的小桦皮盒,有一层茸润细滑的柔粉,可以拿它去置珍珠、擢人参。大桦皮口袋,用它来装东西。又粗又直的桦树,能扒下大张的白桦皮,铺盖到大物上挡风遮雨;把它们拼缝在一起,去造桦皮船。薄桦树皮好点火,剪切下来的废条边角,放到锅灶里的柴禾底下,用它去引火做饭。

大森林边上的粗桦树,都已被人剥过了皮,树身粗糙不堪地裸露着,深褐色的疤痕年深日久,爆裂出透骨入髓的深隙。做写字书简的白桦皮,需要光滑的大粗树,无弯曲凸陋,无疤栉之痕。粗圆高直的大树干,才能剥下大张宽幅的白桦皮。切出的书简条,方能铺压得光滑平整。

峻极先生带着弟子,径直朝白桦树林深处走去。

渐渐就都是高大粗直的白桦树了。小弟子们手脚灵快,一个个都是扒桦树皮的好手。常年在这桦树林子里钻,手里拿着锋快的尖刀,在大桦树上横划竖切,再挑起一条边,两手拽紧慢慢用力,一大张桦皮就整齐地揭下来了。

正是春树返浆的时节,汁水浓稠,树皮裹得粘紧。被剥过皮的白桦树,都显露出红褐色的树肉,水淋淋地渗出一层欲流的浆汁。弟子都伸出舌尖舔咂着,吮吸着,浆汁顺着舌头咽下喉咙,有一丝淡淡的甜味。

春绿草长,到军营放马的时节了。

一大些兵卒,把数千匹的军马,全都赶到了山坡上。群马炸涌着,"咴咴"叫着,每一匹马身上,都挂着一块木牌,上面写着主人的名字。一夏一秋,散落悠闲在山林间,或游荡在草甸子里,像一群群野马似的。等到天一转凉,秋草变黄,兵卒们便去草甸子、山上,吹响着口哨,把吃得膘肥体壮的高头大马,一匹匹地再牵回到军营里。

疆场上冲锋陷阵的战马,烙着印号,没人敢偷哩!

九

残雪消融,春水淙淙,一条条江河波涛滚滚地奔腾了。

一群群大雁飞回来了,欢快地鸣叫着,降落到了连天的水沼荒草里,下水采摘珍珠的时候到了。

关东大驿道上,有数骑京城黄马褂快马,星夜疾驰向宁古塔,颁布皇上的采珠圣旨。

白山王气、黑水霸图。关东滔滔的大水之下,挤满了密密匝匝的蚌蛤,粗糙的硬壳里面,孕生着晶莹剔透的"尼楚贺"(珍珠儿)。关东寒水中的珍珠,叫"东珠儿",古称"北珠儿",一颗颗小似黄豆粒,大如拇指肚,圆润饱满,多彩斑斓,有天青色,粉红色,乳白色……天然野生的"大东珠",为酷寒之气灵孕,冰精雪魄,天下无对,是大清皇家的独享贡品,严禁私人采摘。

大清明令规定:只有皇帝、皇太后和皇后,才能佩戴东珠项链。皇后、皇太后戴头等珠,皇贵妃、贵妃戴二等珠,妃为三等珠,女宾为四等珠。亲王的朝冠，饰东珠9颗，子朝冠饰东珠1颗。朝廷大臣中，文官五品以上，武官四品以上，军机处、国子监、太常寺、光禄寺、鸿胪寺等处属官，方可佩饰东珠。级别较低的官员，严禁用东珠或珍珠做朝珠，此为皇家威严。官品不同，佩饰东珠的多寡也不同。皇帝朝冠，顶三层贯饰东珠九颗，珠下承以金龙。皇家之串珠，皆佩戴于胸前。念佛的大珠串，每串珍珠108颗。

滔滔汤汤的呼尔哈河边，身穿朝服的"珠轩达"（乌拉打牲衙门主管采珠的官员），走上一艘停驻着的彩篷轿大船，高坐到绚烂的彩棚中。大彩篷船后面，有数不胜数的采珠威呼（独木舟）和五板船，一眼望不到尽头。采珠船队每十五六牲丁为一队，称"莫音"。每一条小舟上，都有官员和打牲丁，载着粮食、铁锅、帐篷……

一阵旌旗招展，锣鼓喧天，鞭炮齐鸣——浩浩荡荡的采珠船队，开始徐徐地驶动了。在彩篷轿大船的后面，成百上千条的小船，行如游龙。时值晴空万里，一轮红日东升，河水湛蓝清澈，一碧千里。

沿岸高山峻岭，水中危崖倒垂，天光云影。河边迤逦着人群，银发白髯的老人，牵着顽童的妇女，欢蹦乱跳着的少年，都在满脸喜悦地翘首遥望，争看采珠节采珠官礼的光景。许久，才看到在遥远的上游，采珠的大船队，沿着大河缓缓而来。

一阵锣鼓喧天，鞭炮齐鸣，彩旗招展。采珠的大船队，在一座高山下停下。彩篷船头摆好香供，"珠轩达"走到船头，向着山顶叩首祭拜。数百条"威呼"小船上的人，一齐跪倒在船上，磕头祈祷。

每遇到高山、河口，千年的古树，都会旌旗摆动，锣鼓喧天，鞭炮齐鸣，祭祀山神、树神、河神、蚌神……大船队一路走走停停，驶向蚌蛤的聚集地。

波涛汹涌的大河，在大山脚下急流洄水，甩了一个大湾子，淤积出一大片清浅的泥滩，便是蚌蛤的聚集地——月亮湾。

逶迤的河岸上，堆积着山岭般的碎壳蚌屑。

采珠船队缓缓停靠到河边，旌旗飘展，锣鼓喧天，鞭炮齐鸣，一齐祭拜水神河神，焚香叩头，远山晚阳如血。

采珠船队开始安营扎寨。

朦胧的河滩上，堆积起小山般的干柴，点燃起一个个大火堆。

一轮金黄的圆月，冉冉浮出东山，太白金星闪烁在西南，天空湛蓝深邃。星月交辉的夜晚，打牲丁们采到的珍珠，才会永远光泽莹润。

茫茫黑夜，滔滔逝水，一条条舟船顺流而下。

每一条"威呼"小船上，打牲丁都赤身裸体，半蹲半跪在船头，一齐盯着最前船的采珠首领——珠把式。

珠把式赤裸着站在船头，手持两头尖利的长杆，一条河就像在他身上滚滚流淌着。哪里水底有蛤，哪藏着蚌，都逃不过他的一双眼。一辈子都漂流在这河上！

珠把式全神贯注，两眼紧盯着船前的水流浪花——突然将手中的长杆，往河水底猛力一插，立刻响起一片蚌蛤"嚓嚓"咬杆之声。小船"威乎"在水中蓦然刹住，一任滔滔的河水在船底下奔流。

一条条小船上，打牲丁都腰系长绳，胯下兜紧着软皮口袋，手持一根细长木杆，猛吸足一口气，一个个地扎入河中，双手拍水缘杆下行，疾走如飞。

多年的老打牲丁，都是水鬼，一年年活在这流水里，两只眼早就成精了。虽说是蚌内生珠，但不是所有蚌蛤，全都生着珍珠。含孕东珠的蚌蛤，壳面粗糙，黑褐中杂着暗灰，一打眼就看得出来，正所谓病蚌成珠。

威呼小船上，有人手扯着绳索。蓦地一阵强烈的摇动，知是水下的打牲丁，欲要上船送蚌了，便急忙拽动起绳索。

不一会儿，一个赤身裸体的水鬼，打水里"呼啦"冒出来，一手抓着船板，一手把盛满蚌蛤的软皮口袋，"哗啦"一下投到船舱里，再腾出手，抹把脸上的水，大口喘息着。有人把鼓鼓囊囊的蚌蛤口袋，"哗啦啦"倒进船舱里，再将空瘪的软皮口袋递过来。打牲丁一把抓过，转身"扑通"扎入水中。

月亮光华四射，河面上波光粼粼。一个打牲丁疲惫不堪地游到河边，蹚着水，脸色惨白地走上岸来，浑身哆嗦着，上下牙打颤"得得"直响。

河滩上放着酒桶，倒满酒的一只大碗。他端起来，仰脖"咕嘟咕嘟"灌下去，一团火打心底直蹿上来，便在河滩上连蹦带跳。一会儿，蹲到大火堆前，"嘶嘶哈哈"地烤着火。烤一阵，又站起来，身前身后对着火烤，两只手浑身上下地搓。忽然抓起软皮口袋，返身走进河水中，一个猛子扎下去……

又有人打水里冒出来，摇摇摆摆地走上岸——

天渐渐放亮了，雾气袭来，漂流成了一河的云带。水鬼们都疲惫地上了岸，大碗喝着酒，添旺了大火堆，暖暖地烤。一条条躺在火堆旁的河卵石滩上，死人般。

红日当空，满河流淌着阳光。珠轩达身穿朝服，站在大船上。老珠把式手持尖刀，拿起一只大蚌，"啪"地挑开粗糙的硬壳，打里面取出一粒大珍珠儿，放到清水木碗里——

净洁光滑的大东珠，一粒粒地装进珠轩衙门纸袋，采珠官员做好标记，经鉴证官鉴过，粘贴上印花，装入封匣之中，由精骑护卫送入京城，交银库，由同都虞司官、工部官拣选过，分出等次，再由内务计总管和工部堂官复加拣选，分类装入锦匣之中，呈送皇上御览后，分类存入大库之中。

五月的河岸，白亮亮的蚌壳碎屑，积堆如冢。

十

采珠节一过，炽热起来的阳光，大片地飘落在水面上，河汊子浓密的柳树丛里，有一群群的野鸭子在野溪里飘游着。

避开官家采珠的船队，旗镇人也开始下河采珠了，摇着"威呼"小船，划着桦皮船顺流而下，进了柳丛里的蚌蛤河，一河都是阳光、水声和笑声。小船停到河岔的幽僻处，在岸上拾些干柴，额默们拿三块石头，支起一只小锅，舀着河水开始烧水。小孩子脱得精光，手里抓着只软鱼皮袋子，深深地憋足一口气，一个猛子扎下水，直沉入水底，拾着河底的蚌蛤，一只只地往进鱼皮袋儿里装。

蚌壳越粗糙，里面的东珠就越清亮。打蚌壳里取出来一粒粒珍珠，小心翼翼地放到桦皮盒里。紧闭的蚌壳，旗镇人从不用刀翘，只舀些烧热的锅水，在蚌壳上一淋，蚌壳立刻就张开了。

盛珍珠最好的东西，是桦皮盒。桦皮上有一层茸茸的微粉，柔软滑润，不会磨损新采出珍珠娇嫩晶莹的光泽。

采下的珍珠儿，拿到府城集市或高丽互市，能够换到高丽纸、笔墨砚台、粮食布匹，能换好些珍贵的东西。若遇上关内来的商人，便能卖上好多个金。

十一

满汉学堂昼习文，夜习武。

夜很黑，天空中还是有微弱的星光，在闪烁照耀着。

夜里头，峻极先生教弟子们练射箭。四外一片漆黑，虫声唧唧，远处只亮着一点红火，练的是箭射香头。

九弟子各自带着弓箭，"一"字排开，峻极先生背着一张硬弓，站在弟子面前。

"我所教授的六艺，乃是礼、乐、射、御、书、数。一曰五礼，二曰六乐，三曰五射，四曰五驭，五曰六书，六曰九数。六艺之'射'，便是射箭、打弹弓和射弩之法。'五射'为'白矢、参连、剡注、襄尺和井仪'。白矢就是箭穿靶子，箭头发白，发矢准确而力道强劲；参连为先放一矢，再三矢连发，矢矢相属，有若连珠之相衔，快速劲猛，使人防不胜防；剡注谓矢行之疾，就是箭发疾快，出人意料，使人躲避不及；襄尺为臣与君射，臣与君并立，臣让君一尺而退；井仪为四矢连贯，箭箭射中目标。射箭要练习'三力'，即眼力、臂力和心力。"

远处燃着一束香火，香火背后，立着一副高五尺五寸、阔二尺的布靶，掩于夜色之中，只能望见靶前的一点火红。射箭人正对着靶子，长箭疾穿过香火，便会射中布靶。峻极先生让弟子们距离香火二十步开外，他打身上摘下弓，搭上箭，拉弓如满月，一箭射去，箭矢疾如流星，正穿过香火。两个弟子跑过去，费力地把箭矢拔出，长箭透穿布靶的红心。弟子们一个个都惊讶得张大了嘴，眼里头甚是羡慕，神情却跃跃欲试。

峻极先生把弓箭递给了石娃。石娃身壮力猛，"嗖"地一箭，却不知射到哪里去了。他心中不服，再射一箭，又不知道飞去了哪里。石娃涨红了脸，沮丧地把弓箭递给了瀛生。瀛生拉了半天，脸憋得涨红，峻极先生的弓太硬，只拉了一大半，箭就轻飘飘地飞了出去，还没等射到香火，就无力地掉到了地上，弟子们都"哈哈"大笑起来。瀛生吐了下舌头，接着做了个鬼脸，把弓还给了峻极先生。

一众弟子中，只哈什玛是神箭手。他连射三箭，有一箭射中了香火后的靶子，一时洋洋得意。他提着弓，东瞅瞅西望望，悄悄把箭搭在弓上，突然朝黑影处射去，猛听到有人"啊"的一声，接着有个人一瘸一拐地冲了出来，嘴里骂道："是哪个兔崽子射的？"。

哈什玛回骂道："是你阿玛（爹）——"他突然扔下弓，一扭身藏到了瀛生的背后。

月亮渐渐地升起来，明晃晃地照着来人，是个粗矮的壮汉子，拿鹿皮包着一只眼，脑后垂着根长辫，腰中束带，右手拇指戴着一个鹿骨板指，手里拿着一支长箭，气势汹汹地骂道："是哪个兔崽子射的？"

瀛生笑嘻嘻地走到矮汉子跟前说："额其克（叔叔），是哈什玛在练习射箭！"

矮汉子怔了一下，板起脸说："胡说，哈什玛怎会射我？"他看了看手中的那支箭，讪笑了一下，"楛矢石砮，果然是我那支昂威赫神箭。哈、哈什玛，他为什么要射我？他在哪？"

瀛生眨了眨眼说："额其克，天这么黑，他当是只狼也说不定。哈什玛阿珲——"他左顾右盼，哈什玛不知啥时候竟不见了。

矮汉子说："瀛生，你怎么在这里？"

瀛生说："先生在教我们练射箭！"

矮汉子仰起脸，一副狂傲的样子："你在跟谁学射箭？"

峻极先生觉得来者有些不善。他本想对矮汉子道个歉，毕竟是自己弟子射了人家。但见那矮汉子来势汹汹，突然又变得尴尬，觉得其中蹊跷。这时听瀛生说到他，便歉意地对矮汉子说："对不起，我的弟子没伤着你吧？"

瀛生忙对峻极先生说："他是我额其克，哈什玛的阿玛。"

不知打哪钻出了一条小黑狗，围着矮汉子摇头晃尾巴，在他身前身后蹿来蹿去。突然竖起了耳朵，倏地蹿出去，"汪汪"地叫了几声，又没有了声息。弟子都认得，那是哈什玛的"巴图鲁"。

瀛生说："额其克，这是我们的先生。"

"先生？"矮汉子斜睬起眼，冷冷地瞅着峻极先生："你就是那个教小孩子射箭的先生？你会射箭？"

峻极先生说："请你指教！"

矮汉子听峻极先生说向他请教，口气稍缓了些："你就是新流放来的那个汉人吧？你懂满语，很好。我今天刚打崴子回来。在这个镇子里，我是莫日根，你既然要请我指教，那我就射给你看。"

他从背后摘下一张大弓，将手中的箭搭在弦上，"嗖"地一箭，正射中香火穿过布靶。

峻极先生喝彩道："好箭法！不愧是莫日根！"

矮汉子提着弓，一时洋洋得意。

石娃忽然说："刚才先生也是一箭穿过红心，他用的不是'楛矢石砮'！"

矮汉子一怔，疑惑地瞅着峻极先生说："你有这么好的箭法，射一箭我看看。"说着把一支"楛矢石砮"递了过去。

峻极先生没有接箭，只是将手中长箭搭到弓上，抬手一箭，就穿过了香火。

矮汉子顿时凶性大发，突然将拉满弓的"楛矢石砮"，一下子对准了峻极先生，吼道："你敢和我对射一箭？"

峻极先生笑了笑说："你既然是莫日根，我就和你对射一箭！"

峻极先生让人点起火把，与矮汉子相距百步之遥。矮汉子"嗖"地一箭射来，峻极先生也拉满弓，一箭射出，箭矢疾如流星般后发先至，两支箭半途相撞，双箭一齐落下，峻极先生的箭矢已经撞碎。

矮汉子走过来，"哈哈"大笑着说："两个都是莫日根！你的箭法很好，可以教我的追（儿子）啦！"他把手中的"楷矢石砮"，双手托着恭敬地递给了峻极先生："你今后就用这支'楷矢石砮'神箭，教我的追（儿子）吧！"

矮汉子转身离去，迅速地消失在了夜色之中。

峻极先生拿着那只"楷矢石砮"，望着矮汉子消失的背影，默然无语。

十二

夜里，峻极先生点着苏子油灯，往桦皮上抄书，累得手臂酸麻。学堂的弟子日日增多，课本急缺。他有时抄着抄着就睡着了，醒过来，虫鸣唧唧，感到有些冷，连打哈欠，便披上件衣衫，提笔蘸墨，继续往桦皮上抄。府城传来了消息，有"七子"也在授课办学，令峻极先生振奋。

满汉学堂第一次朔考，是背诵《论语》"学而第一"。背诵熟练者五分；不熟练者四分；有缺字漏句者三分。不会背者，以戒尺鞭笞惩戒。

第一个背诵的是石娃："子曰：学而时习之，不亦说乎？……"峻极先生面带微笑，十几个学生依次背诵。最后一个是哈什玛，只背出了一句"子曰"，就站在那里低着头，再也背不出来。峻极先生凛若寒霜，打墙上摘下戒尺，叫哈什玛伸出手来，"啪"地一下打到了手掌上，哈什玛疼得"嗷"的一声尖叫。峻极先生一连打了五下，哈什玛的手掌顿时变得红肿，疼得他浑身哆嗦，淌着眼泪，却不敢哭出声来。

峻极先生停下来，厉声说："本应打你十板子，念你是初次，剩下的五板子权切记下，下回若再背诵不出，两次板子一并重罚！"

十三

峻极先生前去拜访尼沙萨玛。

尼沙萨玛正坐在院子的大榆树下，做他的神鼓依奶钦。六七个孩子围着他，眼巴巴地听他讲莫日根的故事。

瀛生说，玛法会讲好多的"莫日根"，有族人的莫日根，鱼皮达子莫日根，鄂伦春莫日根，鄂温克的莫日根，达翰尔莫日根……莫日根的故事，永远都是勇敢的英雄莫日根，战胜妖精犸猊和鹰王肯德义的故事。

尼沙萨玛面前，堆着好些粗藤、兽皮和抓环，还有快刀和剪子。老萨玛一边讲着，一边不时地停下来，拿起块藤子撼撼，再拾起块皮子在鼓圈上比量比量……有时讲到要紧处，故意停下，咳嗽一声，端起碗喝口水，憋憋孩子的性。孩子都急得不行，一个劲地催促说："快讲！快讲！"

尼沙萨玛眯着眼睛，慢腾四稳地忙乎着活计，不慌不忙地讲道：

小莫日根呀，被扣在黑咕隆咚的桦皮棚里，不哭也不闹。他肚子饿了，就伸手去抓一块桦皮篓里的肉干，又松又软的嚼着。口渴了，便去喝桦皮桶里的水。吃饱了，喝足了，就再躺下，"呼呼"地大睡。

他一觉醒来，忽然听到外面有很多声音，好像都是在讽刺他老是在睡懒觉，不起来。他一咕噜爬出摇车，拿胳膊支撑着站了起来，往前迈动小腿，会走路了！他在里面摸呀抓呀，把盛水的桦皮桶踢翻了，把装肉干的桦皮篓碰倒了，一下子坐到了一个马鞍子上。他在地上摸呀抓的，找到了一支箭，用力朝前一捅，把桦皮棚扎了个窟窿眼，一道天光透了进来。他又在马鞍子旁边，找到了一把带鞘的刀，用力向外一划，把桦皮棚割开了一道大口子，他便打桦皮口子里摇摇摆摆地走了出来。

这时，有一只乌鸦飞了来，落在桦皮棚外的大树上告诉他，他的阿玛和额默,被鹰王肯德义和妖精犸猊抓去了。小莫日根立刻气得浑身发抖,恨不得立马就去打死鹰王肯德义和妖精犸猊,救出他的阿玛和额默。他踮起脚尖,使劲地往高抻,把自己抻得越来越高,高得撑破了桦皮棚,两只肩膀把桦皮棚凌空架了起来。他变得手大肩宽,身体高壮,长成了一个巨人。有一只喜鹊飞来告诉他,只要翻过九道岭,趟过九条河,就能找到一匹会飞的宝马。他按照喜鹊的指点,翻过了九道岭,趟过了九条河,果然看见了很多马。但这些马,都不是宝马,只要他一骑上,立刻就被压趴下了。他又找到了很多马群,有青鬃的骏马群,枣红的骏马群,金光闪闪的骏马群,但都没有找到一匹会飞的宝马。

有一天,他走到一条河边,看到一匹大肚子的母马,正在生小马驹。母马的旁边,有一个四色丝的马笼头,还有一只镶金边的马鞍子。他蓦地明白了,那匹会飞的宝马,正在母马的肚子里——

孩子们听到节骨眼上,院门突然被推开,瀛生带着峻极先生打外面走了进来。尼沙萨玛忙站起来……

十四

荒庙废寺变成了学堂。"满汉学堂",是旗镇的第一座学堂。

有人打学堂前走过,听到里面朗朗的背书声,便停住脚,好奇地朝里面观望着。慢慢地镇里镇外就传开了,说"满汉学堂"那先生厉害,能文会武,上通天文下知地理,前晓五百年,后知五百载,五经四书倒背如流,讲课从来不用看书,还懂万国话。读的书太多,在肚子里都发了霉,大晌午天躺在院子里,敞开衣衫露着肚皮晒日头,是阿布卡赫赫——阿布卡恩都里大神,派他到这里来教咱们孩子的!就是对孩子管得太严,学不好便打板子。蛤什玛因为背不出功课,手都打肿了。也有的说,严师出高徒!好些人家就都拎着鱼干肉干,领着孩子往"满汉学堂"里送。

有人看见,峻极先生除了晒肚子,还经常提着个芦苇子蒲团,扛着一根鱼竿儿，去镇子外的河边上钓鱼。

峻极先生坐在河边的一棵大柳树下。树底一块大白石，已经磨得龟背般溜光水滑，似乎早就在那里等了千百年。他坐在龟背石的蒲团上，脑后垂着根长辫子，举着鱼竿，一个人寂然地垂钓着。

日月安属？列星安陈？

出自汤谷，次于蒙汜。

一壁青山，垂下危崖倒影，荡在涟漪里扭曲漾动着，一阵阵清晰，又一阵阵模糊。寒波澹澹，有两三只水鸟，掠着水面向微茫的对岸飞去。远天野地，荒原空落落的。

落日无声，暮霭苍茫，孤帆远影，一河从不停歇的滔滔逝水，古往今来地在向东流着。他望着波涛翻滚的大河，一时胸中激荡，想起了东坡先生的豪壮诗句："大江东去，浪淘尽，千古风流人物——"

他忽然胸中一阵酸楚，昔日词、文、书三绝的苏轼，不正是今日之自己吗？悠悠千载，何其相似。昔日东坡居士因作诗，被诬"谤讪朝廷"，遭到御史弹劾被捕入狱，后来贬至黄州，始作前后《赤壁赋》，千古传诵，成就一世盛名。这一篇旷世之论，他七八岁便能倒背如流："逝者如斯，而未尝往也；盈虚者如彼，而卒莫消长也。盖将自其变者而观之，而天地曾不能一瞬；自其不变者而观之，则物于我皆无尽也。而又何羡乎？且夫天地之间，物各有主。苟非吾之所有，虽一毫而莫取。唯江上之清风，与山间之明月，耳得之而为声，目遇之而成色，取之无禁，用之不竭，是造物主之无尽藏也。"子瞻一生坎坷，始终境界高远。不是出尘绝俗之人，岂有遗世独立之文！

青山寂静，浪涛轰鸣，峻极先生渔樵般孤坐着，目光虚无在河水之外的地方。一条波浪滔天的大河，在他眼前一刻不停地流淌着，消逝着。

草丛里，散发着幽幽的凉气，有虫子在"嗞——嗞——"地叫着，夕阳正沉落在千山万壑间。

落日晚照里，一河红光如练！

十五

"满汉学堂"弟子骤然地多了起来。

古寺破败残损,已是显得狭小陈旧,对于越来越多的弟子,一时难以招架。峻极先生同尼沙萨玛一起去找老穆昆达。峻极先生说:"史籍记载,七八百年前,旗镇一带,属渤海古国,亦是礼仪之邦。那时大唐兴盛,渤海国数派遣唐使,大兴儒释道三教,在此设六部六郡:'忠、仁、义、智、礼、信'。立文籍院,胄子监,教《尚书》《诗经》《礼记》《周易》《论语》《孟子》《史记》《春秋》《汉书》。国中王公贵族,均以'言义、明忠、仁秀、元义、贞惠、贞孝、义信、诚慎、文信'冠名。当年出使日本的高僧释仁贞与释贞素,除占佛教'释'之外,亦有儒家的'仁'与'贞'。这古都东京的旗镇,正是当年渤海古国繁盛璀璨之大城。"

老穆昆达身穿着紫红大袍,召集族人大会,要在镇子里新盖一座"满汉学堂"。峻极先生亲自选址,定在城中斜塔南面的那一片荒地上。

荒地除了斜塔,还有两眼汪着水的废泉。一堵摇摇欲坠的土墙,十余株高榆矮柳。残墙断壁本就颓倾,众人用力一推,便轰然倒下。没了隔挡,只剩下几株大树撑着宽敞的风景,竟是好大一块空阔之地。

峻极先生昼夜设计,学堂课室,书馆院落,亭台楼阁,两口废泉皆需淘滤挖掘,从中引出两道清流,搭一道虹形桥,呈小桥流水典雅之状。二十几棵旁逸斜出的高树矮株,恰好平添几分学堂的一种古朴幽雅之趣。

旗镇有了大学问之人,要教孩子识文断字,办大学堂,全族的青壮男人都来了。穆昆达老族长和尼沙萨玛领头,男女老少忙乱成一片,一派车水马龙,好不热闹。

老板子赶着长条牛车,打山上拉回来一车车的木头,锯成一叠叠木方和板子。峻极先生带着弟子打杂跑腿,端茶送水,锹土扛木,凡零碎的小活都包下了,一个个忙得满头大汗。歇息的时候,众弟子全都盘腿端坐，拿起桦皮板课本，大声地朗读着。书读百遍，其意自现。老人们都捋着长髯，频频地点头赞许。朗诵之声越大，必是学得越好！

石娃带着一个小女孩儿，急匆匆地来找峻极先生。

"先生，您能收我做弟子吗？"一个格格打扮的小女孩儿，闪亮着两只大眼睛，一脸期待地瞅着峻极先生。

峻极先生善着脸说："我现在已经不收新弟子，等新学堂建成以后，你再来报名吧。"

石娃在一旁帮着求情说："先生，收下她吧！"

"我可以烧水。"小女孩声音清脆地说。她走到滚开着水的大锅前，对正在蹲着烧水的男弟子说："我来烧水，你抱木头去吧！"她一边说着，一边把刚填进锅底的一段木头抽出来，熄了火苗扔到一旁，又把一大叠木碗一一摆开，用长勺舀着水，一碗碗地盛满，凉在那里。

峻极先生心中一动，好一个勤快利落小女孩，还会说汉话，可打扮又像是旗人。小女孩忽闪着一双精灵的眼睛，感到似乎有些熟悉，听口音分明是齐鲁之人。小女孩端着一碗水，送到他跟前说："先生请喝水！"

峻极先生问："你是汉人？"

"我娘是汉人！我阿玛是巴图鲁！我叫鸿雁。"

峻极先生惊异地问："你娘叫什么名字？"

小女孩鸿雁睁大着眼睛，望着峻极先生说："我娘——就叫我娘呀！"

峻极先生怔了一下，哑然笑了。

鸿雁说："我娘说，你非收我不可的！"她打身上取出一柄短扇说，"你看到这把扇子，就一定会收我为徒！"

峻极先生接过扇子，是一把精致的檀香小扇，但也未看得出有甚惊奇，上面似乎还题些字，他徐徐展开，见扇面上写有一首小诗："龙旋十八盘，凤飞玉皇殿。仙云石上海，纯阳洞中缘。"他大吃一惊，扇子上的诗，正是自己亲笔所书，峻极先生心中蓦地一震！

小女孩眉开眼笑地说："咋样？这回收我做弟子了吧？要不我给你背一段《天问》？"

峻极先生急切地问:"你娘好吗?你家在哪里?"

"我家在河北岸,是我娘划着桦皮船送我来的,她已经回去了。"

峻极先生心跳得厉害,又似是有些失望。他定了定情绪,把扇子还给鸿雁说:"好吧,那你就先在这烧水吧!"

鸿雁捧着一大碗水,兴高采烈地对峻极先生说:"弟子请先生喝水!"

峻极先生双手接过,神情有些恍惚,胸中激荡,一副神不守舍的样子。

鸿雁转身对石娃说:"你去弄些柴禾!"接着又伸出手臂摇喊道:"都来喝水啦!"她又快步走到土墙跟一大丛野玫瑰跟前,连花带叶地摘了一大捧回来,扎得龇牙咧嘴,急急地投进锅里,半锅水开始慢慢地变黄变红。她又把火弄着,重新给峻极先生盛了一碗。水在木碗里,竟是清透的桔红色。

鸿雁说:"这是玫瑰茶,很好喝的!"。

十六

熄了灯,夜阑人静,墙角土蜇子"咝咝"不绝的叫声,叫得峻极先生的心事纷至沓来。

一枚扇子,一枚久已遗忘的檀香小扇,很多年以后,竟在几千里以外的蛮荒之地,突然出现在他的面前。小扇上的字迹,是他在泰山之上,亲笔为一位萍水相逢,又一见如故的俊友所题。

泰山十八盘,一千多级叠嶂的石级,就悬挂在峭壁绝崖之上,阶级陡峻,直入云霄。老远望去,如临仙境,一派虚无缥缈。小道蜿蜒,一路攀缘而上,只见松壑雾深,危岩悬空。浮游飘动的云霭中,耸峙着奇异的怪石奇峰,俨然刀削斧劈,如长剑凌空。

双峰夹峙,仿佛天门自开,高高地垂下两副长联:"门辟九霄仰步三天胜迹;阶崇万级俯临千嶂奇观"。峻极杂在行人中,一步一阶,登上南天门,迈步跨了进去,额头背上已经汗水津津。他走进

"三灵侯殿",拜过三灵侯,又在"关帝庙"拜过关公,沿着小路缓步而上,一直走到望海石处,遇上了一位英俊的少年书生,言谈之间,竟甚是投机,两人遂结伴同游。

少年书生问道:"敢问仁兄贵姓大名?"

峻极道:"愚名峻极,字泰岳,号雁鸣。"

那书生忙深深地一揖,说道:"原来竟是名震齐鲁的泰山'游龙'峻极兄,久仰久仰,小弟飞凤。"

峻极也蓦地吃了一惊,世上会有这样的巧遇,此人竟是齐鲁"飞凤"!那飞凤嫣然一笑,露出两个浅浅的酒窝,折扇一摇,竟缓步朝前走去。

齐鲁"飞凤",乃是济南城一位诗文双全的才女,黄河两岸大名鼎鼎。同道中人常常说起,言此女诗词文赋,才华横溢,当可与"千古第一才女"李清照并肩媲美。

飞凤边走边说:"俊极兄不必为一名字吃惊,此飞凤非彼飞凤。那齐鲁'飞凤',乃众口美誉之才女,人言情采过人,堪比易安居士。小弟不才,岂敢与之相比?名字乃父母所赐,不便更改,且小弟乃一男儿之身,吾兄不必挂怀。"

峻极顿时胸中释然,遂说道:"众人皆言'游龙飞凤',实是愧不敢当。齐鲁同道众口铄金,今观老弟才华横溢,绝不会在那'飞凤游龙'之下。"

那少年飞凤瞬间脸色微变,随即转喜道:"峻极兄谬赞,那飞凤乃女中俊才,愚弟齐鲁之末,岂可相比?"

两人随意而游,一路上谈笑风生,便忘记了脚下的路长。泰山古洞窟穴甚多,朝阳洞、黄花洞、月亮洞、白阳洞……一路怪石嶙峋、古松竞奇、岩壮峰雄。泰岳四十八名洞,各有奇异,一时也游览不尽。两人虽然扇不离手,亦汗如雨流。

转眼到了岱阳王母池畔,过桥东行,便是吕祖洞,为八仙纯阳子吕洞宾修炼的道场。那吕洞宾原姓李,因避难,更姓为吕,名岩,字洞宾。后遇仙人钟离权,授予丹诀,称回道人,号纯阳子。他修真度人,留有"江淮斩蛟、岳阳弄鹤、客店醉酒"之典传,乃是八仙中全真五祖之一。

这吕祖洞中,藏着一个千年传说。有一次,吕岩闲游泰山,忽然遇到了容颜绝丽的白牡丹,顿生爱慕之心。玉帝见他动了凡心,便削去了他五百年的道业,贬他到泰山脚下的一个小石洞中悔过修炼。明御史宋涛《泰山纪事》中,载有吕祖一个趣闻:"昔吕公题诗石壁,有虬常对诗顶礼,一夕吕公复至,挥笔点其额,遂化龙飞去。"

峻极与飞凤二人,跨涧一路东行,不觉间走上了"王母桥"。俩人都停下来,手扶栏竿,朝桥下俯瞰。一条清流穿桥而过,水声潺潺,石卵砾砾。飞凤看得一时忘形,竟将手中的折扇坠下桥去。

峻极见飞凤脸色微变,知她心中不快,便将手中的扇子递过去说:"贤弟不必介意,请先暂用愚兄的这把。"

飞凤也察觉自己失态,于是微微一笑,接过峻极递来的扇子打开,仔细端详了一阵,又还给峻极说:"兄之物也需要用,我这还有一把。"他从身上又取出了一柄檀香小扇,随手打开说:"听说峻极兄笔墨骨力遒劲,瘦硬通神,有如柳公复生。小弟有一不情之请,请峻极兄在这柄扇子上题几个字如何?"

峻极解下随身所带的笔墨说:"这个容易。"

飞凤说:"所题字句,由俺来定!"他仰头望天,口中诵道:"龙旋十八盘,凤飞玉皇殿。仙云石上海,纯阳洞中缘。"

峻极说道:"好诗"!于是笔走游龙,将一首五言写好,取出印章,就石桥上盖下,说道"献丑",递给了飞凤。

俩人下了王母桥,转向东行,没走多远就到了纯阳洞。洞内已有五七人,正在观赏游览,飞凤忽然对峻极说:"峻极兄大才,有一友人出一道谜,至今未思得谜底,望峻极兄能为俺释疑解惑。昔时有一'二九'妇人,于兵荒马乱之中,与丈夫、孩子失散,寄宿在一座庵堂中。夜里梦见庵内尼姑,叫她推磨磨麦子。妇人累得疲惫不堪,越想越伤心,一狠心就投入了深水塘。满塘的荷花,伤感得花瓣纷纷坠落,漂在水面上。"

峻极苦思良久,一时未能破解。

飞凤说:"待峻极兄解开此谜,请到济南一会,小弟翘首渴盼!"

俩人出了洞，依依不舍地分了手。

峻极一路苦思冥想，回到家中遍查史书，方知此谜为东汉马融求学之典。马融俊才善文，少年时曾从京兆处士挚恂问学。挚恂有一女儿碧玉，见马融常自恃聪明，不肯刻苦，便想挫他傲劲。于是她提出，要和马融比学问。马融不服，便同碧玉一同去见挚恂。挚恂出了一题，便是飞凤所出之谜。马融实在猜不出，便让碧玉回答。碧玉想了想说："磨麦，可见秤（夫）面，莲花瓣落则可见子。妇人此梦，当与丈夫孩子重逢。"马融感到无地自容，羞愧不已，于是逃离了师门，独自到仙游寺旁，劈山筑室发奋读书，几易寒暑，终于博经通籍，成就东汉一代名儒，并取了师妹碧玉为妻。

峻极恍然大悟，那日泰山所遇的俊友，正是女扮男妆的齐鲁飞凤，谜中之意不言而喻。

他欲立即起身去济南，不料却忽感风寒，待病愈后赶去，却遇上了一件意想不到之事。他站在海内第一名泉——趵突泉旁，一任娥英水喷涌翻滚，心中茫然若失。"游龙飞凤"，自此天各一方，竟相隔了一十八年。

这个小女孩鸿雁，竟然就是飞凤的女儿！

十七

峻极先生、石娃和鸿雁三人，划着一只威呼小船，渡向河对岸。石娃两手摇着桨，鸿雁兴高采烈，一路"呱呱呱"说个没完。

"娘要是知道你来看她，不知道会有多高兴！你是怎么认识俺娘的？"

峻极先生笑着说："十八年前泰山之上，你娘当时是一个手摇折扇的俊俏书生。"

"啊？"鸿雁惊讶地瞪大眼睛。

"你娘是女扮男装。"

"噢，你没认出她来？"

"我以后再也没有见到过她。唉,十八年啦!"

一声叹息,老了船底晃晃的流水。一条滔滔的大河,正波涛滚滚地向东漫流着。有几只水鸟从船边掠过,在水中划过一道影子,又高高地飞了起来。一条顺水而下的小"威乎"船头,坐着一个人,头戴着一顶斗笠,手臂上驾着一只鱼鹰。

澄澈的河水中,天光水影,白云悠悠。河对岸有人在撒着网,也有人坐在石上持竿垂钓。

小船靠了岸。峻极先生和鸿雁下了船,石娃把"威呼"系到岸边一棵婆娑着的柳树上。小船被一根短绳牵着,躁动不安地动荡着。

一望无际的旷野,风吹浪涌,鸟鸣清脆,一条小路朝远处伸去。

遥远着的一片榆柳丛中,半荫半露着十几户人家。鸿雁跑进了树丛里,大声地叫着:"娘,娘——"

一个青年俊妇,打地窨子里走出来,手里拿着一只木勺子。

"娘,先生来了!"

峻极先生抢先一步,叫了声:"飞凤贤弟!"

女人浑身一震,手中的木勺子"当啷"掉到了地上。峻极先生两手抓住了她的手,喉头哽咽。

飞凤泪水涌满了眼眶,她慌乱地抹了一下,强笑着说:"快进屋里坐吧!"

一小间的地窨子,屋门上挂着一根达子香,冒出细细袅袅的白烟。屋里头坛坛罐罐,桌子上罗放着几本书,土炕叠着两铺被褥。

飞凤说:"炕上坐吧!"

小孩子在屋里头待不住,鸿雁叫着石娃,一块跑出去了,地窨子里只剩下飞凤和峻极先生两个人。

峻极先生说:"我病愈赶到济南的时候,你们已经走了。"

飞凤叹了口气说:"唉,是命!"

俩人都不知道该说些什么,一时无语。峻极先生说:"来满汉书院吧,书院初建,正缺少人手,咱们一块办学吧!"

院子外有几棵粗大的老榆树,悬挂着好几个喜鹊窝。鸿雁找了一根细绳,石娃把它系成了一个绳圈,套在两脚上,猴子样"嗖嗖嗖嗖"地爬到了树上。树顶的喜鹊被惊动了,"喳喳喳"地叫着飞了起来,落在不远处的一棵大树上,依旧在"喳喳"急叫个不停。

石娃一连掏了仨喜鹊窝。两个孩子说说笑笑地走进屋来,鸿雁的桦皮篓里,装了半下子草蘑,又在树上掰了一块榆黄蘑,还有一些山菜。石娃捧着一桦皮盒喜鹊蛋,两个人都喜滋滋的。

峻极先生对鸿雁和石娃说:"告诉你们一个好事,飞凤先生已经同意去我们学堂做先生了!"

石娃急忙放下手中的喜鹊蛋,抢上前给飞凤先生跪下,恭恭敬敬地磕了一个头说:"弟子真仁给先生叩头!"

鸿雁乐得一下子抱住了飞凤的脖子。

峻极先生对石娃说:"飞凤先生可是个了不起的大才啊!"

石娃恭谨地说:"请先生教诲!"

飞凤先生说:"我这几年,也积攒了点压箱底的东西。"她转回身,打开一个木柜,里面竟是满满的一箱子手抄书。"为教雁子,这是我默写下的《诗经》三卷,《楚辞》两卷,《乐府》一卷,陶潜诗二十篇,唐诗三百首,易安词一部,宋词三卷,还有元曲两卷,汉赋一卷,唐宋文两卷。"她把书一卷卷地拿出来,叠放到炕上。

峻极先生惊喜万分,学堂现在最缺的,就是书籍。他一卷卷地翻阅着,高丽纸上俊秀的字体,深得"二王"神韵。

石娃惊讶地张大了嘴,眼睛贪婪地望着那些书。

峻极先生感慨地说:"万卷诗文烂熟于心,又何愁学堂不兴?"

飞凤先生笑着说:"唉,我这寒屋陋舍,还真不知道怎样来招待峻极兄师徒?"

十八

新落成的书院,太阳般照亮了整个旗镇,前来参观的人络绎不绝。

一片幽静雅致的屋舍,庭院宽绰,两眼八角石井,流淌出潺潺的细流儿。园中亭台甬道，石桌石凳，几株落荫浓重的高大粗榆，七八株矮柳垂丝而立，使书院平添了几分幽深和沧桑。大门上高悬着一块匾额，上书四个大字——"满汉书院"。满汉学堂，已经更名为满汉书院，又多了一位女先生，每天都有人带着孩子前来求学，可谓人丁兴旺。

满汉书院举行落成仪式，院内院外一派热闹，到处人来人往，熙熙攘攘。瀛生和鸿雁正在登记安排新弟子；飞凤带着石娃等弟子，接待前来庆贺的客人。穿着紫红袍的老穆昆达和尼沙萨玛，一大清早就来到了书院，张罗着午间的宴席——族人最隆重的"碗子席"。

"满汉书院"开学祭礼，首先祭拜大成至圣先师——孔子。书院悬挂起孔子画像，峻极先生、飞凤先生在前，众弟子、来宾在后，一齐跪倒，向大成至圣先师——孔圣人叩头礼拜。尼沙萨玛穿着神服、打着依奶钦神鼓开始跳神，唱着神歌，是天母阿布卡赫赫——阿布卡恩都里大神，派峻极先生来到黑水白山之地……

峻极先生请满头白发、穿紫红袍的老穆昆达讲话，又介绍了满汉书院新到的飞凤女先生。众人皆不知易安是谁，但对大词人纳兰性德，却是视若神人。听说飞凤先生的诗词，竟与纳兰性德齐名，顿时跪倒一大片，口称"哈番！"有上了年纪的人，竟激动得泪流满面。

峻极先生在众人面前，讲授了满汉书院第一课：

"天命之谓性，率性之谓道，修道之谓教，正所谓神道设教。韩愈曰：师者，传道授业解惑也。为师第一要务，乃是传道。我们满汉书院，传的是大学之道。《大学》开篇便说：大学之道，在明明德，在亲民，在止于至善。古之欲明明德于天下者，先治其国；欲治其国者，先齐其家；欲齐其家者，先修其身；欲修其身者，先正其心；欲正其心者，先诚其意；欲诚其意者，先致其知；致知在格物。物格而后知至；知至而后意诚；意诚而后心正；心正而后身修；身修而后家齐；家齐而后国治；国治而后天下平。自天子以至庶人，皆以修身为本。'满汉书院'办学宗旨，就是继承圣人之道，彰显人心深处之本性，弘扬人光明正大之品德，使人不断地修心炼身，不断地去恶扬善、弃旧图新，提升道德境界，以达到内圣外王、尽善尽美的仁圣之人。满汉书院秉承'礼、乐、射、御、书、数'六艺育人,培养文武双全的弟子!"

众人顿时欢呼雀跃,锣鼓齐鸣,载歌载舞,一派热闹。

庆祝盛宴的碗子席,热菜冷碗,一道道地端上来。客人皆坐在南面,弟子们上前敬烟,献乳茶,注酒。酒有黄酒,汤子酒,都是族人自家酿的。众人大碗地喝着,大声说笑着……

老穆昆达请来了族中最有名舞师,在宴席间作秀献舞。舞蹈是族中最美妙的"莽势"长袖舞,男女舞师各举一袖于额,反一袖于背,忽然盘旋起舞,妙姿轻盈,长袖飘逸舒展,身形翩翩,一边舞蹈着,一边开始高歌。场中数百人,一齐高声"空齐""空齐"的应和着,喊声整齐,错落有致,席宴的气氛顿时浓烈,有歌声漫开来:

依罗罗——
嗬依罗罗,
嗬依罗——罗——
依罗罗——,
源远流长的黑水啊,
依罗罗——
高耸入云的白山啊,
依罗罗——
嗬依罗罗,
嗬依罗——罗——
嗬依罗罗,嗬依罗——罗——
水有源啊依罗罗——
树有根啊依罗罗——
依罗罗——依罗罗——

旗　镇

一

　　仰起脸瞅，漫天竟飘着鹅毛般的雪了。白露刚刚过去，秋分还未到哩！

　　镇上的旗，一律静静地垂着，任雪花纷纷乱乱地舞。空空的街巷里，不见一个行人，只雪不停地落得寂寞。常日遍街行乞的人，一个也不见，全不知早躲去了何处。

　　雪越下越大。漫漫落雪，无声地覆着世界，老镇不见往日的面目了。只路边一株雪中朦胧的老松，还在艰难地支撑着空空着的风景。靠这几棵枯枯的老树，到底还能够支撑多久呢？

　　天地溟濛，飘雪纷纷，混沌成一片了。不知不觉间，就昏昏地暗下来。雪还在一层层地厚着。烟云中的半片晚月，悬在高远雪山之上。山里烟客的日子，开始寒寒地难熬了。

　　深巷的烟馆里，有微红的烛影。身着长衫的男人，斜躺在木椅上，嘴里斜着长长的烟枪，对着烟灯，"吸吸溜溜"地抽着。瞑眯着眼，一脸的如梦如幻。身着绸缎的女人，一旁侍候着。吸足了，移开烟枪，女人接过来，一旁放了。男人仍闭着眼，露出一副心满意足的样子，便放手到女人的胸上、大腿上揉搓着，嘴里哼出些荤腥的浪曲。

也穷穷的家里，昏暗着。墙根儿泛一片霜，透着丝丝冷气。炕上破棉被里，女人和一堆孩子挤一块儿，男人在外屋搋着兀拉草。火盆里的炭火已经冷透。墙上恍惚着一盏油灯，昏沉着，不知什么时候也熄了。只窗户纸在夜风中，"呼嗒呼嗒"地响。

半夜里，死静。远远几声犬吠。落净雪的天空，冰一样寒。天上明晃晃的月儿，照着墙角、屋前的羊草堆和麦秸垛，忽然就有窸窣的响动，有雪末纷纷地落下。里面睡的是乞丐。半夜里叫月光吵醒了，刺骨的寒，才知道起了北风。就紧紧地裹住身上的破棉袄，缩着身子，朝草垛里再钻钻。听远处的山林"呜呜"地吼，直冻得耐不住。

冬天才刚刚开始，离春上还远哩。一天天，熬吧！

有人起大早，草垛旁不小心绊一跤，是人的腿。人被冻硬了。

旗镇有三条远近闻名的巷子：杏花巷、神仙巷和好汉巷。

好汉巷是赌巷。一门门，都是赌馆。到巷子里来的，都是旗镇的赌客。打麻将的，推牌九的，掷骰子的……偶尔门开了，走出来的，都是一副失魂落魄的模样，晃晃荡荡地走出巷子。身后，是风乱扬着的雪粉。

神仙巷是石巷。石屋石墙，连巷子里的路，都石板铺成的，碎裂出纹络了。有月的时候，石巷很静，荫着半边墙影儿。忽然"吱"的一声，一条灯光泻到夜路上，板门里闪出一条瘦长的汉子，隐约看见里面有人在抽大烟。汉子哼着小曲，很响地踏着石巷，摇摇摆摆远远去了。深去的夜里，有打山上下来的狼，孤寂地站在巷子里，抻长脖子，发出瘆人的长嚎。

杏花巷里，有两大排杏树。冬一临，就都是秃枝了。初春里，一山山都还枯着，巷子里早吐出一片粉白的杏花。一场风一场雨，地上的落英一厚，一树树就结满了指顶肚般大的青杏。杏花巷最怕的是深秋，几场秋雨，落叶纷纷，霜一打，一巷子就都枯枝了。

天阴晦着。一大早打门里闪出条汉子，躲开行人，沿着墙根慌慌地走出巷子。不一会，一扇扇门都开了，走出画眉涂唇的女人，蓬着头发，打着哈欠，扭着腰靠在门框上，抽一颗洋烟，瞟着走进巷子来的嫖客。

有女人正在树底的雪堆那儿干呕。

对着火车站的，是一条步步登高的石头路，路尽头，是一座东正教堂。走进教堂里祷告的，大都是些俄国人。来做祷告的胖妈达姆（妇女）、姑娘、老头，都极虔诚，请主保佑，一千遍一万遍在胸前划着"十"字。

教堂里，常响起清越的钟声。是天堂在召唤了！所有走在路上的俄国人，都在钟声里停住，在胸前不住地划着"十"字。

一出车站，便望得见居高的教堂，高耸的塔尖指向无垠深邃的蓝天。有片白云不知将飘向何处。

教堂之南，是一片成行见方的黄房子，笼罩在大片的树荫里。树下有木条凳，常坐着些肥胖的妈达姆。树上杂着脆生生的鸟叫，偶尔也响起奶牛悠长的叫声。

每座房子，都有木板杖子围栏，淡蓝或浅黄色的。一有生人走近木栅门，便有大狗霍地站起来，铁链子牵着，"汪汪"地叫。

镇子里喂养着很多的狼狗。

俄国高大的狼狗，竖着两耳，凶凶的。除了俄国人，镇里的富户、门市，都喂养着这样的狗。最凶的一种，叫"豹犬"，浑身花花斑斑，生就一张豹脸，叫人望而生畏。豹犬只身可以屠狼。还有一种狗，叫袖珍狗，小得可以托在掌上，装进袖子里。雪白或是黝黑，常温柔地趴在主人胳膊弯里，叫一只白嫩的手掌软软地抚摸着。有时也被一根细绳牵着，颠颠儿随在一位寂寞的贵妇人身后，尖声地叫着，极神气。

镇子里住着很多俄国人。都是白俄、东正教信徒。星期天去教堂做礼拜。这些人都是蓝眼珠，黄头发，人高马大。十来岁的小女孩，那眼睛、鼻子，怎么瞅怎么可爱，就想蹲下来亲一下。长成了大人，就肥肥胖胖起来，几百斤重。男人一见烈酒，命都不要了，常喝醉，拉着手风琴，唱冰雪覆盖着的伏尔加河，唱傍晚的绿草地。男人女人抱着跳舞，跳性感了，后来就那样了。

俄国人爱喝酸奶，吃奶油面包。镇子里有四五家俄国人开的面包房，每天一大早，就有好些白俄女人在那排着队。吃的也怪，包括香肠、牛肉，还有土豆，都要蘸着盐末，吃得很香。

房子都是红松垛的，再砌上砖或抹上泥。有很大的院，喂养着一两头黑白花奶牛。常看见有"妈达姆"，蹲在奶牛下撸奶。奶牛很壮，奶急，打在铁桶底上很响。老牛若无其事地站着，有绳拴在老树上。那些树，多是柞树或色树，秋天里一身红叶，火一般烧眼。

板障子周围多荒着野草，深着野蒿子或牛舌头草，还有细密的嫩草。老牛站在草里，眼睛大而圆地远望着，西天边正紫着火烧云。

二

一个后来与旗镇历史筋脉相连的旅行家，在一个晚霞如火的傍晚来到了旗镇。

没有人注意到，旗镇后来竟然成了一片背景。他站在这片背景下，留下了一个耐人咀嚼的剪影。

旗镇是一座的坡镇，向北伸展，属老爷岭。站在山顶上望，全镇十条大街九条长巷，画出一座棋盘镇。石屋石墙旁，常见到几棵百年老松。旗镇的脚下，缓缓去着一条不舍昼夜的河（冬天西北风一扫，就是冰河了。宽阔的冰面上，雪龙狂舞），迎着落日，斜斜地向西北流着。

西北是渺茫重叠的群山，到了秋天，红红黄黄绚烂成一片。漫漫云海间，是一轮欲沉未沉辉煌的落日。

旅行家漂过拉彼鲁滋海峡，穿过库页岛，沿着中东铁路，经伯利、海参崴、双城子，一路风雪，来到了旗镇。旗镇是一座雪镇了。大烟炮疯卷了三天，天气便转暖，屋檐下滴起水来。

走在熙熙攘攘的街市上，旅行家一脸风霜之色，穿一件半新的呢大氅，镇上的一切都叫他感到新奇。

旗镇穿呢大氅的，都是有钱人。有穿羊羔皮的（很短雪白的茸毛弯卷着，暖呵！再罩上一绸缎外领，很绅士），也有穿大狐狸毛领（蓝狐或银狐）的，或水獭皮、猞猁皮大衣，外面再罩上一件皮马褂儿。

旗镇有钱人家的女人，或者场面上的，都穿皮袍（紫色或黑色），脖子上再绕一条长狐狸领，抖着一片青灰色的"松针"。雪花落在上面，融成毛尖上的一片水珠，叫人看了，极精神、高雅。

忙在山里的，街面上的，都穿着白花花的老羊皮袄。有的反穿着，把羊毛露在外面。这鬼日的天气，冷死！车老板子，山上的柴客、烟客，都这样穿。

热闹的街头，一堆堆的人，穿着又肥又大的棉袄棉裤，裤裆瘪瘪地下坠着。头戴着狗皮帽子，嘴里哈着白气，连眉毛都结霜了。腰里扎着根布带或草绳子，揣着手，蜷缩着身子蹲墙根下。

哪里没有穷人呢？

街上好些要饭的，老头或老太太，身后跟一个小女孩，一双巴巴的小眼可怜着。目光很怯，脸泥花花，把乌黑的小手朝行人伸着。

街面阔些的地方，便有聚堆的，围一大圈。旅行家走过去，站在人群后面朝里看。中间的空场上，一个矮小的老头，牵着一只小猴儿，围场子蹲着。猴猛蹿上老头的肩，抱住老头的头、脖子、咬老头的耳朵、凶红着眼，"吱吱"叫着，吓周围的人一跳。老头忙去头上扑打，吓唬着，猴儿又远远地跳开。老头托着一个盘，沿圈开始收钱。有铜钱不断扔进盘子里，也有撒落到地上的。猴儿便一个个去拾。有些人忙朝外挤，走了。

也有卖药的。人圈中，汉子一身精干，手上托着一包药，正说得口若悬河。地上旺着一座火炉，汉子罢口，打炉中抽出一根烧红的铁棍，叫众人看着，狠喊一声，将一只手实实地抓住。伴着一股肉皮烧焦的糊味，冒出一股淡淡的白烟。周围人一片惊叫。卖药人急扔掉铁棍，咬牙甩着手，脸都不是色了。身边的小姑娘忙打开一个纸包，将里面包着的一小堆白粉末撒到手上。那卖药人还疼得咬牙跺脚，渐渐不那么厉害了。也就是抽几口烟的工夫，竟再无疼痛的感觉。

周围人一片哗然，纷纷摸出钱争抢着去买。

继续沿着街朝前走。街两面多是石头房，偶尔也有砖的，连成一溜。中间墙上，常刻有"夥山"字样。石头墙上，也画着一些广告，有洋字码，也夹着汉字，"碘、镁、俘、油"之类。

就走进长长的菜市街，是拥拥挤挤的人群了。

卖菜的都乡下人的模样，披着棉袄或老羊皮袄，揣着手蜷缩着，守着眼前地摊的日子。

蓦地有一群马队驶来，迅疾地从菜市的青石街上"哗哗"驶过。挂了铁掌的马蹄疯踏着雪路，掀起一片雪烟。路中的行人和小贩，惊慌着躲向两边，有成堆的苹果、柑橘、鸭梨来不及搬，筐被碰倒，红红黄黄满地乱滚。一些被马蹄踏碎了，粘在冰石上，冻住了。

慌乱过去，又慢慢恢复了街的常景。有人惊异地望着远去的马队，小声议论："大帅的马队又出动了，八成又有啥事！"

旅行家退到街边的一棵老榆树下，一个驼背的老头正弯下腰，拾捡着被人群碰洒的冻蛤蟆、小河鱼，还都挂着冰碴哩。看得出，是打河里新砸出来的。

前边是鱼市了。卖小鱼的，卖蛤蟆的，也有几斤重一条的大鱼。有细鳞、鲤子、滩头和大马哈。大马哈是海鱼，旗镇的河连着海。河里生、海里长，还要再回到河里来，把卵产下。大马哈鱼子是高级补品，有钱人不断地吃，滋阴壮阳。

老人边拾捡着地上的小鱼，边叹着气："哎，啥时候才能够太平！"

旅行家撩起大氅，蹲下来帮老头拾捡着。一边问老头："刚才这马队是——"

"张大帅的剿胡子队，这几天镇里胡子闹得凶——"

三

　　集市是乡下人的。挑着土篮子，大圆筐，或挎着小筐，背着背筐，打附近山里的小屯子中赶来。自家地里种的，秋天收了，放在地窖里储藏起，到冬天里摆到集市上来卖。卖白菜、大头菜的，卖土豆的（都用棉被捂着，怕冻了，只放样品在上面做幌子）。卖黄烟的（一押押扎好，齐齐摆着），卖豆腐的（鲜豆腐在桶里，冒着热气，冻豆腐一块块冻得全是眼儿，干豆腐整齐地摞着）。卖豆子的（饭豆、黄豆、小豆、绿豆）。卖新苞米碴子的，卖大米小米高粱米的，偶尔还有卖大麦仁的（做粥稀软溜滑，没牙的老人最爱吃）。卖芹菜、香菜、冻菠菜的（冰天雪地中的一片绿色）。卖大葱大蒜的（也用破棉被捂住），比比皆是。

　　旅行家走到一个卖菠菜的老太太跟前。老太太瘪着嘴，将一只空洞洞的眼对着他问："买菠菜吗？"旅行家半蹲下来，问："有蕨菜吗？"

　　"蕨菜？"老太太满脸的迷惑，忽然就皱出一脸的笑，"我当是啥菜，满山都是的野菜，谁家吃那个？又不是荒年！"

　　渐渐到了街中心，十字大路了。一家家的门市旁，有卖糖葫芦的（一根草绳儿扎的靶子，插满红得发亮的糖葫芦串。立在墙边，也扛在肩上，沿着街一边走一边叫卖着："糖葫芦——"），也有戗刀子磨剪子的（一条板凳，一头绑块磨石，大街小巷地喊："磨剪子来—戗菜刀！"），有卖字画的，配钥匙的，刻戳儿的，浇糖人的，卖葵花子、松子的……

　　路边也常有些不惑之人，也男也女，地上铺一张白纸，压个石子或土块，上边写着"相面"。人席地而坐，或坐一小板凳，将破棉袄紧紧掖住，揣着手，侧脸躲着风扬起的雪粉。

　　有人走到近前，相者便抬起头问："相一面？"接着瞅瞅说："你胸前有个痦子，脖子上有一个羊旋？"客人一惊，眼神立刻虔诚了许多。

相者眯着眼，将眼神在来人的脸上下左右逡巡一遍，说："先生的脸上有晦气隐现，眼神沉而心重，近期恐有小灾降临"。客人立刻肃了脸，一副焦急的神态。相者便从包里取出一壶占卜签儿，放到雪地上："请先生抽上一签儿——"

一卦几文大钱，糊口而已。

旗镇最有名的卜处，是神卜轩。轩主是位年老的瞎子，伴一小童。

神卜轩在镇南头的一棵老树旁，独间的石墙茅屋。门口挑出一面小旗，写一个"卜"字。门头上一块匾："神卜轩"。两侧垂有条幅，字书："算世人前生后世，测乾坤吉凶祸福"。神卜轩每卦必验。镇里人每逢大事，必重金虔诚去算。

瞎子的话，多灵。

有一烟客，旗镇种大烟三年，发了。便来神卜轩算上一卦，准备返回老家山东。烟客刚报完生日时辰，瞎子蓦地惊了脸，忙挥手让其快走，言其杀气逼人，三日内必有血光之灾。也不要卦钱。烟客回去，收拾钱财连夜起程。三日后，有人在山里发现了他的尸首，臭了，许多的苍蝇蚊子，钱财一空。

红楼里的茶客说，连张大帅每逢难决之事，也必带警卫护兵，戒严周围，亲自入轩，求其卜上一卦。卜辞内容，无人知晓。据说张大帅头次去神卜轩，布衣打扮。刚进轩门，瞎子慌忙起身作揖，说："瞎子李给大帅叩头"。大帅惊讶异常。

据说瞎子李后来随军南下入关，做了大帅的高参。

月明之夜，也有人悄悄打南山下来，偷偷潜入神卜轩。只是月光朦胧，来人常以黑布遮面，一身黑衣，看不大清楚。

四

旗镇人，多外地人，且多山东人。山东人，在青岛或烟台搭了船，波一阵，浪一阵，就到了大连。大连有火车通"崴子"，瓦罐车，去旗镇的一律免票。

车一路晃晃荡荡，向东向北。人坐在大瓦罐车里，头顶一小块天，或夜晚烁着的几颗小星。也有零星的雪花，不时地飘进车里来。

旗镇下了车，冰封雪裹，朔风呼啸。

旗镇的山里，住的都是种罂粟的烟客。日头裹进西天云层的时候，山沟沟里便飘出缕缕炊烟来。

烟客不是老客。老客是跑崴子的，冒大险，干的是大买卖。崴子叫海参崴，有一望无际的海。崴子里的海水，怪呢，便是冬天也不结冰，只洋洋的水，深得发黑。

这里的海，叫金角湾。

这地方都叫湾。阿木尔湾是结冰的湾，厚厚的冰上，人极多。有很多的"老白俄"，在冰上凿窟窿钓鱼。俄国人的钓法同日本人不同，与中国人也不同，两只手导着两根线，一拽一拽，猛一下，便把一条小海鱼钓了上来。

这海底，多海参、鲍鱼。

远处山里，有千百年的人参灵芝。宝石啦（水晶、钻石），金子（紫金、白金和黄金）也有。还有很多种的毛皮。老客们一两年，就发了，再回旗镇，便已是腰缠万贯。

跑崴子的，有两种人："背背的"，货装在筐里，背在身上，熟路。过了境，一筐的东西都金贵了。也冒大险，在国境上被毛子兵抓住，就完了。投进监狱，然后押上火车，拉去西伯利亚，流放了。

还有一种，是"扒皮老客"。

头一回做扒皮老客，心"扑腾扑腾"跳得厉害，手一个劲地抖。偷眼去看二毛子，正忙乎得紧，把一堆衣裳、布衫、裤子，一个劲儿往身上套。

"扒皮老客"，干的是空身一人的买卖。不提包，也不背带木杈的扁背筐。不穿棉袄棉裤，也不反穿羊皮大衣，只一个劲把衣裳一件件往身上套，套十来层，满身臃肿得像个大包。冰天雪地的大烟炮里，就御寒了。

过了境，还有几百里的远路。吃甚喝甚？将身上的衣裳扒下来，寻一户人家，算是饭钱店费了。吃了住了，再走，再扒。一路易山易水，就望见波涛滚滚的大海大洋了。

自打遇上了二毛子，就注定了老客一生闯崴子的生涯。

那时候他正沦落做街头的乞丐，整日里端着一只缺瓷的大青花碗，饱一顿，饥一顿。冻夜里头，眼瞅着连鸡毛店也住不成了，回到窝棚里，常半夜里冻醒，饥寒得挺不住。

风整夜呼啸着，夹着沟底饥狼的嚎叫。山里遍是野兽的蹄印，也常见到带着毛的白狼屎，有时还泛着热气。再往前走，蓦地发现一只人立状的黑瞎子，吓得腿都软了。

烟客认识二毛子，是在杏花巷。二毛子是那的熟客。每次打崴子回来，都宿在那里，被俏女人拥着偎着，亲哥哥哎！一阵阵脂粉香，熏得他笑没了眼。就把些银耳环、金戒指、颗粒宝石（硬度很软的），挨个地分。

二毛子的爹，就是扒皮老客，还讨了个毛子娘们，后来胖得跟猪一样。二毛子一口流利毛子话，常常叫人误会成毛子。

二毛子做钻石生意，海参崴、双城子、旗镇，来来回回一年跑几趟。有一回，他刚打崴子回来，刚一到国境边，就被毛子兵抓住了（那时边境管理还松），从头发梢搜到脚丫，把衣裳扒光了翻。末了，叫二毛子撅起腚，打屁眼里抠了一块纯色的祖母绿宝石。毛子兵欣喜若狂，托在手上，还沾着血。

那一回，二毛子亏了血本。在旗镇一直养了三个月，常一瘸一拐地拿着药方子去药铺子里抓药。

二毛子把叠好的煎饼、包袱裹了，放腰里贴着肉系紧，再把捶好的兀拉草，往鞋窠里软软地铺。捶过的兀拉草，雪地里暖呵！

还要打绑腿。一层层裹，把鞋和裤脚紧紧地裹住，裹牢，裹得结实，裹得钻不进风、透不进雪。裹腿是白的，人穿的也是白衣，趴雪地里，人和雪分不清了。

冬天说黑就黑了。天上稀落着几颗小星，哆哆嗦嗦地抖。呼啸的风怪叫着，疯狂的"大烟炮"肆虐地横扫，在山岗上卷起一阵阵雪粉。

摸着黑，老客和二毛子出了镇子。南山坡俩小人，似隐似现地滚爬下去，沿着沟趟子悄悄地向国境潜去。山野上狂风乱刮着雪，不一会就被裹进雪夜里了。

朔风一阵烈过一阵，仿佛连地被揭起了一层。风雪弥天，踩出一溜雪窝子，不一会就不见痕迹了。

老客没有想到，这一去，竟然再未能回返，最后带着终生的遗憾，客死在异国他乡。

老客老了的时候，常去海边，白髯白发地站在细沙的海滩上。望天际落日水阔渔舟，又想起旗镇了。就几多感慨，想起杏花巷，想起山东老家，想爹娘早该入土了，也不能去坟上烧些纸。

就买些纸，海边烧了。老客是山东济阳人，家在黄河边。黄河连着海呵！

老客后来老在纳霍特卡湾。纳霍特卡是环抱着大海的港湾。站在西山上，打岛和半岛之间望出去，便是大海了，水茫茫不见岸在何处。

迎着大海的西山之上，有一尊石像，塑着一位抱着孩子的俄罗斯母亲，在朝着大海的方向日夜遥望。一百年前，有一船男人出海，再没归来，只剩下一群日夜盼着的女人和孩子。于是，就有了这日日夜夜遥望着流泪的石像。

老人遗言，把他的遗体埋在那尊石像旁。

旗镇是边镇。镇子向东，一重山，两重山，就有一条带子状的国境线，随山势南北地飘浮着。

常有一队荷枪的巡逻兵，牵着一两条警犬，由南向北，或由北向南，如蚁地动着。

有一群野猪，几百头正由西向东朝国境线狂奔，溅起一片雪雾。

山沟里的两面青山，千年无言地相对着。阳光下有四条闪闪发亮的铁轨，顺沟势蜿蜒地延伸着。有大片的云影，在沟底慢慢移。

夏季里的铁轨两旁，开着成片的野大烟花，散着淡淡的香。乳白色的花，开得极雅，仿佛铁轨延伸到哪里，那成片的野罂粟，就摇曳到哪里。

冬天里，山山岭岭，都是皑皑的雪了。或能看到雪地里一两只奔跑的狍子。这里的山被掏透了，掏成洞子，常有载满货物的火车打洞子里驶出来，顺铁轨蜿蜒着，又驶入另一道洞子。

山沟里，常留下一团团列车喷吐的烟雾，在山林间悬浮着，又慢慢地散进山野里。

五

山缺处，有一块浓黑的云，一轮新月正从乌云里欲浮出来。

雪山里微微的清光，山峰、断崖黑黝黝地阴暗狰狞着。烟客钻出窝棚，有刀子样冷风嗖嗖刮得刺骨。都是树和榛柴棵子，深深的雪，和雪地上鬼怪般的影子。烟客踏着深雪的山道，浅一脚深一脚"咯吱"作响地朝沟趟子里走去。

走下一个崖弯，陡一脚闪下去，跌进了雪窝子里。吃力地爬起来，一个雪团了，跌爬着入了沟底。夜风在山顶，巨兽般"嗷嗷"地吼着。山间累累崖石，昏暗怪影。落不住雪的地方，有老树凸出的盘根，直扎进岩石缝隙深处。树上面枝枝丫丫，苦苦地挣扎着，伸向暗蓝色的深空。光秃的树枝上，有雪粉不时地跌落下来。

烟客在沟底的树丛里拽扯着枯枝，深雪里浅露着枝梢，被折得"叭叭"响。树丛昏暗，分不清鲜的还是干的，只凭感觉。一掰，弯了，是鲜树。空寂的山沟里，一个小黑影在忙乎着，不时发出"叭叭"的脆响。

不一会儿，烟客就抱着一大抱干枝，顺着雪坡爬了上来。忽然间，就亮了许多，抬头去看，见山缺处有大半个月亮浮上来。

山谷立刻亮堂了许多，满山的树都拖着影子。影子是刻在心里的痕。覆盖着积雪一弯一弯黑黝黝的山梁,蜿蜒绵长的沟谷,到处都颤栗着浸人的寒光。

在窝棚口,点燃了一堆火,爆出一蓬烟来,树枝烧得"噼啪"响。烟客坐在火堆旁,一边拿斧子剁着树枝,一边将剁下的树枝、木头填进火堆里。火光忽明忽暗,映着烟客的脸,一会儿像人,一会儿像鬼。

火旺起来,随着风忽东忽西伸吐摇摆着。寒凝的空气被火一烘,泛出颤抖的波纹,使眼前的山和树木,一阵阵弯曲模糊。

烟客停下手中的斧子,凝眸间一阵痴迷。

冰冷的夜空,高寒深邃,星星显得遥远渺小。月升得很高,周围有窸窣的响声。也许是老鼠,雪里啃着榛苕的根。忽地蹿出只野兔,停在火堆近处,倏忽又蹿进了树丛里。

半夜里,常有狼的长嗥。在这重来复去的夜,一个人守着山里荒凉的寒冬,守着一小堆野火,唤起的是孤独,是一种冷寒彻骨的寂寞。

就停下手中的斧,抬头去望,那月竟缺少了小半块。圆圆缺缺的,是人的心!人生到底是为了啥,只残剩下这凄冷、伤感的半片?就又拿起斧头,去劈那能使生命之火燃旺的柴。

远远传来一声野兽的长嗥。一种孤独的感觉,无端地被这叫声加重,山里更添了几分寂寞和空虚。

一切复归于沉寂。山林阴暗得重了,寒气更凛。虚浮的火已经燃过,剩下一堆透红的火炭。烟客钻进窝棚里,拿了个盆出来,把火炭盛了,端进了窝棚里。

窝棚被树荫笼着,背靠一小块山崖,捂着厚雪。

山里有很多这样的窝棚。

烟客一会又钻出来,手里提着只铁夹子,一脚踩开,在窝棚外支好,埋上些雪,又在雪上放了个新蒸的窝头。

深去的夜里,窝棚只是个孤独的影子。

雪夜,一片清冷。

烟客在山里，住的是窝棚。是"木刻楞"。山里的树，砍了排成墙，扎上草或蒿子，再糊上粘泥。冬天里大雪一捂，暖了。人进了窝棚，堵上门，一把大斧子顶住。铺上干草，上面再铺张狍子皮，身上盖件老羊皮袄，就是过冬的日子了。

烟客住的窝棚，还有一种，叫"地窨子"。选一块靠崖背风的地方，挖一深坑，再支起木架，覆上厚厚的苫房草。这样的窝棚，冬天里暖，又避了"胡子"的眼目。

旗镇的冬天，贼冷，能把活人冻死。疯狂的西北风，常把些碎纸片、青草棍吹上半空。房顶的老草苫不住，也被风揪成一缕缕，漫天乱扬着。下半夜刹下风来，便是最冷的时候，那寒直浸进骨缝里。人冻得没知觉了，一摸耳朵，竟掉了下来。

人给冻死了。有人去草垛麦秸垛抱草，垫猪圈或去撕引火柴，一拨拉，碰到一双脚，是人脚。里面冻死了一个人。

这时候，草垛住不得了。

人毕竟不是猪。扔一堆草或麦秸，猪就能把一个冬天拱过去。人御寒的毛褪尽了。抵不住这寒气。新到的烟客，逃荒来的人，流浪街头的乞丐，穷途末路，就都去挤鸡毛店。

鸡毛店是旗镇最便宜的店了。烟客乍到旗镇的时候，经人指点，住进了鸡毛店。

烟客住的鸡毛店，是家小店。旧屋，老三间正房。开店的住一头，客房是一头。店房的门前，是一溜坯垒的鸡窝。矮着落一层雪。鸡窝的檐儿，垂一排浑黄的冰溜子。满院子冻着鸡屎，踩在脚底硌得慌。一大早，飘落了一层清雪。鸡窝一打开，踩一院清晰的鸡爪子印。

土鸡窝，一排四个对开的小门。一上黑影，老板娘便打开小门，一阵唤，鸡便一个跟着一个钻进窝，老板娘再把门挨着挡上，搬块沉些的石头挤住。一院子都空了。小门要挡得严实，半夜里常有黄鼠狼在近处转悠，弄开条缝隙钻进去，咬得爆一片"吱哟"声。一大清早，满鸡窝的血。鸡都软着身子倒着气，脖子淌着血，腿一下下蹬着。也有被拖走的，老远的草棚子里一堆毛，或只残剩下脑袋及爪子。老板娘站在院里戳指跺脚，骂得唾沫星子横飞。

黄鼠狼这东西，人轻易不去打。都说这东西迷惑人。不过，偷了人家的鸡，便可以打，往死里打。老板娘整年养鸡，得罪不起这黄家，便跳骂。说来也有些怪，骂骂，居然不再咬了。

一早，打开鸡窝，鸡一个个伸着脖子拱出来，在门口伸展着身子，扑棱着翅膀，满院子飞鸡毛。老板娘便将鸡毛一片片拾了，再把鸡窝里的扫出来，一齐投进东头的客房里。

烟客初到旗镇那会儿，日头正沉落进漫漫云海，西天的残云正烧红半个天。烟客走进院子，已是一片黑影了，四面山顶开始有星星闪烁。客房的门，有个偏厦子，进院后得打东边绕进去。进到里面，风立刻就小了许多。但远处的风，仍在啸叫不绝。

门关得很严，缝隙处钉着一溜棉花布条。老板娘叫人领烟客进去，一开门，带起一股小风，便有鸡毛凌乱地飞舞起来。暗处有人喊："快关门，快关门！"借雪地的微光朝里看，一派幽暗，瞧不清，恍惚觉得屋里是空的。就迈步进去，忽觉得脚底踩了什么。一声尖叫，是条人腿。人就骂起来："往哪踩，眼瞎？"烟客忙抬脚，又踩了另一人的胳膊。人都在鸡毛里。

没有人动，没人说话。很少的鸡毛，抓到身上只稀薄的一层，还覆不过身子。喘一口大气，就有鸡毛悠悠地飞起来。

过了好久，外面响起了脚步声。门被打开，先伸进一盏灯笼，有根棍挑着。烟客才看清，屋里原来早满了人。提灯人喝道："收钱了！"

人一动，又有鸡毛飞起来。

收钱人是位凶汉。一圈收回来，见门口一个瘸子，抱着拐直哆嗦。凶汉走过去，一把提起，瘸子忙用拐撑住身子，怜着声说："明天我——"凶汉二话没说，把瘸子连人带拐扔出门去，跟着走出去。忽然传来一声惨叫，凶汉又走回来，将一把鸡毛扔进屋里，问："有出去拉屎尿尿的没有？"半天，见屋里没人吭声。便提着灯走出去，关上门，又传来一阵锁门的声音。

过许久，不知是谁叹口气说："那瘸子的腿上有脓疮，这寒冷的夜，怕过不去了！"

除了鸡毛店，还有狗栈，还有大车店。

大车店也是下等的店。大屋，相对的两排大炕，都是地火龙。粗木头烧得烫手，人躺在上面，一宿烙饼似的。住在这儿的人，多是远来的车老板子，办一天的事，或卖菜呀，肉呀，天黑了，便宿在这里。

店主和这些老板子都熟。

大车店都有很大的院子，多在路旁。来来往往的牛车、马车，都停在这里。卸了，辕杆用木棍支上，有人把牲口接了，牵去牲口棚。夜里专人照看，饮水、添草料。白花花的月亮下，有人提着马灯，挨处查看。

旗镇有很多这样的大车店。

镇子里有上等的店，上好的房，有软语莺声的女子陪着，易山易水的男人，一点温暖，也算是家了。

旗镇的第一店，是人头红楼。

六

旅行家就住在人头红楼。

人头红楼是座茶庄。古楼，洋式，红屋红墙，雕镂镌刻，望一眼，就觉得是一种贵族。

楼顶悬一颗硕大的红球，宛若太阳般流光四射。高檐下，环塑着一群裸体人雕，耸鼻深眸，外国人模样。茶客说，这墙上塑着的裸人，都是外国的艺术家像。

人头红楼一层是餐厅，吃着、喝着，谈着买卖。二层是茶院，品茶的，下棋的，闲谈的（夏日里摇着纸扇），一副儒雅的模样。都是闲客，把日子过得很清淡。

所有的北窗都结满了的霜花，南窗却蓄满了一派融融的暖意。窗外是一座落雪的花园，有高大的几蓬，托着大团的白雪。石墙上的爬山虎、蔓藤吊草，都已干枯在墙上。墙外是十几棵高大的榆树，遮住小园，落一地横斜的树影。树上有几处老鸦窝，枯败荒凉，老鸦已不知飞向何处。

旅行家就在一张墙角的闲桌前坐了。有窈窕的小姐走过来，轻声问："先生，喝什么茶？"不一会儿，小姐送上一壶龙井，一只茶碗。浅斟半下，茶汤清绿，有淡淡的清香盈出。

邻桌一弈棋老人，朝这边望了一眼，接着又收回眼光，继续注视棋盘，落子有声。旅行家方才注意到，邻桌的人，喝的都是花茶。

一个人，一壶清茶，慢慢品着，渐渐就津津细汗了。心却总也无法平静，想巨大山影笼罩的故乡，想波涛颠簸中的一叶孤舟，想一路红叶白霜飘零不止，就有无限感慨漫上来。就再喝一口茶，再斟再饮，让这暖气萦绕的热流，一直汤到心底。

邻座有人悄声地议论："昨晚镇里又闹胡子了——"

七

石墙上新贴出的布告，一群人在议论纷纷。旅行家凑上前去看，原来是一张杀胡子的布告。

"咣咣咣——"一阵锣响，有人嚷起来："杀胡子了！"

一辆大车正穿过中心街，有厚厚的人群两侧围着。前面一个鸣锣开道，好些人打巷子、门市里走出来，越围越多，站成厚厚的两道人墙。

有人惊着声说："是马大长腿！"

押胡子的是辆平板大车，三匹黑马踏着石街走得很慢。车四周都坐着持枪拿刀的人，中间一个蓬头垢面的汉子，头上盘着辫子，手腕、脚上都缠挂着铁链。汉子凶凶的，一丝不惧，红着眼，一路上狂叫乱骂。

旅行家夹在拥挤的人群里，随大车跟着往前走。车上的凶汉忽然大声喊："我要喝酒、吃鸡！"

囚车便缓缓停在街边一座烧鸡店旁，前边的兵收了锣，跑进鸡店里，一会儿拎出了一只烧鸡，有人打酒店里端来一碗酒。凶汉接过来，有铁链子"稀哩哗啦"响。一大碗酒一仰脖倒进去，喉咙一阵乱动，溜进脖子里，碗"啪"地摔到街心跌成碎片。凶汉的眼血红了，一把抓过鸡，一边撕扯着，大口地嚼，一边骂声不绝："他奶奶的，老子十八年后，又是一条好汉！"

车又缓缓行，铁轱辘沉重地碾着石头路，压出两道浅浅的印痕。锣声一路响去，凶汉一路骂声不绝，嗓子都沙哑了。

凶汉忽又大声地喊："我要披红！"

车停了。有兵跑进路旁的"帛布庄"，打里面捧出一块鲜艳的红布来，车上人给凶汉披上。远远看，彤红的一团了。凶汉"哈哈"地狂笑，疯喊着："我中状元啦！"

一路停停走走，就出了市镇。

刑场在北山，荒草杂榛的北山坡，一派残雪，茅草蓬生，西风凛冽。人群被阻住，只远远地看。

胡子屈着长腿，跪在雪窝子里，面朝着北。一个持着刀的刑兵，光裸着脊背，走到跟前，递过一瓶子酒。胡子接过，仰起脖，"咕嘟""咕嘟"一阵，剩下少半瓶，连瓶子都掉到地上，说："兄弟，利落点！"

背后行刑的拔出砍刀，刀背在胡子脖颈上一敲，接着闪电般一道白光，脑袋"嗖"的飞出老远，血彤红地从腔子里喷溅出来……

人群不约而同发出一声惊叫，日头血晕地一阵恍惚，人有蓦地晕倒了——

八

天上云很厚，月亮很累地在云中穿行着。

风顺着谷地拼命地刮，尖厉地叫啸着，扬起阵阵弥天的雪。

青年老客学着二毛子的样，把身子深深地插进雪里。半人深的雪，冻硬了一层壳。石头都能冻碎的夜，雪就是暖暖的棉被了。

这是一片原始的森林，洪荒般静谧着。参天古木粗扭着，挂满了枯干的藤萝。树林子被密密树丛遮蔽着，阴森森地蛮荒。树林枝丫透出的，只几颗稀落的寒星。

这是一座幽深的狭谷，树木被深雪矮去了一截，林子间黑黝黝的。到处是斜歪横倒的死木，无知无觉一任岁月腐蚀着。雪林子里，杂着乱乱的兽印，还有狍子夜里趴过的雪窝子。

老客浑身不住地哆嗦，牙齿碰得"得得"响，冬夜寒得叫人抗不住。风在大森林顶呼啸着，发出怪异刺耳的响声。老客只使劲地往雪里缩，眼巴巴等待着，煎熬着。耳朵里都是树木被冻得"嘎巴巴"的响声。

不知趴了多久，忽然有些亮了。疑是要天明，却奇怪离天亮还应远着，朝上望，才知道是月亮露出了云层。满天的云海，不知何时稀疏了，露出冰蓝的天来。

分辨出前面林子边了。知道那就是隔离带、神秘恐怖的国境线了。影影绰绰地有块黑影，是国境分界的标志——倭字碑。

忽然就有"咯吱""咯吱"的声音传来。二毛子低声说："是巡逻队来了！"

老客朝前望，黑黝黝的，什么也瞧不清，连那声音也若有若无了，只头顶掠过的海潮般风声，还有被风足扫落的阵阵雪粉。

"咯吱""咯吱"的声音，突然就响起在耳边了。老客心一阵"怦怦"狂跳，头发都炸起来。头一回经历这场面，身子抖得有些止不住。

林子边，出现了一行人，雪在脚底踩得"咔嚓、咔嚓"响。朦胧月光下，能看见枪上闪亮的枪刺，有人牵着大狼狗。

老客心惊恐得快要从嘴里跳出来。他忙把麻木的手，塞进嘴里咬住，怕牙磕打出声来，紧闭上眼睛。

"咔嚓、咔嚓"的脚步声渐渐消逝，巡逻队终远去了。

老客长吐了一口气，努力地想站起来，却没能够站住，腿和脚已冻得不听使唤了。

二毛子的手里多了一根树枝子，低着声说："你爬在前边！"

突然，一阵海潮般的声音从背后响起，宛如千军万马般压过来。老客一回头，惊得几乎肝胆俱裂。

九

八月十五云遮月，正月十五雪打灯。旗镇八月十五的月亮，多是被云遮着的。有时旋着一个彩色的风圈，晕着，月亮显得很迷茫。

一临八月，满世界就漫天飘雪花了。雪后起风，西北风"嗖嗖"刮起来，沿着山坡，沿着谷地发疯般扫。迷天搅地的大烟泡一卷，旗镇便裹进无边的风雪里了。

雪白的山岭上，车老板子紧裹着反穿的老羊皮袄，在山路上颠簸地赶着牛车，摇摇晃晃走在漫天的风雪中。林子边割柴禾的人，破棉袄裸露着棉花，在山风里掀动着，用草绳或布带束住腰，戴着棉布套子握不住镰，就甩了，手骨节裂着血红口子。

蹲街头墙根儿的，都捂一顶狗皮帽子，或扣一个毡帽头。上年纪的人，也有戴狐狸皮或猺头皮帽子的。山里头弄个狐狸，或地洞里掏一只猺头，那剥下的皮毛，就是穷人的宝了。

脚底下的，是雪，是冰呵！袜子也是自家缝的，棉靰拉里铺软的是兀拉草，也有用毡子或兔子皮垫的；也有穿"疙登克"的；旗镇的老板啦，绅士啦，走在街上，脚底就一律是毡窝了。

烟客是山东人，靠着老黄河口。那年，连阴雨一阵猛过一阵，云泼墨般，杂着电闪，霹雳交加，浑黄的水漫上岸来，劫掳房舍、牛羊而去。水消后，一片淤泥的村子，哭老唤子，哀声遍野。

听说关东山活人，能发大财，看着屯里归来的闯关东的老客，都腰缠万贯的，就一狠心一咬牙，闯了关东。天下闯关东山的，都是硬汉子。

闯关东人脚下的路难、路远哩！踏矮了一山山，走瘦了一水水，赶累了惨白的日头，走疲了清冷的瘦月。翻一岭一山，一山一岭；过一镇一村，一村一镇。日头打身后坠下去，又从遥遥远远的前方山坳里升起来。刚升起的日头红润着，却涂不红闯关东汉子蜡黄的脸。

暮晚苍茫里，西风倦旅。望去又望去，沉郁苍凉中，只远山野野地起伏着。就坐在雪岗子上歇歇脚，看到了一座炊烟四起的镇子。

后来，汉子就在这镇子里落了脚。

山里寒气袭人，深夜月亮冻冰片似的。夜夜一盆炭火，烘烤着这冷冷的夜。就在火盆旁，持一根棒槌，捶着一缕兀拉草。不到这寒冷的关东山，觉不出这兀拉草的金贵。好东西哎！一任风寒雪大，脚踩在上面，暖着，一个冬天就都在脚下融化了。这兀拉草里有火，是一宝呵！关东山三宗宝，人参貂皮兀拉草。后来有人把兀拉草改成了鹿茸角，说这话的，是忘本了哩。鹿茸角算啥，能暖人吗？能挨过这冷冷的冬吗？

白日里，就在山里头打柴。镇里好些人，都在山里打柴，称为柴客。一根扁担挑着，四捆或八捆，踩着雪窝子，"咯吱"作响地挑去旗镇的柴禾市。柴禾停立在路旁，人靠边蹲着候买主。

卖几个铜板，去米市买点米面，明天的日子里就有了。明天呢，依旧打柴、挑柴，去柴禾市。

几场大雪，冬就深了。

旗镇的柴禾市活跃起来。路旁一爬犁一爬犁地摆着，排老远。也有一挑挑的。每一爬犁或挑子旁，都或蹲或站一个汉子，一顶狗皮帽子，穿一件破棉袄，风里头吹着，揣着手，缩着脖，不住地跺着脚。

街市上人多，来来往往买柴的人，都先由东往西走着看，压压柴禾捆，试试紧松，瞧瞧大小。看许久，就拍拍辕杆。卖主忙走进爬犁，摘下绳儿套在肩上，把着辕杆的手裂着口子。买者在前面走，卖者拉着爬犁跟在后面。爬犁后面，是雪地压出两道深深的印痕。卖柴汉子的每一个铜钱，都是在臭汗里浸泡过的。

柴市的柴禾分两种：一种是毛柴，另一种是木头桦子。旗镇的冬日，就靠这柴火烘烤了。毛柴大都是梢苕，也有空心柳、油桦和枯干的杨树枝。油桦是油性之物，烧得最旺，便是鲜柴也燃。

毛柴引火做饭，烧炕暖夜，还得靠木头，抗烧哩！

拉木头的，必是身强力壮的硬汉。鲜木头沉，锯截成一段段，再斧头劈。满山的柞树，冻得极脆，斧子一打，一开到底，抗烧，但火苗小，分量沉，拉得少。桦木火旺，但茬斜难劈，若论抗烧，还比不了柞树。但白桦树皮，却是油性引火之物，平日下雨了，下雪了，湿透的柴难起火，就用这桦树皮引着。干杨木也好烧，杨槐树啦、柳树啦，水冬官啦，就稍差些。

上山打柴的，都是能填饱肚子的人。

深深的雪里，打着裹腿，披了斧子，扛着缠着草绳子的一根扁担，远远地没入山林子里了。

拉柴禾主要靠爬犁。

直溜儿的细色树，胳膊粗的新柞树，砍了，弄回窝棚。烧一堆火，放里边轻烧，在树与树之间别弯，绳子绷了，山风里干硬着。解了，剥去皮，凿了眼儿，打了横撑、腿子，一拼一装，就是爬犁了。柴禾装得多了，拉着轻快，雪地上飞一样。

当年冒出的嫩树条子，椴树条子，顺手镰了，条子悄儿脚底踩着，打着滚拧。拧轻了筋骨，拧出水分，把刚性拧柔拧韧，拧成随意弯曲的一根，捆出的柴，才登登的结实。

装满爬犁，勒了绳，再砍两根短木绞锥绞了。柴客看看偏西的日头，就靠在爬犁边，避着风，打腰里解下包袱，一层层掀开，是贴身子放的，里边煎饼还温软着，就卷了，大口地嚼着。旗镇人牙壮，一咬，腮边便滚起两个硬肌肉疙瘩。

陡的坡，再砍棵树，拿绳系住，拴在爬犁后面拖着。雪野里，柴客大弯着身子，辕绳在肩上拉得紧，深勒着肩骨。拉着日子里的沉重，拉着渺茫的希望。身后是苍白的日头，脚下流浪的道路，还有无边的雪野和雪野里的村镇。

除了柴禾市，还有劳工市场。几十、几百的人，蹲在墙根儿或站在路边，揣手缩脖，替换着脚，眼巴巴地候着雇主。

都是找活干的。镇子里有人搬家，修屋弄房啦，死了人缺哭丧的，挖圹子的，都到这里找。

哭丧的要大嗓门，带一些表演的性质。雇主雇了去，从头到脚换上一身白，就算人家至亲至近的人啦。哀哀地到灵前，破着嗓子嚎，一把鼻涕一把泪，口水老长。哭得愈凶，工钱就给得愈多。

哭灵是手艺活，大工钱，管饭，有很暖的屋。

十

旗镇的街市有些过年的气氛了。

卖鞭炮的，卖年画的，卖大红对联的，沿着长街的两旁排去，红红黄黄一片。菜市上白菜、萝卜、冻菠菜，还有猪肉、牛羊肉的价，都涨上来了。天气有些转暖。旅行家走在街上，觉得这景象很熟悉。

一个老太太走到旅行家跟前说："先生，送您副财神。"把一张画递到旅行家面前。

旅行家看那画，是一幅神像。自家刻板印的，极粗糙。知道这画不是白送的，又不能说不要。没人拒绝财神！就接了像，付了钱。老太太忙又打身上抽出一张，"再送你张灶王爷像，灶王爷保佑平安。"旅行家苦笑笑，接过来，再付了钱。看老太太又要往外摸什么，像是不等财神爷和灶王爷保佑他发财增寿，老太太要先把他当财神发了，急忙快步走开，老太太又去拦阻另一个穿皮袍的人。

一路走过去，旅行家手里的神像，已经一打了，叫他哭笑不得。没有人拒绝发财，没有人拒绝平安，旅行家半条街"旅行"过来，就一脸的无奈了。

远处传来一阵呜咽的喇叭声。随一阵风，似乎还杂着若有若无的哭声。

一支灵队由南向北缓缓行着。

一口紫红的灵柩，由一群人抬着，后面有一群白人哭成一片。哭灵的人群停住了，只目送着灵柩远去。

有人在灵前撒着纸钱,一把一把地朝空中撒去。黄麻麻的圆纸钱,飘飘扬扬地朝地上飘落着,落到冷冷的雪地上。

路上行人见了,都绕着纸钱走,踩了,不吉利。

灵柩缓缓过去,能望得见棺木顶上挂着红布的长钉。就一直沿着大路,缓缓朝荒芜的北山去了。

街上过年的气氛,忽然被灵队的气氛压抑了。有人叹口气,一个人几十年光景。就想,人都会走这条路的!

好些人忽然默默无语,觉得眼前的世界,变得有些茫然。

俗话说,七十三,八十四,阎王不叫自己去。七八十岁的老人,到寿限了。生老病死人之常情,谁不病,谁不死呢?都会有这一天。合上眼,躺在地上,把一身骨肉还给这五行的大地,不再为尘世之事所牵累。风风雨雨里,一日日腐烂着,久久的岁月里,化为一抔泥土。让这泥土之灵,润雨生孕,再长出青草、长出鲜花与树木来。

人一觉睡过去,不再醒来。试一试嘴,竟没了气,归西了!

左邻右舍的人,都议论,这老人,福呵!行几辈子好,行善积德,才得这样的善终。倘是吊死的,摔死的,病死的,跳井投河的,便叫人叹息不已。

镇子里常有吊死的。家人被撕了票,遭天灾人祸,过不下去的,就走了这上不够天,下不着地的路。

镇子南关,瞎子李的神卜轩旁,有一棵百年老柞树,一大根粗枝弯下来,根烂空了,生好些蚂蚁,树身有一条深深的水线,树前立一座小庙。镇子里,常有人来烧香叩拜。

有些人,便悄悄把自己挂到那弯下来的老枝上。那根老枝就越坠越弯。老人说,这树上每吊死一个人,老树便要枯死一枝。

旗镇死了人,也叫喜事,是白喜。

有死了人的,自家人哭得死去活来,门口挂一束黄麻麻的纸,西北风里摆得"哗哗"响。死者家人忙着去亲戚朋友家奔丧,为来人分发孝布,并去请吹鼓手。还要找人刨圹子。寒冬里死了人,旗镇那些强壮的后生,心里都怵怵的。冰天雪地,土和石头都冻得铁一样硬，尖镐刨在地上，只崩一个白点，"当当"震手。骨节都震裂了，迸出血来。

圹子要挖得一头大一头小，朝西南斜着。选好场地，看好风水，要依山傍水，死者要脚登山头，居高临下。刨圹子前，要先烧几张纸，这纸是烧给土地爷爷的。

入葬的时候，棺木要沉稳，不能摇晃滚动，缓缓地落。要用绳子放，众人扯着，慢慢地送入坑底，壁上还要燃一盏长命灯。落了地，要长子填头三锹土，然后大伙一起抢锹。渐渐就填起一座新坟来。还要五、七圆坟，清明添土，还要插柳，植松。

死尸停放在外屋地，院里扎灵棚，门口遮一大棚布，挡住天光日头。帮忙的人，在棚布下出出进进着。

夜里，人都昏昏欲睡。停放的尸首要人看着，防猫呀狗地跑过，炸了尸。

看尸首的，多是老人。死者脸上遮着一张纸，人闭了眼，永不见天日了。有时起一阵风，将纸吹落，看守的人便要拾起来，给死人重新盖上。

死者一新的送老衣裳。

换寿衣是件危险的事，人死了，尸首一挺硬，就难穿了。看看还剩下一口气，便忙去找人穿衣裳。要防人死前最后的那口气，扑到人的脸上便肿成馒头状，十天半月好不了，毒哇！

望着死去的人，心里就多了好些感慨。英雄一生或糊涂一世，其实也就是在一口气的呼吸之间。咽下去，几十年就这样了结了。身后还有许多叫死者难以闭上眼的大事，或儿子闺女的，或孙子孙女的……气咽了，眼睛却还睁着，合不上呵！人这辈子，心只不过就是小小一块肉，却装进那么多办也办不完的难事。

死人停在板上，有穿孝的亲人，泪着脸跪在灵前，不停地往火盆里投着烧纸。死者的头上、脚下点有七盏长明灯（萝卜做的小油灯）。

账房设在屋里，支着桌子，一位长髯老者执一毛笔记账。有人在一边收着钱，念着送来的钱数和人的名字。

都是父老兄弟，都是亲朋好友。一起干活呀，喝酒呀，走了，怎能不来送送。想从前的日子，想人人都要走这条路，心头便唤起一阵悲伤来。

死人要发盘缠。戴白孝的人，在树底土地庙前蹲成一片。昏昏的傍晚，西天边呈浑黄一片。人将扎好的纸牛纸马（男马女牛）抬去树底下。烧一堆纸火，一位白发飘飘的老人（连胡子都白了），一手拿着个酒瓶子，一手把叠好的纸人纸马，不住比往火里扔着。火光映着老人千沟万壑的脸，和人之尽头雪白的岁月。

老人一边烧着纸，一边似哭似唱地说着："路上你经过疯狗坡，成群的疯狗围上来。你左手甩，右手甩，一甩甩出那小饼来，成群的疯狗上去抢，你快马奔向那阴阳界——"

老人喝一口酒，把手里的打狗饼子朝火里扔。

"路上你走过猴子山，成群的猴子围上来，人左手甩，右手甩，成把的大枣你甩出来，猴子抢枣让开路，你快马奔向那阴阳界——"

老人瘪着嘴叨叨着，还要过蚂蚁岭，还要过断魂桥，还要拿钱去贿赂小鬼判官、牛头马面一般诸神鬼，很难呵！

老人不停地说了一个多时辰。到了阎王殿，就安生了，就仿佛死者真的好了。生前拼死累活，也未骑过马，也未坐过轿，拖妻带子下关东，一生过着饱一口饥一口的日子，没有一天安闲过。死了，终于安闲了，也有马了，也有轿了，金元宝成堆，生前一只都未见过。还有摇钱树，聚宝盆……阔了！人呀，总是要阔上一回的！

终究是要入土的。亲朋好友开始到灵前辞灵，装棺入殓了。

棺木是有讲究的。富人家的棺木，都是香柏、赤白松的。一般的人家，都用红松。四、五、六寸的（四寸底、五寸帮、六寸盖）、三、四、五寸的，也有一、二、三寸的。穷寒人家，就用薄板钉一个狗碰子，也殡了。

死者的子女亲人，几天来，泪都哭干了。一天三遍，还有好些的事，人折磨得憔悴不堪。要入殓了，往棺里抬了，永别了，子女们都蓦地悲从中来，痛哭成一片，闺女直往棺材里扑，几个人都抱不住。老太太们一旁直抹眼泪，说"孝呵！"

抬棺灵的，都是结过婚的人，未成家的不能伸手。长子在前面打着灵头幡。一老人喊:"起棺了,沿西南大路慢慢走着吧!"长子便把一个泥盆摔得粉碎。

灵队缓缓远去。一片哭声里,一片的雪白中。

本就是空白一片。光一身来,裸一体去,灵气归天,骨肉入土。食五谷杂粮长大,呼周天清气聪慧。人呵,原本就是这个样子呵!

灵车路过的地方,一家家都用锅底灰在门口撒半个圆,挡住冤魂进院子。

三天圆坟,还要烧七(每七天为"一七",直到七七四十九天为"七"满。百姓人家,只烧三、五)。还有百日、周年。到了清明、七月十五和年三十,也要去上坟烧纸。子女戴着孝,三年内,不能出外拜年的。

十一

一群黑影铺天盖地朝边境冲过来,林子似乎要掀翻了般。

一个庞大的野猪族群,窜进了沟底国境边的野林子里,一林子都是"哧哧"的叫声、喘息声。雪地榛丛,乱满了大大小小的野猪,几十百头。

这是一个庞大的野猪家族。

青年老客吓得半死,抱着头,紧闭着眼,只身子控制不住地哆嗦,满耳都是野猪的喘息声。忽然腿一阵裂骨的疼痛,小腿被踩了一蹄子,老客死死地咬住嘴唇,痛彻骨髓,不知道腿是不是被踩断了。

忽然有一股腥臊味扑鼻,脸前一阵"哗哗"的响声,有尿星子溅到他脸和头上。

老客睁开眼,见一只几百斤重的野猪,正停在他的脸前,后腿叉开,倾泻出一大股尿水。老客忙闭上眼挺着,在这样一群的野猪中间,认命了!

这里是野猪经常出没的谷地。一片野野的老林子,死木倒斜,一两百年的岁月粗壮了它们,也同样枯腐了它们。夏日里有一眼暖泉子，涌流出一股清凉的山水。山上的野兽渴了，都到这里喝水，常常能看到狍子、狐狸和黑熊，有时是一只孤独的狼。

成群的野猪奔下来，拱着长嘴巴子，林子里混乱成一片，"哝哝"叫。饱饮了，就乱吼着，胡乱地窜到国境那边去了。

一两天，就又窜回来。

野猪群轻易不伤人。遇上了，只杂乱的逃跑，可青年老客一望见那长大的嘴巴、凸露的獠牙，就浑身抖得止不住。

旗镇的老猎人讲，最凶险的，是孤猪。一猪二熊三老虎。荒野里，游荡着一只野猪，若人遇上，必凶多吉少了。这样的孤猪，凶极。皮又老又硬，浑身涂满了松渍和沙子，子弹也穿不透。便是老猎手，也轻易不去惹它。

对付这种孤猪，有一种打法，叫甩香头。孤猪大都睡在树窟窿里，月亮地，猎人悄悄摸过去，把香一支支点燃，倒着插出去好远，直插到一两百米外的一棵大树底下，人便躲到树上去，对准猪窝"叭"的一枪。

野猪"嗖"地一下窜出来，汹汹地到处寻找着。蓦地看到香火，便一嘴巴甩过去，又一嘴巴打过来，左右开弓，一路嘴巴打到树底，已是累得精疲力竭。发现了人，就人样地立起抱着树，张着口喘。猎人把枪顺下来，这一枪，要准准地打进野猪嘴里，穿过嗓子，炸在它的肚子里。

这样的打法，一般的猎人轻易不用。玩命的哎！

十二

冬天的窝棚，都被雪覆了。

窝棚里的，都是些没赚到钱，甚至亏了血本的烟客。过半夜，胡子打山上下来，也不进窝棚。早晨烟客出来，见山上下来的一溜脚窝子，绕过窝棚，顺着山沟朝镇子里去了。

窝棚外的月亮地，泛着一片幽幽的清光，有豹子、狼和狐狸，在近处转悠。

窝棚里，是独身汉子的日子。厚草上，铺着一张狍子皮。东北三件宝，其实狍子皮也是一宝。山里的狍子，整日风里雪里，就凭着这一身的毛皮。山里的烟客，腰啊腿啊，常有些酸疼。靠一张狍子皮，潮也隔了，寒也御了。

御了寒御不了饥。满山的大雪，吃甚喝甚？窝棚外的梢苕、榛柴，一墩墩，一片片，根都白着。细瞅瞅，都是些细小的牙印。山里的老鼠，兔子都啃，还有獾子、猱头……

一山的树影，月牙挂在西天。烟客便打紧了绑腿，带着兔子套，钻出了窝棚。

雪地上烁一片寒光，脚底"咯吱"作响。无一丝的风，刺骨着寒。

山中的兔子溜儿，一条长道，横扯过山梁。老远便望见扑腾一地的毛，兔子已经被吃掉了。再往前走，有只冻硬了的，套子已深勒进了皮肉里。也有被吃剩一半的，肚子被掏空了，只剩下头和腿，被一张皮毛连着。不远处有只火狐狸，一晃不见了。

旗镇套兔子，极有学问。看着满山的兔子印儿，其实也只不过二三只。很长的兔子溜儿，蹲下看看，新印旧印，老兔子还是新兔子，老套兔子人，一眼就辨得出来。

老兔子鬼精，不易套。小树上拴实的套子，一会就挣断了。套这样的兔子，还得下活套。套子下得离地面一扬指拳高，吊在一根断柞树枝上，要下到带坡的榛丛里。还要沿溜子插上两排小短棍，谓夹木杖。老兔子认识套，常绕过去。看见木杖，便多疑起来，必不敢乱撞，就钻进了套子里。没命地一挣，鲜树枝一弹，劲就卸了，拖着树枝，跑不远，便被树阻住，套便勒紧，便死命地挣。树枝一弯，一弹，便消了力道。再挣……

兔子太精，就傻了。雪地里走过一趟，以为永久平安无事，来来往往走个不止。人见了，便把套子吊在半道上。

套狍子要难得多。看溜子也不易。粗铁丝，下大套。遛晚了，就只剩下一根铁套和一架枯骨。狐狸常寻着有人味的狍子溜儿走，捡些不劳而获的便宜。狐狸付出的是智慧。

肉吃些，腌些。皮抻开，钉到墙上。晾干了，铺身子底，或做成裤子、背心，就是神仙的日子了。

烟客一大早，便背起一串兔子，下山去旗镇的集市。

集市上，有很多卖兔子的。也有卖野鸡的，公母配着对摆在地上。公野鸡长长的尾翎，漂亮得诱人眼。宁吃飞禽一两，不吃走兽一斤。野鸡肉，格外的鲜。还有漂亮的尾翎，扎成鲜艳的掸子，悬在雪白的墙上。

偶尔也有卖狼肉的，只是鲜见。有钱没钱的，都买一点，小孩子吃了清肠子。肚子疼了，屁眼爬小白虫子，都治。只是狼太奸猾，难打得很。

烟客们也食肉，也食粮，也饿肚子。饱一顿，饥一顿，漫长的冬，一日日挨。也有熬过来的，也有熬不过来的。

烟客，大都是关里的逃荒人，为活命哎！也有来做发财梦的。

那天，旅行家在烛光下，掷下笔，叹息了好久。

十三

这一条小街，窄着，一眼能望到头。小街的尽头，就是杏花巷了。常有嫖客走过小街，走入那条杏花巷里。

小街是斜街。街边都是矮房子，悬着些红彤彤的酒幌儿。夏天里，雨来了，流一街的伞。冬天，常有些闲人，走进这巷子里买醉。小酒馆打二两烧酒，干了，也不要菜，晃荡着出了馆儿，街上溜着。

旅行家是小街的常客了。

街上走走，疲了，累了，或饿了渴了，就拐到这小街上。寻一小馆儿，一壶清茶，一瓶啤瓦（啤酒）、格瓦斯。冬天里，就再来二两

"烧刀子"（本镇自酿的烧酒）。三杯两盏进肚儿，心底热辣辣火烧起来，就有些情感浮动了。

一街的酒馆，艳阳里，悬高高矮矮的红幌儿。进得小馆儿，选了靠窗户的一张干净小桌前坐下，一面品酒、食面，一面瞅着窗外的景致。

来小馆的，外地人居多。赶车进城的老板子，跑小买卖的，卖菜的……办完了事，就到这小街巷里，喝二两酒，吃一碗面，再趁天明往家赶。

旅行家常来的这家酒馆，叫"南来顺"。"南来顺"的老板、跑堂的，以及老板娘，都和他极熟。

人少的时候，老板也过来陪旅行家喝两盅儿。就叹气，唉，好好的一条街，竟吃不得了。肉骨头（排骨）、豆腐、鱼呀，总之凡是炖的，带汤的，都吃不得了！

为甚？为啥哩？旅行家奇怪了。

拿大烟葫芦煮的，香呵，吃了，就还想吃，上瘾了。

来了客人，老板便去忙了。

有人进来。门一开，灌进一股冷气。戴狗皮帽子、扎草绳子的烟客走进来，拎着三只野兔，一对野鸡，瓮声瓮气地喊："要不要野鸡和兔子？"跑堂的便将烟客领进了厨房。

走的时候，烟客的手空了。

旅行家追逐着烟客的背影，忽然感到一阵发冷。这是旅行家头回见到烟客，后来，他去过烟客的窝棚。

十四

疏星，残月。冰一样的天穹，高远而神秘。

庞大的野猪终于消逝了，只剩下满谷的风声。青年老客觉得浑身都虚脱了。闭上眼，身子还是不住地抖，这条小命，总算是捡了回来。他知道，现在该是过境的时候了。

全身都要冻僵了。青年老客用手撑住一棵树，踉跄了一下，缓慢地站了起来。树上跌落下一阵雪粉。有些站不住，腿脚似乎没了知觉，木头了一样，慌首对二毛子哭腔地说："我的脚——"

天上一大块厚云遮过，林子立刻暗下来，深深的雪里，俩人一前一后，野猪般在雪里拱爬着。身后，爬出一溜的雪沟。人在深雪里，一下一下地蠕动着，像两个肥大的肉虫子。

二毛子爬在后边，手里拿着一段树枝。爬两步，就转回身来，把爬出的雪窝子弄平，拿树枝抚去上面的痕，再经风一刮，就看不清了。二毛子常打这偷越过境，去双城子，去崴子。走熟了。

再爬，再扫。渐渐靠近了国境那头。二毛子打怀里摸出一个烟袋儿，半下子黄烟末。一捏捏辣辣地投进雪窝子里。

扒皮老客最怕的，是老毛子兵手里牵着的那警犬。鼻子极灵敏，嗅出生人味，顺着就追，一两里地也追得上。饿虎扑食般跳跃起猛扑上去，便把人扑倒在地，往死里疯咬，血淋淋的半死状，再拖着叼给追来的巡逻兵。

皮鞋一顿乱踢，值钱的被一搜而光，投进大狱里，或押上火车，一日复一日地流放到冰窟般的西伯利亚。家呀，父母兄弟，老婆孩子，这辈子再难见了。扒皮老客，一望见牵狼狗的毛子兵就抖。

二毛子的烟末子，是专门对付这种狼狗的。嗅着了，扒开雪窝子，被烟辣辣地一熏，任你什么犬的鼻子，也呛得"唔唔"乱叫。

起风了，刮得雪粉飞扬。一会儿，就什么痕迹也不见了。

月亮打云彩里钻出来，挂着个彩色的晕圈，这几天，看样子是风止不了。

雪地很亮，空空地一条国境线。

十五

旗镇最繁华的买卖街，在站前那条石头街上。石头街是坡街，陡着。坡顶是东正教堂，常有火车的叫声传到这条街上来。

夕阳落上远山的时候，教堂便响起悠扬的钟声，顺着买卖街荡下去，满街都是上帝召唤的声音了。买卖里有许多罪恶，在上帝的慈悲中寻求宽恕着。

街两边都是店铺，都是商号、钱庄、金店……名字里透着吉利："泰昌""宏丰""兴发""恒盛"之类。牌匾上的字，一笔一画，很见些功夫。旗镇书法有名气的，总共有三人，都高着身份，轻易不与人写。

这些商号，也有外国人开的。美国、俄国、朝鲜、英国、澳大利亚，还有日本的，几十家。

买卖街有很多的皮毛店。悬挂着的，柜台上的，都极高贵。貂皮、狐狸皮（火狐、银狐、蓝狐和草狐），水獭皮，还有海狮、海豹皮。棉帽子也各种样的，猞头皮、狐狸皮的很贵，狗皮、兔子皮的就便宜些。海狮的也有，只是样好，顶不住寒。做成坎肩却好，滑软的毛，套在里面暖和。有高档的狐狸皮大衣领儿，一抓软手。雪白的毛在手上，松散着，挺着一片碧蓝的松针。镇里的阔太太、小姐，大氅上都是佩着这种毛领儿。

买卖街最有名的药铺。掌柜的姓刘，是个驼子。戴一副老花镜，看人时需要把眼镜搭到鼻梁上，翻着眼朝外看。

金店里净得一尘不染。首饰、项链都只能隔着玻璃看，不能摸。也有宝石。钻石、祖母绿、水晶球类。来了客人，老板忙走过去，挨着介绍，黄金的，白金的，紫金的。还有产地，金子的重量，成色……一脸的和气。有一副金披肩，算得上镇店之宝。用几百片绿的金树叶拼成，那工艺，绝了，精致之极。后来被大帅的第四十九姨太太买了去。

也有的男女同来，依偎着，那神态，就别有些内容。女的浓妆艳抹，还有些孩子的模样，男的无论如何也算不上年轻了，一脸皱褶，却偏要装出少年的样子。老板笑了，知道是发财的时候来了。

帛布庄有四家，老板都是江南人。布种齐全、料好。上等的丝绸、帛绢，都运了来。买布的大都是女人，捏捏，瞧瞧，挑拣着，说着笑着。来这最多的，是大帅的姨太太们。

旗镇的婚姻，颇讲究。和俄国的不同，与日本比起来，也复杂得多。

当地人长到十八九岁，结结实实的一个后生，或羞羞答答垂着两条黑辫子的大姑娘，到了成家立业的年纪了。

有钱的人家，四五十岁，得一子，自是欢天喜地。孩子长到十二三岁，便给娶一房媳妇。十七八岁的大闺女，对着一个小男人，哄孩子状。小男人一长大，就嫌女人老了，便要再娶一房，模样啦、胖瘦啦，甚至门户，都要挑选的。老了，家中颇有些田产家资，就再娶一房小妾，一盏烟灯和两杆烟枪相对，过着悠闲的生活。

倘若遭了胡子，就是另一番光景了。

若是看中了哪家的闺女，就去请媒婆说和。俗话说，跑细的腿，磨薄的嘴，媒婆的嘴唇必须是薄的。这和日本也有些相似。

盘着腿，坐在人家炕头，说起那后生这好那好，脸上的麻子夸成一朵花，就把人心说动了。媒婆取了生辰八字，送去男方家。

婚姻的事草率不得。要请"先生"推算一番，看看有无冲犯（谓之合婚）。有好些事，像养钱呀、嫁妆呀、衣裳首饰呀，女方开大份礼单。要猪和酒。一猪一酒（一口猪，三十斤烧酒），或者二猪二酒（好些就要黄了，叫闺女、小子泪水涟涟）。过了小礼，就算定亲了。几个大红包袱，还有养钱（也有后来黄了退回去的）。

娶亲很热闹，用轿或马车，都挂着红花。拉车的马要选纯色黑马、红马或白马。四五只喇叭朝天，吹出一派洋洋的喜气。

接亲的要九人或十三人（包括新郎、谓之去单回双）。多是自家的兄弟姐妹、嫂子。提着大红包袱。前边有一小子贴着"喜"字，木杖子、石墙、粗树上，都要拍上一个。

迎亲的在门口还要憋一阵子（谓之憋性）。喇叭越发鼓着劲吹，吹吹打打，凡三四遍，门才打开，硬是要憋出男人的脾气来，还得能忍！没脾气的男人顶不起家，扛不起沉重的日子。男人顶天立地，天还时常云滚雷怒哩！

姑娘和娘，在屋里抱着哭得泪人般。婆家提一块肋骨肉（四根，中间刀切过,连一小块),丈母娘泪着脸剁开,留下一半,余下两根叫来人带回。姑娘的哥哥把新娘背上了轿(或车),添好些陪嫁,一众送亲的(这些娘家客难打发,弄不好,往往要去闹事的)。喇叭声一起,连老丈人的眼也红了。丈母娘哭着端出一盆清水,泼到大门口(嫁出去的闺女泼出去的水,收不回了)。

一路喜庆的喇叭声。路过小桥,水从绿藻上缓缓流过去(青苔长胡须一样地飘着)。新郎、新娘便停下,抓些铜钱撒下去(是对修桥补路的行善人一种尊重)。

"噼噼啪啪"的鞭炮一炸,小轿就落到了门口。有红毡铺地(新娘未迈进婆家门口脚不能沾地),在门口放一个马鞍子。

拜完天地,一群孩子一哄而上,掀翻了桌子砸了碟,将糖果、瓜子乱抢一空。几十桌大席,长者领着一对新人挨桌敬酒。

找儿女双全的人铺好新房,被窝里撒了枣和栗子。俗话说,早立子啊!

一切都忙过去,天就黑了。成群的小孩子哄闹一阵,也散了。只剩一对同眠的新人。外面的天和地一个颜色,天地合一了。

窗底下有听房的,小辈的孩子,小叔子。也有婆婆。

十六

天渐渐地暖了。

人站在山坡上,风吹在身上脸上,虽然还有些冷飕飕,已不再寒冷刺骨了。天上日头有些红晕,照在人的脸上、背上,觉出一丝热烘烘的暖意了。脚底下的雪,变得湿润发黑,有融化的意思了。向阳的雪堆,竟流出一泓细细的雪水来。鸭鹅在院子里叫着乱跑,鸡站在柴禾垛上,伸长脖子嘹亮地打着鸣。

过了龙抬头,过了清明,就到了开山节了。开山节是三月十六日。

园子里向阳坡上,不少人都忙在地里啦。雪融了,顺着坡,顺着山崖朝下流。只山的陡阴处，还残存着一疙瘩一块的雪。

烟客下了山，去镇里。山路泥泞，有山水急急地淌着，人沿着小路走下去，愈走愈小，一直小下去。

街上买了纸香、油盐等物，不知不觉进了斜街。一抬头，竟到了杏花巷。忙止住步，不止一次，自己长的这双脚，不知不觉就把他搬到这条巷子里来了。

雪雪的一巷杏花，还杂着些粉红星星苞儿，含了无限希望。门门都有女人，都有被女人拥着的男人，地上掉落了好些杏花，被泥脚踏黏了。

女人的眼里只有钱，巷子里的男人都是用钱做的。

烟客隐在一棵树后，叫满树的杏花遮着，只把眼光定定地瞅住一个女人。那模样，那眉眼，那含着的一丝丝幽怨……朦胧恍惚中，是秀秀了！

三月十六，是旗镇人的一个大节，挖参的，采山货的老板，山里的烟客……凡靠山吃山的，都盼着这节。凑了钱，在山神庙前搭一座戏台，请来戏班子，唱一天的大戏。求山神爷保佑一年的平安。

屯里乡下，这一天都歇工，春插正忙着，但这天是必歇的。山前焚纸祭奠，遍山烟雾缭绕。

一大早，山前就好些的人了。

就在窝棚旁，寻一块薄板石头，把馒头、几碟小菜摆了。米碗里插了三炷香，有细烟袅袅。把一些烧纸，用小棍挑着，山风里吹着烧。

烟客跪下，默默地祷告着。

山前大群的人，数不清的纸火，烟岚腾腾。天上浮着一大片烟云。都叩头，跪一大片。靠着这山，吃这山，全镇的人都活在这山里。一年里山上山下，全靠着山神爷的保佑哩！

回了窝棚，烟客心里一阵阵激动。地里有野菜了，挖了，泉水里洗净，锅里煮了，放进个干瘪的大烟葫芦。渐渐地，就有很浓的香气、鲜鲜的苦艾味打锅里溢出来。

走出窝棚,日头已坠入西天的云层里。日暮悲风,山顶、林子梢,还残留着些许的夕阳。天空烧出一片混浊的暗红色了。

山谷里骤然暗了许多,已经是暗蓝的天空了。看看东山新浮起的晚月,已经圆了!

过了开山节,就是四月十八的娘娘庙会。娘娘庙会在北山,庙不大,有些古旧,旁边散竖着十来根花花绿绿的"旗杆",许愿还愿的,有求子的,也有为病孩求健康的。

赶庙的人,好些七八十岁的老人,打几十里外挎筐走了来,里面是香和烧纸。也有羞羞答答的小媳妇、大闺女,求子求福,求找个好男人。老人添寿,也为儿孙福。

说到底,还有多少年活头?图个热闹。

端午节。天不亮就已经满山的人,草丛、树林子里走,湿了半截子。都是采艾蒿的(也用白杆的蒿子代替),采回去家家插房檐上(有人若生疖子生疮,就用这艾蒿烤)。

日头还未冒出来。也有采百步草的,一步一把草,采百步,不说话。也有采五样树头的……

山上捧露水、溪水洗了眼,洗了脸,心明眼亮哩!煮一大锅粽子、鸡蛋,染得红红绿绿。家家都悬满屋的纸葫芦(满街都是卖纸葫芦的)。小姑娘都戴荷包,香草瓤的,扑鼻的香。小孩的手腕、肢腕,还有脖颈上,都扎着七彩的花线,一年里虫蛇就避过了。下雨了,便把花线取下来,放急水溜儿里,冲走了。那眼神,恋恋的,冲远了,就变成小蛇了。

六月六日,是虫王节。

满山的树丛都挂着灰网,有虫子啃着叶儿上。树上都是一堆堆虫子吐的黏水,白日里,太阳一晒,便一滴滴掉落着。树灰黄,一片片的。这时候,一家家买了彩纸,做小旗,插到地头上、山坡上,花花绿绿,一片片。都写着"风调雨顺""国泰民安"等黄字。乞求虫王保佑,不起虫灾。

过了七月七,便是七月十五的中元节。中元节是鬼节,屈死的、冤死的,都在这一夜要超生。一入夜,那河里便有一溜溜的河灯,朝远处流去。这一天,教堂的钟声显得格外慈祥、悠远。无依无靠的野鬼,在这河灯、钟声里,被超度着。

鬼节是上坟的日子。还有清明,还有大年三十,都是祭日。一山祭坟的人,烧些纸,压新坟头纸,顺便把坟周围的野草拿镰割倒。叫人看了,知道这坟主的后人旺兴。

八月节、重阳节,再喝腊八粥,眨眼工夫,就到小年了。蒸豆包、菜包,还有馒头、枣山。扫完房子,该辞灶了。是灶王爷、灶王娘娘上天见玉皇大帝的日子。上天言好事,下界保平安。一家家供上黍米糖。粘住嘴,说的话都甜呢!

一夜连双岁,五更分两年。贴年画、贴对联、祭天地、祭祖先,祭财神。屋里屋外地烧纸:炕妈妈的,门上的胡爷爷,灶王爷的……迎老天爷下界过年。饺子下到滚水里,外面鞭炮阵阵,就是元旦。

元旦三朝:是岁之朝、月之朝、日之朝。

一镇的人都忙着拜年。大年初一,是鸡日。然后是狗日、猪日、羊日、牛日、马日、就是初七了。初七是生人的日子。天地有了许多的动物以后,人就降生了。有了人,就吃元宵、扭秧歌,耍龙类。人很讲究享受的。

过了龙抬头,离开山节就不远了。歇了一冬的人,又活动了,忙山忙地了。

人呵,总是在忙碌中活着。

十七

老客咬着牙,一下一下朝前爬着,一步,再一步。活像一只雪老鼠。

西北风刮得正紧,"嗷嗷"啸叫着,雪粉一阵阵扬起,迷了天地。到处是黑夜,到处是恐怖的森林、野兽,到处是疯卷着的大烟炮,茫茫不见尽头的雪原哎!

老客和二毛子,连滚带爬地跌进一个崖坑里。四周是大树,树上风涛滚滚。闭着眼躺在雪里,不住地喘息着,两个雪人了。

喘息一阵,便冻得抗不住。挣扎起来,四周寻些枯枝毛草,跌撞着弄到崖下雪坑里。雪地清冷静寂,头顶是深蓝的天,星也寒寒的。

哆哆嗦嗦划了火柴,就在偌大暗夜里,点起一堆火来,恍恍惚惚,雪窝里鬼样的影子。

无尽的旷野中,森林雪崖下,一堆小小的火光。山里也常有猎人烤火、烧食,出不了啥事。

老客浑身哆嗦着,牙碰打得"咯咯"响。脚早冻得没知觉了,麻麻木木不听使唤。

把坑里的雪扒到外面堆起来,挡住火光。一边朝火里添着柴,一边迫不及待地解着紧缠着的裹腿。冰硬着,冻一块了,一圈一圈,冰冻得布板一样。好不容易把脚从鞋窠里抽出来,急忙往火里伸。

"不要脚了!"二毛子一声吼,青年老客忙把脚抽出来,望着二毛子发怒的脸,满眼惊诧。

二毛子把脚伸到雪里,凑着火光,低下头,把地上雪不住地往脚上搓。青年老客也学着二毛子的样,抓着雪去搓自己的脚。

火光映着两个人,在暗夜的影里,鬼怪样。

也停下来,往火里添几块木头,溅着火星。火又旺起来,再搓,乌黑的泥水,顺着搓动的手缝滴答下来,落到雪地上,溅一片泥点子。

山林里有野兽钻动的声音,一些绿光的眼睛,幽幽地在不远处游动。老客不住地搓,捻着冻木的脚趾头。才二十出头呵,千里万里背井离乡,做这人不人鬼不鬼的扒皮老客,在这天地都冻透了的荒山野岭、异国他乡,爹哎娘哎,泪就下来了。

渐渐就觉出疼了,仍在不住地搓。忽然一阵猫咬的感觉。青年老客强忍着,知道这脚总算是拾回来了,只抓着雪反反复复搓。

暖了脚,再烘烤着前胸后背,不时地扭转着身子。熊熊的火,渐渐有了一丝暖洋洋的感觉，一阵困意袭上心头，迷迷糊糊地合上眼，猛然就警惕，狠狠地咬一下舌头。这严寒的夜，睡着了就等于死哎！

十八

站在旗镇的高处望，一山一山都是盛开的大烟花了。一片片白，一片片红。有大片的云影，在山顶慢慢移。风一起，到处都是淡淡的幽香。

山林盈满清新微苦的气息，有啄木鸟"邦邦"敲树的声音。地上散发着一缕缕蒸气，沟底稀薄的雾气，升腾着涌上来。地气一动，各种小虫都活泛了，飞来飞去。

烟地铲过，也耪过了。落日在山顶透出最后一道红光的时候，山顶飘荡着的那几朵云也烧紫了。落日已经是烧了几千几万年！

烟客坐在暮影窝棚前，望着瞅着，就有些醉醉痴痴，眼里不觉涌出两行滚烫的泪水。

躺进窝棚里，听着外面的风声，心早已飞得远远。爹哎、娘哎，梦里也想不到。黑黝黝的地壮哩！抓一把能攥出油，攥出醉醉的梦，攥出闯关东人的好光景哩！

入了夜，烟客坐在窝棚外的苔石上，听沟底淙淙流水声，看幽幽的山林子，林子边有一闪亮一闪亮的萤火虫。夏夜里，山高谷深，明月当空，一片清辉。

看这渐渐升起的大月，梦就要圆了！这山里，不知有多少异乡人在望着月亮。娘说过，实在想家了，就望望天上的月，月亮是面镜子，照得见家。烟客望着，就觉得那里头影影绰绰有个点儿。

山里的烟客，最怕天上斜斜的那一弯银钩，能勾动独身汉子的心事。

夜微寒着，天上烁着小星。也是西天的月牙，斜斜勾住乌黑的一片云，心被勾得酸酸的。娘挪着小脚，送一程又一程，说："挣不着钱也要早回哩！"那棵老枣树支住了她瘦弱的身。枣树拖着个细瘦的影儿，魂一样印在烟客的脑海里。

有风，扬乱着娘的发，吹动着屯口这一幕。烟客跪下，有月光弱弱照着。娘用手抚摸着他的脸，有些抖，泪顺着腮淌下来。

"娘，儿走了，你多保重！"

就硬起心，背着行李上了路。月儿照着行人的影，直下了土岗子，没有回头。树还在原处，人远了。

多少回，悔青了肠子。咋就不回头望一眼！老是能看到娘，站在屯口那棵老枣树下，老枣树微苦的气息笼罩着她，慈慈的眼望穿秋水。多少回梦里醒来，只一阵阵林涛轰鸣的声音。

"娘哎，老枣树的叶子黄了就回，挣了钱就回，叫秀秀等着我！"

毒日头地里，汗水不住地滴落进地里，就变成一片片摇曳的白花红花，凝成沉实的大烟葫芦，结出叮当脆响的银元哩！

镇子传来火车的长鸣，响一山山。

烟客们常去那镇子，吃的用的，都要去那里买哩。镇子里有好些黄头发蓝眼睛的洋人。洋人们跑来这镇子做啥？也为穷？为生活？天下的事，叫人猜不透。

一夜细雨，湿一地白白红红的落英，满山清香。遍地都摇晃着大烟葫芦了。

大烟是俗称，又叫鸦片，阿片，阿芙蓉。是从尚未成熟的罂粟果里，取出来的乳汁状液体，干燥后变成淡黄色或棕色固体。味苦，适用为药，常用成瘾，是一种毒品。在日本也有些吸毒的，中国就更加普遍。不过，旗镇种大烟的，却无一人吸抽。

一进七月，大烟地里走走，烟客们就觉得烟葫芦硬得碰疼腿了。人在西风里望，远处的麦地里泛着淡淡一层黄了。

就预备好刀片，大烟碇子，到割大烟的季节了。烟客们都忙在地里。细瞅瞅，每人左手的手指上，都挂着一个酒壶大小的烟碇子，翘着一个小嘴儿。手指间夹着锋利的刀片，由三个指头捏住烟葫芦，轻轻一转，便有乳白色浆汁儿，细柔地淌出来。顺手抹一下，粘满手指肚，抹进大烟碇子嘴里。地头有盛着烟浆的脸盆和铁桶。

大烟割七八茬。"小白花"割完了,"大青筋"熟了,"八大叉"也熟了。烟浆要放日头地晒,放铁锅里炒。忙死,脸上也笑哩!

制成的大烟有两种,另一种是生大烟,一种是熟大烟。生大烟要把烟浆放太阳地晒黑,晒出一种苦味,再从苦味中晒出香气来。拿手一捏,软中带硬,硬里有软,再装进瓶子里,蜡封上,便是在大烟土了。熟大烟是要锅里炒黑,炒煳,炒得浓苦,有一股子苦香味。

收大烟的烟馆,最头疼的,是大烟料子。大烟料子,就是假大烟。面做的,要青岛产的好面。水和了,发力地揉,由里到外,揉软,再揉硬,揉透了,揉出一种弹力,再揉出骨头样的面核儿。把松在外面的皮剥了去,只剩下石头般硬的面筋,放到锅里去炒,爆炒,往糊里炒,炒成烟土状。烟馆里即是玩大烟几十年的老手,把眼光看到面里去,也难辨得出来。

街上常有犯大烟瘾的,流着鼻涕,打哈欠,破衣垢面的。买不起烟土,就要点大烟料子,瘾也能抗过去。烟割完了,荒满山的空烟葫芦。有小孩子去拾,葫芦里还有籽儿,扒开,把籽倒锅里炒,香死人哎!

十九

旗镇很多的事,日日都在发生着。

红楼上有不少喝闲茶的,镇里的商户、绅士、名士都常来。喝茶、聊天、聚满镇子的事儿。

旅行家常来这里下棋。阴雨的天,喝着热茶,同三两位上年纪的老人下围棋。旅行家已经有不少的茶友、棋友了,下着棋,听人谈近日镇子里发生的事。

"昨夜刘家铺子的独生子,叫胡子撕了票。胡子要刘家拿六百块大洋去赎。把铺子卖了,还差,就报了官,胡子夜里头,把小孩的尸首扔进了院子里,肚子被刀挑开,肠子淌一地……"

旁边一个老头插嘴说:"这些日子,镇里老丢孩子,来拍花的,专挖小孩的心肝儿做蒙汗药,天良丧尽啦——"

"听说今天早晨，有人打镇东头的草垛里扒出九个孩子，嘴里都塞着布，憋半死了……"

二十

除了雨天，旅行家傍晚都顺着石头街散步。忽然就发现路旁有一家门上挂了条红布，在风里"叭叭"地摆动着。就向行人打听，才知道是这家人添了喜了。旗镇的人家生儿子，都是要挂红的，倘若挂的是蓝布，生的就是闺女。

在旗镇，家里有老人的，添喜了，要一大早挨家挨户地攒花线。攒半个镇子，要七七四十九家，谓百家线。百家的线搓成一根绳儿，用小被儿把孩子裹了，捆起来，就算是在阳世里拴住了。

百家线，百家帮着担哩。

生个小子，女人便有了脸。小米粥、红糖、鸡蛋，兴许还能杀只母鸡，炖汤补补身子。女人躺炕上瞅着孩子，醉了般。

其实孩子出生时，女人疼得死去活来，就恨死男人，想这辈子再不生了，可三月五月，忘了。一年后，又添了一个。

女人呵，没享不了的福，也没有遭不了的罪。只想把孩子生下来，留下根，好传宗接代，全不想这孩子将来有病有灾，还要娶媳妇，成家立业，花好些的钱。要是不孝顺，或是不走正路，当了胡子，或是进了大牢，遭官司，这无数的惨痛不堪之事，该怎生了得？

二十一

二毛子打怀里摸出一瓶酒，拔出塞子，"咕嘟""咕嘟"灌了几口，把酒瓶子递给昏沉欲睡的老客。老客接过来，几口酒吞下去，连眼泪都辣出来了。打腰里头解下包袱，就着坑边干净的雪，疯吃着。

一摞煎饼都下了肚,就觉得饱壮了许多,身上也添了几分豪气。

拿脚踹灭了火,雪埋了。二毛子跺了跺脚,把手一摆说:"过了这座山,就到了柳芭的家了。"

柳芭救过二毛子的命,二毛子讲过不止一回。有一次,二毛子过境遇了难,连饿带冻,又累又困,就在路边晕死过去。

醒过来的时候,却躺在一个毛子女人怀里。那女人一丝不挂,两手把他紧箍着,才知道是这个毛子女人救了他。山里冻死的男人,决不能用火暖,暖死。要人的肉体,用女人肥肥软软的身子,唤起男人的阳刚之火。

那一回,二毛子活过来,给那毛子女人跪下了。

后来,二毛子每次路过,都宿在这里。有时候,一连住上好些日子。衣裳穿戴,金银首饰,都给柳芭留些。

柳芭有个小男孩儿,齐腰高,活脱的一个二毛子。常骑着二毛子满屋爬。柳芭笑弯了腰。抱着二毛子又吻又啃。

二毛子带着烟客,悄悄敲响了柳芭的门。

二十二

烟客是被猝然惊醒的。

蓦然醒来,觉出有件东西硬硬地顶在胸口上。烟客的心一下沉到了底,浑身不由自主地哆嗦起来。

窝棚里一片黑。一个人将烟客逼住,又有两个人影走进来,把一些干柴扔在地上。烟客知道那是昨天才堆到窝棚旁的。

一个人把干枝点着,柴火就慢慢烧起来,一窝棚烟,就把屋里的铁勺子、铲子、铁棍、铁锯、斧头全插进了火里。

把烟客打被窝里拖出来,光溜溜地绑到了窝棚中间的树柱子上,一道道绳儿狠着勒进肉里。那柱子是棵活树,窝棚上头粗枝茂叶。

烟客知道是遭胡子了。

火一旺,窝棚里亮起来。就看清了眼前的人,一脸麻子和一只罩着黑布的眼,叫烟客骇得险些晕过去。是范大麻子!山里的烟客,提起来就咬碎了牙,范大麻子狠死!

范大麻子狞笑着,打火堆里抽出一把烧红的铁勺子,烁着火星移到了烟客的胸前。烟客惊悸万分,满眼的恐惧,觉得那铁勺子已灼热地烤烧到肉皮了。

范大麻子盯着烟客,凶狠锋利的眼光直穿透他的五脏六腑。

"这根马当子(土匪称铁勺子的切口)你认得吧?"那红铁勺子举到烟客的脸前晃了两晃。烟客脸一阵煞白,几乎晕过去。

"在什么地方?"范大麻子一声低吼,把那一只独眼逼住烟客。

范大麻子最大的特征,是那一脸的麻子和一只瞎眼。

那眼是叫黑瞎子舔枯了的。那时他还没当胡子,常爱沿着山沟,采找人参、"猴头"之类的山货,顺便敲些枯空的老树,寻些野蜂蜜解馋。在一棵空腐的老椴树里,敲出一只黑瞎子。范大麻子猝不及防,被那家伙一舌头舔去了一只眼,留下一个空洞的窟窿。范大麻子一声惨叫,捂着眼滚到了地上,打着滚哭嚎。黑瞎子扑过去,一屁股坐上,坐得他"嗷"的一声尖叫,差点背过气去。几百斤的屁股,就一下一下地墩,疼得他一声声凄叫,昏晕过去。一群采蘑菇的人遇上了,才救了他一条残命。

后来范大麻子当了胡子,满山打黑瞎子,方圆百里,险些叫他打了个绝净。他还有一样更残忍的嗜好,剜人眼。旗镇有好些一只眼的商人。其中,有一个开面包房的俄国人,和一位金店的老板。

范大麻子是这方圆百里最凶横的胡子头,傍着边境两边窜,这边一打,就窜到了国境那边;那边再一打,就又窜回来,多少回都抓不住。

烟客望着范大麻子的独眼,脊梁沟都"嗖嗖"直冒冷气。他知道要的是什么,可这是他一年辛苦的血汗,命根子一样的哎!望穿秋水的老娘,还有秀秀,凝聚着所有的东西呵!

范大麻子把通红的铁勺子,拧着劲狠杵到烟客的胸上。"滋啦"一声,一股肉皮烧焦的气味浓烈地扑出来。烟客一声惨叫,晕死过去。

胡子缸里舀了水,一瓢瓢泼到烟客的脸上,顺着身子往下淌。

烟客醒了过来，范大麻子手里又换了一把烧得火辣辣的锯。烟客满眼的惊恐，随即变得死灰般。

胡子扒走了四瓶烟土。

一天一夜，烟客都躺在空旷荒凉的窝棚里，睁着眼，呆呆的半死状。

二十三

旅行家坐在河边，身边放着一根鱼竿，鱼漂扯着弦，静静地竖在水上。

对岸是一片茂深的芦苇，开着一片雪白的芦花。有风吹芦苇"沙沙"作响，忽地惊飞一只水鸭子，"扑棱棱"蹿起，落进不远的苇丛里。

落日是一柄如火的古镜，世上的日子，甚至无人的洪荒，都照在这镜子里。旅行家和钓竿映在夕阳里，还有一条流淌着的河。

身后是一片草甸子，一墩墩都是塔头草，汪汪的水，漂一层油。还有些成熟了的蒲棒，紫红地立在草甸子里。

河水无始无终地流着，河边有座窝棚，一位老人驼着背正打小园里走出来，回窝棚去。旅行家认得，老人常在集市上卖鱼。

水缓缓流，旅行家坐在岸上，坐在赤红的晚照里。身旁蹦着一些蚂蚱，有的就跳进了水里。水平稳着，因为深。朝水里望，只有更深邃更湛蓝的天。就疑这水是不动的，偶尔有一两片草叶顺水漂下，才知道水原来是一直流着的。水虽然缓缓慢慢平平稳稳淡淡清清，却不知把多少岁月流成了无尽的白骨，抛洒在两岸的沙石里。顺手拾起块陶器，才知道，这河已流淌了几千年。几千年以前呢？看看河水，河里浸满了暗红的晚霞，似一河人血的味道。

河流去很远很远，还有屯子、镇子。

水面只静静地鱼漂，融尽斜阳。

驼老人开始在河里下挂网。

冬季一临，旗镇的河就同日本的河流一样，结冰了。"大烟炮"顺着河面一阵阵卷，扫得冰河铮亮，一进"九"天，河面便纵横裂开些拳头宽的大纹，能蹩断狍子的腿。西北风把河给冻裂了，人能在冰上抓狍子。

这河套一带，狍子多。

狍子常跑到河边，横过冰河。河面很宽，人覆着一张白布，趴在雪地里，狍子傻傻地走到河边，东顾西盼。人猛地朝前一扑，狍子蓦地受惊蹿到了冰上，摔一溜跟头。俗话说，棒打狍子瓢舀鱼，对付这冰上的狍子，只一根棒子就行了。

这曲曲如字的河，流也流不尽的水，远山如血的夕阳呵……

冬天里，驼老人常提着桶、尖镐、抄篓子等家什，到冰河上砸鱼。

早喂下的鱼窝子。驼老人在冰上抡开尖镐，冰渣乱飞。一尺多厚的冰，忽地就刨透了，晃晃地涌水，有鱼在蹦。忙把抄篓子伸进去，一阵搅，就觉得沉了。"大烟炮"狂扫，一个人在冰河上忙乎着。

砸完冰的老人，驼着背远去了。

刨开的冰窟窿，不一会，便结一层薄薄的亮冰了。

冬天带冰碴的冻鱼，卖好价钱。

驼老人也去山里的暖泉子砸蛤蟆。

够吃够用，便不再砸了。一个人吃用多少？日子不是一天过完的，还有明天，还有春，还有夏。

教堂的钟声响了。

二十四

一春、一夏，金黄黄的秋又来了。烟客吃得下苦，豁得上两膀子力气，晒满十瓶子烟土，换得一腰的银元，鼓鼓地就壮了几分精神。

三年呵！

交了税，换一身崭新的衣褂儿，朝山下走去。又站住了，回过头看那陪伴了自己三年的窝棚，眼就有些发热。

路傍着镇子，响着火车的叫声，在镇子边，烟客犹豫了一下，就走进了那被花花绿绿旗子染着的旗镇。

多少回，悔青了肠子。二十岁汉子血太热，抵不住那撩拨，受不了那眼神。俊俏妹子的手软软一拉，香香软软一靠，一偎，就膨胀了血脉，晕旋了头，响着腰中的口袋，身不由己地走进了那杏花巷里……

再从那小屋里走出来的时候，已经是满地枯黄的落叶了。风很凉，扫得地上的树叶子"刷刷"响。烟客神思恍惚地走出了巷子，腰已经瘦陷地瘪下去，就虚虚地低着头，贴着墙根儿，头也不敢回，没有勇气再回过头去。

走在街上，一阵阵秋风寒了。片片枯叶打着旋悠悠飘落着，落到人身上。路旁都一树树空了，只秃秃的树枝，伸向阴晦的天空。有低垂的云，看样子，要下雪了。

货摊前，饭馆里，门市边，常有些乞讨的人，穿得破烂。都认得，一条沟里的烟客们。伙计见了，格外的亲。问问，都一言难尽，叫胡子抢了的，进赌馆的，遭劫的——

伙计为烟客找了个缺瓷的破碗。夜里就宿在路边草垛里。钻进去，暖和着。挨在一块，听伙计讲，都流泪。伙计说，山里的胡子，狠死！烧红的烙铁拧着花往身上烙，一个铜子也不给留。

半夜里醒来，死静，偶尔几声狗咬。就探出头望，又是西天一钩斜月儿了。地上一层的白霜。快八月节了，烟客想，月亮该一日比一日圆了！

八月（阴历），离春上还远着哩，熬吧！

旅行家放下笔。对着正在流泪的红蜡烛，沉沉地叹息了好久。

二十五

二毛子带着烟客,打四站一直向东,白天行走,晚上找个村子,捡一户人家住下,脱下件褂子,连吃带住就都有了。走时,还带一个大列巴(面包)。这条路二毛子早走熟了,一年几趟。到了双城子,中国人就多了。沿着滔滔的大河走。河边有村落,夜宿昼行,有时夜里也行。很晴的天,有明晃晃的大月。

一个暮夜,扒得仅剩最后一套单衣的烟客和二毛子。看到了茫茫大海,听到了轰鸣澎湃的涛声。烟客不顾一切地疯跑向海边,在沙滩上长跪不起,泪流满面。

二毛子带着烟客,走进了坐落在阿木尔湾的卢家大院。卢家大院是旗镇人开的,围墙圈起一座买卖城,很大的一片,闯崴子的都在这落脚。

烟客没想到再未能返回故乡,直至客死异国。

二十六

二毛子弄到一棵上百年老参,一块拇指肚大的蓝宝石。就想,半辈子了,回去讨个女人,过下半生的日子吧!四十多岁的人啦,腿脚沉了,也该名正言顺地留个后。人呵,总还是要传下去的。

二毛子昼伏夜行,月黑天打松树山夜猿一样的潜回去。翻过了大架子山,刚一进二道沟岔,就被胡子绑了。胡子是打国境那边跟过来的,死死地盯住。二毛子被绑进老石头沟的胡子窝。那窝子,其实也就是一个残破的山洞,一架窝棚。

二毛子先是苦苦哀求,情愿将人参献上,留一条小命。范大麻子一阵冷笑,眼睛里都是威胁。就将二毛子绑到一棵白桦树上。前胸的衣裳被撕开,露一胸的毛。早烧旺的一堆火,一把旧锄头烧得火红,就把它平贴到二毛子的胸上。"嗞嗞啦啦"一阵歌儿似的声响,二毛子全身一阵颤栗,身子就软了下来。

二毛子醒过来,胡子正将身上的麻绳解下来。范大麻子吼着:"扒光他的衣裳一点点搜!"二毛子的脸顿时煞白,一扭身,将一个东西填进嘴里。范大麻子抢过一柄匕首,一下劐开了二毛子的肚子,滚烫的血溅了范大麻子一身。

范大麻子后来被剿胡子的队伍乱枪打死。头被砍下来,戳在神卜轩旁那棵枯柞树上。有成群的人围着看,指骂、吐唾沫。那头先臭了,生一群大个的绿头苍蝇,"嗡嗡"飞,有很多老鸦啄着,后来只剩一个枯瘪骷髅。再后来在一场雨里,一声霹雳震落到地上,一些小孩球样踢着玩。

山里的胡子,好些都是旗镇附近屯村的百姓,父母妻儿多都活着。被砍了头,也无一人去领尸首。只女人在家里寻空地挖一座空坟。说被山牲口吃了。每到鬼节,也烧纸祭奠,尽人伦之孝。

范大麻子,是东宁河南边的人。

二十七

旅行家离开旗镇的时候,萧萧不尽的秋风刮得正紧。人站在街上,多了几分苍老的味道。

街上行人已多是长衫、旗袍了。只一些老毛子女人依旧穿着布拉吉。

教堂响起了清越的钟声,顺着紫透的天空悠悠荡下去。一声追着一声,震荡着人的心,叫人感到一种黄昏旷古悠远的味道。

西望是重山间歌谣般暮日了。黄昏的山野旷达着,有不尽的风在吹。暮影渐重,远山野烧须臾燃起,只一瞬间,连天边的云海都烧起来了。晚景虽然辉煌,却叫人感觉不到多少热量了,只是给人一种苍老。而眼前的树,已生出一片阴沉的暗影来。

脚下的石板路已蚀裂,拖着疲惫的影子走在路上,是很累的感觉。

路边有几个人，正在挖一棵老树的根，上边的枯干已经截掉，露出的树心洁白。细瞅，竟一圈圈盘了密密的年轮。那每一圈的年轮，都经过了秋风春雨的浸润。

已挖了好大的一个坑。那树因年月已久，根扎得特别的深。旅行家停望了好一会儿，胸中无端就横了深深感慨：这老树的根，挖绝难呵！

旅行家走过教堂，穿过买卖街，走进车站的时候，月亮已经浮到天上。只是色彩太惨淡，失了精血啦！

二十八

1933年1月5日，天蒙蒙亮，日本关东军开进了旗镇。旗镇驻军第二十一旅旅长关庆禄率部下三千余人，在车站西广场内集体缴械。各山头土匪联合成立了山林支队，抵抗一昼夜，血流成河。所剩残余被迫向东撤入苏联。支队长原土匪头子黑三，被日本鬼子打死，将其头割下，悬在旗镇枯死的古松上。

挂着东洋刀的关东军广濑大佐，站在旗镇的东山坡上，俯瞰着全城。夕阳是一个被子弹穿透的血洞了。

广濑看了许久，点点头，对身边的翻译官说："旗镇确是个好地方，只是满山的罂粟花没有了。旗镇曾经有条杏花巷，满巷的花姑娘，还有一座红楼茶庄，茶道和围棋是很厉害的！"

翻译官异常惊讶地说："太君以前到过这里？"

"啊不不——"广濑摇摇头，"我是从大日本旅行家川岛一郎先生所著的一本书：《国境商业都市——旗镇》上看到的！"

日军司令部就设在百年红楼。

依旧旗镇脚下缓缓的去水，愈发流得岑寂荒凉。一镇子悄悄地含在水里，看看水中的浮图倒影，才知道，旗镇的日日夜夜原来都是在这水里流着的呵！

关东遗韵

关东人,古来称肃慎,称挹娄,称鲜卑,称勿吉,称靺鞨,称契丹、称女真、称蒙古、称满洲、称达斡尔、称锡伯、称赫哲、称鄂伦春、称鄂温克、称柯尔克孜……东北夷也。数千年以来,崇信萨满教,舟马渔猎于白山黑水之上。

——题记

卓 禄

老穆昆达①拄着梭拨拉棍,走出了帐篷。他抬起头,目光穿过山上的树林,遥望着山峰熹微的晨光。

浮动的云雾,在山间飘流着。大森林水墨画般寂静,数以千万的鸦鹊,灰尘般粘在树枝上。鸟雀未鸣,蝉虫未叫,苍鹰已在高耸的峰崖间盘旋了。

一片片灌木榛林里,瞑卧着头头黄牛,数不清的黑猪白羊,站立着一群群骏马,周围机警着一条条猎犬……

---

① 穆昆达:满语,族长。

山坡林子里，一棵棵杂树下，搭着些树枝鲜柴的窝棚。丛丛茅草野蒿里，人横七竖八地躺着。黎明时分，人睡得最沉最熟，有涎水打口中流出来。

老穆昆达望着山上漫漫的人群……多少年，又多少年了。翻越过多少座山，蹚过了多少条河，走遍了多少片沼泽荒原……他率领着这个族群，几百里、几千里地不停地迁徙着，在寻找一个适合子孙生息安居的地方！

四处尽是荒丘野岭，他和族人夜宿在一座山坡上。

天刚见亮，他便孤一个人，拄着梭拨拉棍，蹚着榛丛蒿草，拨着树枝榛条，湿两腿露水，从熟睡的人群中穿过，朝山上走去。

他不时地抹着脸上的汗，脚底下一跐一滑，走得极为吃力。这些日子，他明显感到已经体力不支。有一次，竟险些打马上摔下来。从前只人便能徒虎、攀岩如猿的巴图鲁，如今连走路都感到困难了！

一瀑"哗哗"的溪水，打草木乱石中漫流下来，在一处断崖下的老柳树旁，聚成了一眼冷冽清寒的水潭，散发着丝丝缕缕的雾气。老树分出好多枝杈，粗大蓬勃地向外伸展着，把一大片树荫，婆婆娑娑筛在水面上。

他在潭边蹲下来，掬喝了一捧水，凉得他激灵灵打了个冷战。就坐在一块枯木上，打腰间解下根长烟袋，巴达了一袋烟，喘喘气。潭水清澈得发蓝，一片静寂安详。他痴望着水面，迷离恍惚中，忽然看到了一个怪物：白须白髯，披散着雪白的长发，连眉毛都白了，一对黑眼球，在飘忽古怪地望着他……

夜里头，他做了一个奇异的梦——

树林子里，有轻淡的薄雾，一阵阵飘流着。满眼都是高大的白桦树，枝杈间结着些老鸹窝，却没有老鸹飞来飞去。远处有十几只梅花鹿，在林中寻觅着草吃。抬起头，看见他，也不甚惊慌，只是停住脚，在注目观望着。有只丫杈着犄角的狍子，混杂在其中。有一簇茂盛的榛丛旁，有只灰兔子，瞪着猩红的眼睛，也在静静地瞅着他。

越往山上去，地势越变得陡峻。一座座巉岩结满苔藓，青蒿绿草都裹着露水，脚底蹬不大住，全靠梭拨拉棍撑住身子，拿手扯树枝榛条，走几步便要靠在粗树上，歇息一阵，觉得有些腿软心跳，脸上的汗直淌。

不远处，一座高大险峻的山崖，耸峙在面前。

危峰悬崖间，粗藤壮萝倒垂，老树伶仃，有一股潺潺水流，奔涌在石壁间。凸凹陡峭的崖壁上，有一大群狻狸，小猫般"嗖嗖"上下蹿爬个不停。

崖底杂树榛丛，怪石嶙峋。深茅野草丛中，开着几枝黄红的野花。一株高松后面，飞起一只五彩长尾锦鸡。

此情此景，竟如老穆昆达所梦到的一模一样。他蓦地双膝跪倒，两眼含泪，双手合十，祈祷着："天母阿布卡赫，地母巴那姆赫赫，星母卧勒多赫赫……"

蓦地响起一声粗重的虎吼，震得山摇地动，刹那间骤风卷起，树木哗哗作响。老穆昆达心中悚惧，抓紧梭拨拉棍，腿竟瑟瑟发抖。又是一声咆哮怒吼，听声音已经渐渐远去了。

老穆昆达抹了把脸上的汗，放下梭拨拉棍，弯下腰去，摸索着打草丛里，搬起一块石头，奋力朝凸岩上摔去，"咚"的一声，石头崩碎，一下子裂成了几小块，声音在空旷崖谷里回响着。有四五只山斑鸠，被惊得扑棱棱飞起；崖壁上蹿爬着的狻狸，一阵"嗖嗖嗖嗖"，不知蹿跑哪里去了。老穆昆达把摔碎的碎石，一块块地捡起来，仔细瞅过，摇了摇头，遗憾地扔进了草丛，又弯腰搬起一大块怪石，使劲地朝山岩上摔去……

红日当空，山林鸟鸣啁啾。

悬崖下，老穆昆达累得气喘吁吁，摔了一地的碎石。榛丛矮草细枝，被压倒了一片，他正弯腰去搬一块石头，忽然停住，蓦地连退了几步，一把抓起梭拨拉棍——一块生满苔藓的怪石上，盘绕着一条独角彩龙，正高昂着头，对着他吐信子……

老穆昆达不见了！

满山的族人一阵慌乱，四处地寻找，把一座大山都要翻过来了！

在山顶的危峰绝崖下，人们终于找到了老穆昆达。他躺在一片杂草碎石上，额头淌着血，怀里头抱着三块碎石。在他不远处，一根梭拨拉棍断成了两截，还有一条胳膊粗的死蛇，头上高挑着一只彩红冠子。

西北天边骤然涌起一块黑云，在翻滚飞腾着，狰狞地向整个天空扑过来，眨眼间便覆过了山顶，天色顿时阴暗下来。有千千万万只乌鸦，开始在低沉的墨云下，"呀呀"地尖叫着，惊慌纷乱地盘旋着……

乌鸦惊慌纷乱的鸣叫，叫遍山的族人，感到了一种不祥之兆。

满山的族人，都跪倒在山坡上，不住地叩头祈祷着：神灵的古尔苔神女，为何如此惊慌？是大恶魔耶鲁里要来了吗？

老穆昆达说过，开天辟地之时，大恶魔耶鲁哩，有九头十八臂，长着一只插天的独角，喷吐无边的冰雪，覆盖了整个天地。勇敢的古尔苔神女，奉阿布卡赫赫之命，到太阳里去取神火，不幸掉进了冰山里。她顽强地钻透坚冰，打太阳里取出了神火，温暖大地。却因误吃了耶鲁里的乌草穗，全身变得乌黑——没有太阳的颜色，化作一只壮嘴的黑乌，日夜在人世间奋飞着，号叫不息，在告诉人们，大恶魔耶鲁里正虎视眈眈，时刻都在幻形亿亿海砂，祸害人世间！

天上黑云翻滚，蓦然颤出一道闪电，刹那间耀亮了天空，瞬间又坠入无边的深渊。沉雷滚滚而来，一声炸响，惊天动地般，暴雨倾盆泼落。

帐篷里，老穆昆达的眼皮动了动，睁开了眼睛。一头白发披散凌乱着，脸瘦得吓人，已是油尽灯枯之状。三个儿子（族中三大支首领），都守护在他身旁。他强撑着坐起来，大口地喘息着，吩咐三个儿子，都跪下，面朝着西方。望着儿子们，也都已两鬓花白了，慈祥的眼里，涌出了一滴泪水。他两手哆嗦着，吃力地拿起三块浸血的石头，一块一块摆放到了仨儿子面前。

他双手合十，颤抖着默默祈祷过，睁开眼睛，神色肃穆地对仨儿子说："把它们合起来！"

三个儿子相互看着，迟疑地将每人面前浸血的石头，合对在一处，竟拼成了一块完整无缺的大石。三个儿子都惊讶不已，一齐望着父亲。老穆昆达说："这是神石——卓禄妈妈，也是卓禄玛法。从今以后，它便是你们的保护神！当太阳从东方升起的时候，你们带上神石，率领着你们的各支族人，朝三个方向，各自去寻找适合生存的地方。从今往后，若是哪一支遇上了大事，持神石前往求救，不管是水里火里,都要义无反顾地前去救援,因为你们是兄弟!若是千百年以后,各支亲人已互不相识,便以神石为凭——"

三个儿子匍匐在地上,泣不成声。

老穆昆达缓缓地阖上眼。半晌,只长舒了一口气。三个儿子去看时,白发覆盖的老穆昆达,已经停止了呼吸。

千千万万只乌鸦,满天飞舞起来,"呀呀"鸣叫着,纷乱地盘旋着,黑云般遮住了大半个天空。

满山族人匍匐在地上,哀声遍野。

灵识离体的老穆昆达,被抬进了大森林里,停放到一棵高大粗壮的松树下。头上遮天蔽日的树冠伸展着,罩住了天光。人们在他的身上,盖上了一层松枝。一生吃兽肉长大的身体,把它再还给野兽。人的躯体,只不过是灵魂曾经居住过的一具屋壳罢了!

千千万万的乌鸦,在森林的上空,彻夜地鸣叫着,飞舞着,盘旋着——

危峰之巅上的太阳,天眼般凝望着。

蜿蜒逶迤的人群,带着神龛、祖谱,带着子孙后代,带着卓禄玛法神石,又开始了崇山峻岭中浩浩荡荡的迁徙。

一两千匹骏马骑手的猎队在前,一群群黄牛,一群群黑猪,一群群白羊,在几千条猎狗围赶下,漫漫浑浑地向前走着。挑担背篓的男女老少,手提肩扛,挎筐挂棍,牵着一头头驮着东西"罕达犴",朝着三个方向,在茫茫漠漠的大荒野山里,走成了一个渐渐长大的"人"字。

东北夷

"挹娄,古肃慎之国也……有五谷、麻布,出赤玉、好貂。无君长,其邑落各有大人。处于山林之间,土气极寒,常为穴居,以深为贵,大家至接九梯。好养豕,食其肉,衣其皮。冬以豕膏涂身,厚数分，以御风寒。夏则裸袒，以尺布蔽其前后。其人臭秽不洁，作厕于中，圜之而居。种众虽少，而多勇力，处山险，又善射，发能入人目。弓长四尺，力如弩。矢用楛，长一尺八寸，青石为镞，镞皆施毒，中人即死。便乘船，好寇盗，邻国畏患，而卒不能服。"

——《后汉书·东夷传》

一团混沌的黑暗里，迸出一点火星，竟慢慢燃烧起来。跳动闪耀的火光，撑起一间阴影幢幢的偌大深室。一个浑身兽毛的女人，正蜷蹲在灶前，往火坑里面添柴，火光把人影子，放大到身后的墙上。灶坑里，火焰往下一暗，蓦地又窜腾起来，疯狂地舔着石锅底，渐渐就有肉香味弥漫开来。

女人抽出一枝柴火，点亮了糠灯，立刻四壁都是跳动的影子。墙上悬挂着一些皮毛，滴哩当啷垂着。屋角处，扔着两对长翎野鸡，面板上躺着一头剥光了皮的白猪。

屋顶倏地一亮，照下一束光。一个满头长发的男人，猿猴般地蹿下来，散落下七八根短木，震落一地细碎雪粉。一条木梯，横着七八根短桦，斜竖在光亮里。

男人打墙上摘下一个皮囊，里面斜插着十几支乌录（青石镞矢，羽尾雕翎）①他顺手拔出几根，攥在手里，又扯过一个小板凳，坐到灶口前，打开一个桦皮盒，拿根短细木棍，挑蘸着盒中的黏稠，往一根根箭镞上擦抹着。锋芒锐利的镞尖，渐渐闪映出蓝瓦瓦逼人的幽光来。

女人端上一大盆肉，热气蒸腾。男人净过手，盘坐在炕桌旁，两手伸进盆里，连骨头带肉撕下一块，大口地嚼吃起来。

蓦地一阵婴孩儿响亮的啼哭。女人忙走到炕前，打炕上的一团皮毛里，抱起一个胖孩子，把一只鼓胀的奶头，塞进粉嫩的小嘴里。

男人打炕梢处，抓过一只小桦皮盒，小心翼翼地打开，取出一块

---

① 乌录：长箭。

精光的猪肩胛骨（有烧灼痕迹）。女人端过来两个木碗儿，一只空着，另只盛着半碗水。男人把猪肩胛骨竖在空碗中，嘴里一边祷告着，一面让它在碗中站立。一连几次，都站立不住，男人满脸忧愁，手往骨头上撩着水。肩胛骨一下子立住了，竖直半响不倒。男人大喜，立刻将碗骨收了，打墙脚搬出个桦皮箱，又将自身剥得精光，露出浑身黝黝的黑毛，肌肉遒劲鼓起。他两手打箱里抓满豚油膏，往胸前身后、腹臀两腿，上上下下不停地涂抹着，浑身渐渐变得肥白胖大起来。他停下涂抹，抓起兽皮衣飞快地穿上，又登上皮兀拉，打紧裹腿，蓦地蹦跳了两下，跺了跺脚，打墙上摘下弓箭，将一柄短"昂威赫"①，顺手插到腰里。背上大皮包裹，提起一柄大斧，猿猴般蹿上了梯子。屋里头一暗一明，人已从屋顶口钻了出去。

女人解开一根皮绳，打屋梁上放下个扁桦皮筐，抱起炕上的婴孩儿，轻柔地放进去，两手扯起一根皮绳儿，把大扁筐高悬了起来。便外面偶有山牲口闯进来，也蹿不上去，只能在地下面打转。

风极猛，在山坳里怒吼着，"嗷嗷"狂叫，刮起缕缕雪烟。望着皑皑雪野，男人掏出两块肉，摆到雪地上，顺手折下三根草棍，以草为香，一支支插进雪里，双膝跪下，合掌祷告道："猎神班达玛法、山神奇莫尼妈妈、道路女神觉昆恩都赫赫……"

他抓出一把小米，撒向空中，附近树丛，顷刻有大群黑乌鸦飞来，在雪地上争抢啄食着。大森林里的鸦雀，是猎人的救星！深山中追赶野兽，抬头不见路，只有茫茫的野山，一模一样的山岭，一模一样的沟趟子，不见边际的野蛮森林……没有了回家的路，麻达山②了！猎人最后的一条生路，便是向高树上寻鹊书！树杈结巢的鹊鸦，长有羽毛的翅膀，能够翱飞在高天之上，是晓彻天意的灵禽。它淋漓在树干上的白屎，便是书写的指路鹊书。鹊鸦格格，是关东茫茫林海中的女神！

---

① 昂威赫：石砮刀。
② 麻达山：迷路。

男人在脚上绑牢"恰尔奇克"①，霍地站起来，手中攥着两块肉，发出一声尖锐的呼哨，茅草雪窝里，立刻有八九条绳牵着的凶狗，一齐狂吠地冲了出来。

男人解下两头豹犬，手中的肉蓦地朝前扔去，猎狗如飞般向前扑去。男人身背弓箭巨斧，脚下蹬开"恰尔奇克"，带着两条威猛的豹犬，一股雪烟般，冲向怪风呼啸雪舞的深山。

日头已浮上峰峦之巅。女人提着木桶，打深室里冒出来。风刮得紧，把她浑身皮毛，吹得翻卷飞舞起来。有长绳牵着的数条猎狗，一齐欢跃在她身旁。

女人打柴堆后面，拖出一只"乌得气"②，又解下五条猎狗，套到木爬犁上，鞭子在空中甩出一声脆响，群狗便或长或短地拉着爬犁，一溜雪烟地朝树林子驰去。

漫山没岭的雪野，寒风锐利地尖啸着。榛丛草窠里，有两行细浅碾压过的雪痕，就是男人狩猎的方向。

穿越过一片又一片的树林。雪雾中的狗爬犁，在一阵阵的淹没中，精灵般飞奔着。

山林树丛里，到处是横七竖八的蹄印。沿途偶有根粗长的树枝，斜插在深雪中；亦有雪地上粗劣勾画的一个鸟兽，有时是摆放着的几个雪团子……女人停下狗爬犁，仔细辨过，便要合掌念一句："觉昆恩都赫赫"。觉昆恩都赫赫，长着一只啄木鸟嘴，虎牙鹰爪，浑身都是刺猬般针毛，是大地的道路女神。是她告诉最初的猎人，在深山密林里，凡走过的地方，都要在大树、岩石上留下记号，那便是猎人归家的路。

女人驾着狗爬犁，继续穿越在榛丛树林中。树木被朔风摇撼，不时洒下一阵阵雪粉，飞落女人一头一身。

浑浑苍苍的落日，将光芒斜射进树林的时候，女人在一座巨岩下，找到了一只狍子，犄角丫杈着，还有两只冻硬的兔子。她把内脏

---

① 恰尔奇克：滑雪板。
② 乌得气：狗爬犁。

全扒出来，喂了拉爬犁的猎狗。

狗爬犁翻越过一座山，西风一无遮拦地铺天盖地而来。蓝天冰海之下，一眼望不尽茫茫的雪原，白桦林海，蜿蜒冰河。遥遥远远处，轻浮着逶迤的雪岭，白云朵般。

在一棵合抱粗大枯树底下，有一堆熄灭的灰烬，狼藉着十几段尚未燃尽的树枝，残留着些许肉腥味。老枯树上，有被斧狠砸过的深痕；凌乱的雪地上，溅洒着一汪血迹。

女人扒开树旁的大雪堆，里面竟埋着一头小熊。小熊头已被大斧劈裂，肚腹剖开，膛内五脏已空，只放着个小碗大的熊胆，显然临死前气怒已极。老枯树半腰枝杈间，有一个桦皮桶粗的大窟窿，四围挂满了霜雪。蹲天仓的小狗熊，一准是打那霜洞里爬出来的。

选了块干净的地方，女人拿手抚去浮雪，抓出下边洁净的一团，吃了几口；又取出狗食，喂过了猎狗，在附近寻了些干枝，点燃起一堆火，又把兔子剥去皮毛，穿在一根木棍上，伸进火里翻转地烤着。

她不经意地向西一望，竟大吃一惊：在遥遥白桦林的更远处，骤然旋起了一阵骇人的狂飙飓风，卷起千百丈高的雾云雪潮，排山倒海般扑过来，转瞬间便遮天蔽日地淹没了山顶，把整座山都吞裹了去。淹在雪雾中女人，躲在枯树后，紧抱树蹲下。套在爬犁上的五条猎狗，却冲着雪雾疯扑凶咬。

漫天的雪潮倾覆而去，迷茫中远山显露出轮廓，天渐渐高远起来。女人打雪中钻出来，抖去满身的积雪。爬犁已隆成了一个大雪堆，只一群猎狗，还是活物，都露着小脑袋，凄惨地叫着。

小刀子般的西北风里，狗爬犁重新上了路。一连穿越了几片树林子，前面出现了一个巨大的雪球，立在陡峭的高坡上，中间穿过一根长竿，指向山半坡一座石碴子。

晚霞余晖里，大森林开始变得昏暗模糊，铺满了古怪的树影子。狗爬犁在树空隙中穿行着，径直朝山下的石碴子处奔去。

空气凛冽寒凝，四野静谧，有树木冻碎裂般"嘎巴巴"响着。

一座孤崖高耸，怪石嶙峋。斧劈般的峭壁，悬垂陡峻。遥望崖顶，有稀疏的树木。

山崖底无一丝风，积雪陷腰，有一溜雪窝子，通向石壁下一个石洞。女人拔出尖匕，一步步试探着走进去。里面宽敞得很，竟极浅，有几块大石堆积，掩埋着一头野猪，两只凶煞的恶眼，已血肉模糊，显然是被箭透穿入脑。这是男人的箭法！

野蛮的孤猪，浑身松油沙砾，石铸的盔甲般。唯有嘴眼，方是石砮箭能射入的地方。方圆百里的猎人，只有她的男人——神勇的莫日根，才能够双箭齐透野猪的两眸！

幽玄冥深的古林，沉沉地静寂着。落日后的雪山，开始黝黑高大起来。

女人驾着狗爬犁，一溜雪烟地缘路而归。暗蓝的天空，烁耀着千万颗小星，仿佛已冻成一片遥远的冰窟穹窿。

茫茫雪原，忽然亮堂起来。狗爬犁渐行渐远，驮着一个雪色的圆月亮。

格 子

那地方叫圆河村。

圆河村其实没有河,只村头上有一泓绿兮兮的死水,中间挺着几簇翠草。这水说湖算不上,只能算水泡子。

我不知道村子为什么叫圆河,也许是因为没有河,才盼河。夜晚,天光云影落在水里,蛙鸣迭起,簇着月亮缓缓荡着,情境是很怡人的。

绕过这泡子,是那村。村子极普通,几撮低矮泥房,几缕蜿蜒沉重的炊烟;曙光暮色中,还有几声断断续续鸡鸣犬吠。

这里唯一热闹的,就算是村当央那棵大榆树。树很高,放下好浓的一片绿荫来。不远处有丛蒿草,一只蝈蝈悠悠闲闲叫得恬静。

再那边,是一排茂柳,其间隐着一条小路,是村中的幽静。一座小桥,把小道顺上了大路。小桥只是几块木头,随便在沟上搭的,一大步就能跨过去。木头经年日久,有的已枯烂了,便有人再续上两根。

一线细细流水打小桥底下穿过去,炎热天干枯,下雨又立马涨起,翻着混浊的浪头没过小桥。雨停了,依旧细细流水,或干出一层白花花的碱来。白日里流水无声,入夜"哗啦""哗啦"响得极远。

水虽然细细浅浅清清淡淡悠悠长长,却也一日日流了些日光流了些月光去,行路人的光阴不知不觉间被流走了。但任流水流去枯枝腐叶污泥……那破烂的小桥流不去,小桥的影子也流不去;水沿着湿沟由高往低淌，影子却只默默地绕着小桥走。太阳天上地下转大圈，小桥影子桥上桥下转小圈。

春天里，大榆树吐出满树芽苞儿，慢慢地张开，罩下一泓绿荫。树下便渐渐聚了些人，下土棋。老头老太太小孩儿光棍，抱小孩妇女也站一旁看。俩老头对坐着，一边是木棍，一边摆着石头块。土棋其实算不上什么棋，拿石子在地上横五竖五，十道纵横交叉，组成了一个格子套格子的棋盘。各人五个子，对排在边线交叉点上。老人下得很稳，棋子被粗重的手指捏得很牢。每一步都要经过深思熟虑，一头晌走不尽一盘棋，坐照入神，便是吃饭也顾不得。

树边有个大蚂蚁窝，在硬土上钻一些黑眼，倒出沙土湿湿润润细细柔柔的，把落上的阳光也变得湿润。一群蚂蚁爬来爬去往往返返，来来去去忙碌着些日子。这是一群红蚂蚁家族，虽然有时也发生些吵闹，但几百几千口拥挤着生活在一起，已经是很不容易的事了。蚂蚁们成年累月背着比自身重几倍的生活艰辛在劳作，晃晃荡荡像一大群挣扎的汉子们。

围在树下的这一群，虽然和它们近在咫尺，却从不去注意那一切，许是觉得它们实在是太微小而不屑一顾。有时偶尔看一眼，也从不去认真读那一群来来往往拼画的图形。

其实围着的并不全部是看棋的，一些人为了闲闲地打发时光，更多的却是常去瞅那小桥的绿荫处。

树丛中有个女疯子走出来，身后跟着一帮小孩起着哄："小疯子，扎俩辫，扭搭扭搭上河沿。挖俩坑，下俩蛋，扭搭扭搭再回来。"

女疯子自是不闻不听，一手舞一块花手绢，耍扇子似的，突突转，边扭边唱着歌儿。

老人依旧在下棋，余人全都转过脸。

女疯子不过才二十来岁，人生花意正浓，大腿上裤子撕一块，露出雪白的肉来，牵得光棍直勾勾地定了眼。那奶子隔着薄褂儿蓬松地鼓着，虽不是姑娘的胸势，却更别具一番风味儿。奶子一颠一颠，便颠出光棍们的口水来。女疯子全看不见这些，只管仰脸朝天，一路连扭带唱地走过去。

上年纪的妇女看了，便叹口气："唉，还不如死了的好！"

疯子依旧无忧无虑满天阳光，每天都要穿过树趟子和小桥，从大树前旁若无人地走过去，一直走向村边的那个绿兮兮的水泡子。一些人便吸引到树下，等着看女疯子的光景。村里头没别的热闹事，凑这就是想看会儿热闹，闷也解了，心情舒畅了，光棍回去做个喜梦。

女疯子走到一个光棍面前，突然站住，眼睛直勾勾地看着光棍说："月亮来？我的月亮来——"

光棍被看得直毛，脊梁沟"嗖嗖"冒冷气，一肚子的油腔滑调，全从嘴唇边吓飞了，哆嗦着一个劲朝后躲，"扑通"摔了个仰八叉。人们都"哈哈"大笑，笑得弯腰抹泪。女疯子不笑，看一会儿，似很失望，突然转过头"呜呜"哭起来，"月亮来？我的月亮来？"一边哭着，一边朝村外走去。老太太也跟着抹眼泪："唉，还不如死了的好！"

蚂蚁们却全不睬这些，只一个劲忙忙碌碌地搬运着。一个个细小的身躯，驮着肥大沉重的袋子，负重的生命被压得趔趔趄趄。

有个小孩剌尿了，妈妈拿块褯子托着白胖胖小腔儿，尿哧哧地射出来，浇了妈妈一身。"哎哟你个小犊子！"妈妈漾着满脸幸福，甜甜地怪。"俺得回去了，换换褯子。""快回去吧，别凉着孩子！"小媳妇快步走了。

有俩老头正坐在树下聊天，你尝尝我的烟，我尝尝你的烟，谈论着谁家的小子孝顺谁家的逆性。一袋烟抽完．抬起脚磕磕，便在烟包子里又舀出一锅子来。红火一闪，吧嗒吧嗒地喷云吐雾，思绪在黄昏里忽明忽暗。

俩棋人只对坐着，眼里早已落进一层灰，看不出深浅。其实那深处，都正在进行着一场激烈地角逐，只是被长期风沙修炼成的一层老练遮住。旁观者急得抓耳挠腮，搓手跺脚。有时棋下得错误极明显，但入魔之人却难以察觉。虽思考多时，亦往往出错，投子落地间忽然闪电般彻悟，但动子为私落地生根，时光不能倒流，过去即成永恒，一步错而致全盘皆输，因此生出许许多多深深的悔恨来，只希望能传诚后人。但后辈棋人锋芒甚锐，魔界日深，这些叹息悔恨只好腐为泥土，在深深厚厚的未来重生根脉，结出许许多多苦涩的果子来。

一片片阳光无穷尽地铺进这格子，于是在瞳孔和世界间生出许多恐怖和惶惑来。就那么几方格子，十个棋子变幻的图形，却织出那么多的迷离扑朔。一辈子都在下，就那么小的地方，几条道，几个棋子，甚至已经刻进了脑袋里，却愈来愈觉得陌生和恐惧，甚至是一种不可思议和神秘万端。

一日日，就这么块地方，夜把它涂黑了，白昼又把它漂亮，太阳再染上些鲜艳的色彩。树影子掉下来，慢慢爬，慢慢长，长得铺天盖地，便唤来星星和月亮。

女疯子依旧从这里过，牵动着男人们的眼。一个个饥渴的瞳孔里，塞满了肥圆的屁股和鼓胀着的胸脯。女疯子哭，哭得悲悲切切，一步步走进沉重暮影里。人们看着，流出太多的叹息。叹息多了，便生出一种悲怆的情绪，弥漫了大树底。

疯子依旧哭，依旧笑。谁不哭不笑哩？这看棋下棋的，都是人，就都哭，都笑。陶家老太太在哭，醉了酒，往事潮水般涌上来，爹的悲愁，娘的泪，要饭的筐，挂棍，疯狂的狗，鲜血淋淋的腿骨……苦难在心中叠涌变幻着，积压多了便难以承受，就哭，就喊，让眼泪一遍遍冲刷着被苦难熏黑的胸膛。下棋的老孙头爱笑，也是醉了酒，生活的寂寞苦闷全被热辣辣的麻木溶解了，跑腿子的生活被暗红暗红的夕阳揉碎了，想起了甜蜜的往事，便开怀地大笑，醉醉的，坐道边泥沟，田边小径，晃晃荡荡的，那弥漫着浓浓青苗子味的高粱地……一生就那么一回乐事，笑了几百几千遍，色彩依然不淡，反酿出些甘醇的味道，像陈年老酒，他想永久沉醉在这一滴透明的古色古香里。

"啪！"小孩拍住了一只牛虻。牛虻小肚子涨得滚圆透明，有鲜红的一团刺人的眼。人手恨恨地似断似连地一揪，挤出的血糊糊里竟还有亮晶晶的一滴，为了吸血而流尽血。小孩伸出的嫩舌尖微微一舔，便蜜甜甜地溶在嘴里、感觉里。想不到这么个小小讨厌的恶物，还存有一滴如此的甜蜜和晶莹。

重伤的牛虻在地上爬，小红蚂蚁骤临外敌，突然停止乱纷纷的争斗，一齐蜂拥着扑上来，牛虻立刻将冲在最前边的几个陷于血泊。死亡激起了疯狂的愤怒，呼唤着同仇敌忾的意志，这是一场暮色里血红的壮烈。

几个老人在树下谈论着：

"今年麦子收成哩！"

"大年初一那天大晴，该收麦。"

"晚霞红，三日晴，趁太阳该收了！"

昏花的目光掠过房顶，苍茫山野间画着一块块金黄。女人们议论着怀里的希望：

"看这孩子，准有福气哩！"

"瞧这大耳朵，福态相！三国的刘备就长耳垂肩。"

"这孩子像他爸哩，瞧那眉眼，俊孩子！"

树把影子挪过来，女人慌忙站起来说："当家的要回来了，该做饭了！"

远处有人喊："哎，老马头，谁家的猪跑出来了？"

老马头正看在瘾头上，不听不闻。有人喊："跑你家菜园子去了！"老马头惊了脸，腾地弹起来，挣命似的往回跑。

不知是谁骗了女疯子，还是她自己骗了自己，她找到了月亮，就在村头的那个圆泡子里。她欣喜若狂地跑进去，"哗啦哗啦"的响声泼着人心。水纹一道道荡出去，把薄板似的月光冲动了。她的脚下没有月光，月亮在前边，她奔过去，月亮又到了后边。辽阔的天空中飘来一片云，深潭里忽然丢失了飘摇的月亮，"我的月亮——我的月亮丢了！"疯子捶胸顿足地"呜呜"哭了起来。

"唉，还不如死了的好！"老榆树下的叹息一日日衰老，落在石头上结成了青苔。

小孩子们常拎只耗子朝女疯子身上扔，乱喊着："咬死你！咬死你！"女疯子尖叫着没命地跑。小孩子们笑得捧腹打跌，老人的叹息里，缓缓涌出一滴浊泪。

蚂蚁的战争终于结束，大牛虻被咬得遍体鳞伤气息奄奄，地上一汪鲜血猩红未干，横尸的小蚂蚁正一只只被拖去掩埋。榆树摇着铅重的影子，发出无声的深深感叹。

下棋是属于老人的，依然那样缓缓的日头。石子和手指依着横线和竖线走，一个个的方块，像一口口井，来来去去只能在井沿上走得胆战心惊。头上一轮亘古的太阳，每天都从东方去西方，划过一条看不见的线。

棋盘小小的格子，忽然漫无边际地涨开去，涨成村镇和城市，那里也有许多纵横的路，高楼大厦把视线挤窄，天地切成蔚蓝一条。天本是浑平一片，老人拿石块画成棋盘，人们拿心和手画出道路，看见又看不见。也许是因为天地太大太广阔太自由一片迷茫，便设计出这大大小小的格子，就有了大树下的棋人棋盘棋子。

棋子被人放进格子，此后便一直沿着被规定的线路走来走去，在这狭窄的格子上险路相逢。白天太阳在这里走过，夜里月亮在这里走过，走了几千年，也没有走出这格子去。格子是刀是锉是锯是齿，年轻的身躯被磨老了，年老的被磨进了黄土。

有一天，女疯子不再走了，她静静地躺在了大泡子里。上面是波光粼粼的水，下面是湛蓝的天。她躺在天上，躺在悠然的白云里，水飘忽着她优美的影子，她怀中抱着一个圆圆的大月亮。

老树下萧条了，光棍们不再来，小孩子也不再来，妇女们也不再来，下棋的换了几茬，依然是老人。

远处老蝈蝈的子孙延续着那叫声，叫得荒凉寂寞。

夕阳依旧挂在老榆树上，散碎影子在地上婆娑着，"窸窸窣窣"响出些声音来。只树荫越长越大，把外边的盖过了大半边。

那纵纵横横的大道小路，来来回回已经走得筋疲力尽。就那么些话，反反复复淡得跟没声没色没滋味的白水一样。什么也不想说，只静静坐在树下挨着日头。山影子一天天朝心上走来，夕阳一次次沉落进昏花垂暮的老眼里，清亮亮的世界就这样寂寞这样混沌了。树上的叶子一片片飘落下来，榆树老了。

走五道的不再走，就那么十六个格子，早已经填得满满。

淡泊的日头

屋脊上的日头很淡泊，山远远静寂着，下午街路上很少行人。村路正长，驮了些初春的残雪。疲惫的脚印杂乱着车痕，绵延进无尽无休的大山里。

残冬的日子很恬静，一排排杖影儿斜倒在路上，压了欲远去的日子。杖影儿是时钟的针，日来月去，重复着一圈又一圈永无休止的永恒。今天覆了昨日，明日又缓缓倾过来。乡村的雪日宁静着田园，沿路有蛋鸭扭扭地写过，鸡在杖根刨着渴望。远远、远远地不见人影。太寂静了，旺盛的生命受不了，便仰天一阵狂吠。静下来，依然淡泊得缺少味道。

仰头去看天，一块淡白的云，茫茫然不知飘向何处。天上白白云，底下小小村。走在村里，又大得一辈子也出不去。

村路上有人牵着牛缓缓走来。日子懒懒的昏睡般，阳光照在人和牛身上，似是都感到了一丝温暖。斜斜的阳光不停留，从人和牛背飘过去，送入路旁人家的窗里。人和牛投着影儿，影儿随着缓缓动。影子拂过的地方，留不下痕迹，只"吱吱咯咯"的呻吟，伴随在人和牛的脚下。夕阳远远照耀着，牵牛人表情很木然。风风雨雨爬得满脸，心里却不觉，只脚实实在在踏在地上走。

隐隐就有"叮叮当当"响声传来，牵牛人眼里泛出些许神采，回头冲着牲口吆喝着："驾驾"！人的脚步就紧些，牛也添快。

人和牛就徐徐走进这盈耳的声音里。这声儿是屯里的歌儿，一声声飞出去,"叮叮当当",弹奏着遥远的夕阳,暮日便在这清脆的声音里,焕发出红晕的神采来。

依旧是冬日的感觉,空气寒寒的,只地上隐隐有些湿润,绿的季节还仍遥遥远远着。

路旁的枯树,在歪着一处风景。影子横在路上,枯枯的树枝伸向冰蓝的天空。点点跳动的残阳里,瑟缩着几只寒寒的饥鸟儿。

忽然有几声浑重叫声,从前边的树底吼起来:"哞——"

远远四五头牛,围着树或卧或站,一律有绳牵着,拴在枝上,留下短短的自由。卧着的,瞑着眼,嘴在慢慢地倒嚼;站着的,也颇木然,大大的眼虚望着,一眼的惶惑与迷茫。有的将大而亮的眼掩上,让记忆静静地回到那些山坡的日子,弓紧背脊和绷劲的腿,肌肉隆起一块块力的形状,昨日在蹄下蹬起一阵阵尘烟。就酿出了些感慨,逝去的在咀嚼中就慢慢品出了些说不清道不明的味道来。

牵牛人和牛儿停住,影儿也静下来。人摘下牛缰绳,系到在树上,雪地上不显眼地多了一条影子。牛眼里怵怵地,望着近处木架,牢笼般矗起的"井"字,盘缠着绞索般蛇绳。

"叮当叮当"铁器的敲击声,不断地从屋里传出来。

秃秃的屋脊驮不住,太阳慢慢向西跌沉。渐近的暮晚里,一切都衰老于不知不觉间。

铺子里,铁匠正"叮当叮当"地打着铁。这是一个四十开外的汉子,油油光着紫黝黝的膀子,一起一落中,隆起的肌肉不时隐现。古铜色的老皮,镀了几十年炉火,星星般粘满了铁渣滓。手中粗大的铁钳子,正将彤红的日子夹牢,一锤锤砸得火星四溅,绚烂地迸射出铁匠生涯的光彩。铁匠感到锤底敲打的日子很实在。好日子孬日子,都是自家一锤一锤敲打出来的。

铁匠把烧红的铁金牢牢钳住,在手里灵巧翻转着,那锤就一下下准确地砸上去。在不停地翻翻滚滚中,就将一块铁捻细捻长,渐渐就捻出尖尖的一根钉来。"叮叮当当"的声音,一声追一声飞出去,撞着四壁发出铿锵的回声。尽管铁锤下闪耀的生活,充满音响充满光亮充满色彩,充满了坚实与辉煌,但铁匠自身却永远是黝黑的,粘满了油灰和铁渣子，散发着浓重的牛马气味。乱七八糟的铁块钢筋和铁板，胡乱地堆放在他的日子里，充满了残缺衰老和斑斑锈迹。铁匠欢喜这些，他的荣耀与自豪，就闪烁在这里。尽管这些东西丑陋顽硬，但在彤红的炉火里，在铁匠的锤下，都会诞生成簇新的物件。

这座土火炉从前有一只风匣，老铁匠在时，伙伴样伴着，常站在炉旁不停拉着，一仰一合间，发出"呼达呼达"的响声，炉火便一阵阵添旺。火光一亮一亮地映照着那张挂满汗珠的脸。老铁匠从火里夹了铁，去铁砧子上敲打那"叮叮当当"的日子，炉火永远映照着他。火光中的师傅渐渐老了，走在废铁中的腿蹒跚了，在炉火一明一暗的交替中，把铁匠的生涯，郑重地交给了他。那慈祥的目光，包含了日子里的一切。师傅的身影在火光中隐去了，他的手握住了师傅从前握过的大锤，那磨光的木把上依稀还残存着师傅手上的余温。铁匠眼睛感到从未有过的明亮。风匣也苍老了，在邶"呼达呼达"中，就变成了一黑一红两个醒目的按钮。他只要轻轻拿手指一按，就将那一仰一合满脸汗珠的日子全部取代了，铁匠心中充满了自豪。

铁匠从炉火中夹出烧红的一块铁，火刺刺地放到了铁砧上。铁锤一握到手中，就浑身都充满信心力量，把铁匠的荣耀一锤锤敲下去，一任顽铁发狂发横，再硬再楞再韧再钢，只"叮叮当当"一锤一锤地锤下去，就锤成一根面条般，一任扁扁圆圆短短长长棱棱尖尖，再于冷水中一浸，随着一声婴儿诞生般啼哭，一股白烟强烈地冲起，一个簇新的创造就璀璨了打铁人的生涯。

"叮叮，叮——"一个又一个牛蹄钉，掉落进盛着铁钉的木盒里。铁匠转回身，又从炉中钳出火火的一根。

屋里四五人或蹲或站，唠着茶余饭后的闲磕瞎话：

"话说天下大事分久必合，合久必分。当年先秦始皇帝一统天下，怕人夺了他的江山，便请军师替他算上一卦，将来谁灭他天下？军师排卦算了，道出一偈：'灭秦者，胡也。'秦始皇于是下令修筑万里长城，以挡胡夷人侵。谁知天机不可测，毁他江山之人，不是旁人，竟是他的宝贝儿子胡亥。"

"唉！"就有叹息轻嘘出，重了屋里气氛。子孙不孝，古来有之，有人想到自家心事，汗汗疲疲一辈子，到底图啥哩？半屈半蹲的一群，泥塑般静，只有烟从面前拂过，袅袅升入虚空，只有打铁声音"叮当、叮当"响得实在。

门"吱——"的一响，射进一道刺眼的阳光，又有人走进来，踢碰着地上的铁，"叮叮当当"乱响。外边传来一声老牛的叫声："哞——"

铁匠停下手，冲来人笑着说："老张大哥，今天恐怕是挂不上了，打不出钉来。"

来人站住，身后一道强光。

"明个大早牵来，误不了上山！"

人们又回到"叮叮当当"里，有人泛出些豪气："日他娘，想当年张飞张翼德，坐下黑炭马，手提丈八长矛，黑人黑马黑刀枪，单人独骑，立于长板桥上，阻住曹兵雄兵。一声大喝，喝得天惊地变水倒流，吓退曹操百万大兵……"

古事长长。日子平平淡淡，似是瞬间千万年。铁匠锤声"叮当、叮当"，炉火一闪一闪……

就有人暗暗思量着明日的事，该往地里拉粪了，眼瞅着化冻了，快该种麦子了。山上地里的日子，就像扯不断拉不完的锁链，一环环叫人喘不过气来。虚虚的眼走了神，烟火烫疼了手，急甩一下。

有人按上一袋烟，点上巴达着，有烟状的日子从苍老的额角皱纹中不知不觉地飘过去了。

最后一个铁钉落进了木匣，发出一声沉响。

铁匠收了锤，稳了炉中火，直起腰来，抹一把汗，生活出现了短暂的休憩。众人随铁匠一齐出了门，一片雪亮刺眼的光芒。

有人解开牛，拉进了"井"木架。牛不愿进去，腿"索索"抖着，眼哀哀地望牵牛的人。

铁匠熟练地解下一根铁链子，从牛肚皮底下穿过去，再用铁棍儿扭动木轴，发出"嘎嘎吱吱"的响声，两根铁链子便深深勒紧牛的肚腹。风撩起牛身上荒草地般的毛，山野样凄凉。铁匠一边说着话，一边拿麻绳去套牛蹄子。

人们活动着身子，望着近处的两层小楼，黑漆漆的铁门，叫人打心底发出感叹。小楼便是铁匠的家，这楼是铁匠一锤一锤敲打出来的，地基每一寸一厘都实实地牢哩！

"唉，真是人有艺在手，两脚天下走！"

铁匠的脸上露着和气的笑，一边在木桩上一道道缠着牛蹄，一边同牛主扯着闲话："咱庄户人家，吃上喝上，也就算是差不离了！"

有一罗锅牛主问："这一天能挂多少掌？"

"也就十副二十副的。"

就有人睁大了眼，暗地里盘算：这铁匠可真发了，怪不得连楼也盖得起。一副牛掌就是七块钱，宽打着本算两块，净挣五块手拿把卡。一天十五六头，七八十块稳挣。想着，眼里不知不觉涨出妒意来。就打算，孩子下了学，也叫他学铁匠。

铁匠说："打掌这活是铁匠里最不挣钱的。这几个屯，就只剩我一个人。可说起来，也算是个长远活，五冬六夏歇不着。一屯的乡里乡亲，抬头不见低头见，大老远牵着牲口来了，还能叫人再牵回去？再说山上急着，起早贪黑也不能误了，更不能见钱黑了心。"

铁匠低头去看掌，已磨得锃亮精薄，粘着些雪粉，这磨坏的铁掌，咋扎得住冰哩？怪不得这牛刚才一瘸一瘸的，铁匠"啪啪"起着牛蹄子上残损的旧铁掌说：

"铁匠这活，同人家做买卖的比不了，比单种地的，还是要强些。比上不足，比下有余。"

旁边一精瘦的汉子接上话："可是的，你这一月下来就嘛两千块，乡上乡长才挣多少？给个县太爷不换！"

"当啷"一声，铁掌落了地。

牛主说："钱这玩意儿，是好东西，可多了，也说不定是祸是福。"

铁匠把烧红的铁抢子取了来，削着干硬坑洼的牛蹄面，牛一阵暴雨般扑腾，铁链子木架"哗啦啦""嘎吱吱"乱响，把牛蹄子"滋啦啦"声音遮了去，一股烧焦的牛皮味儿直冲入鼻子。铁匠把一只新掌按到了牛蹄瓣上，一锤锤往肉里钉。牛又是一阵乱挣，铁链子木架

"哗啦啦、嘎吱吱"响半天。

夕阳暮霭慈祥地浴着叠山村庄，牛主们嘴上"叭达"个不停，喷出的烟一阵阵淹没了远山夕阳。

光线渐渐地暗淡了，到处都是巨大的影子了，人们已感觉到雪春夜晚降临的寒凉。

一阵"吱嘎嘎"响，老牛打牢笼木架里走出来。身上的乱毛暮风里吹炸着，烙印着绳索的勒痕。

老牛停下，抖抖身子，忽然低伸下脖子，发出一声粗重浑厚的长吼："哞——"

有人磕磕烟袋，腰里掖了，解下牛牵进了木架……

暮晚昏暗中，最后一头牛也挂完了掌，被人牵着走了。烟岚黄昏里，牵牛人和挂完掌的老牛，渐渐走出了一幅画。地上叠印着的杂乱蹄印，渐渐就被暗夜覆了。

铁匠铺不知道啥时候也锁了门，只留下路旁的空树和渐重的夜凉。远远地，有几声狗吠。

一屯静静在山脚下，渐熄的灯光，不知何时就被夜笼罩了。

挡

小屯在山里。没有电灯，带玻璃的罩子灯也买不起。人们便在小盘里倒一点油，捻根棉花做芯子，划一根火柴，便是灯了。缺油，吃完饭便要吹。

没有灯的夜格外长，也就更加寂寞和神秘，夜太长了，心里便长出个黑黝黝的影子……

一

月黑天走路，提心吊胆。突然听到呜呜响声，一面墙一样黑漆漆的东西骤然奔来，上挨天、下挂地，挡住你寸步难行——这便是遇上挡了，死挡！遇上挡的人，就没魂了——挡能把人的魂挡了去。被挡挡了的人，就成了无魂的人。奶奶说，关里老家也有挡，人们都叫"鬼打墙"。

屯里人都怕。谁家小孩老是哭个没完，或做了啥坏事，大人就说："别哭了，再哭挡就来了！"也有的说："再做坏事，就叫挡把你挡了去！"村里人还常拿挡赌咒："这事要是谁做的，叫他出门碰上挡！"

没人拿挡开玩笑，说坏话，挡犯忌哩。五爷爷说："不能说挡坏话，挡要是听见，就会把人挡了去。"奶奶说，黑天走路要揣盒洋火,遇上挡就划根火扔过去,挡怕光亮!

"嘻,这样挡就烧死了吧?"我瞅着奶奶的脸问。奶奶吃一惊,急忙捂住我嘴:"小孩子不兴瞎胡嘞嘞……"

于是,我便害怕乱尸岗子,奶奶说那有挡。

二

乱尸岗子是埋死人的地方,便是清明,也不见有人来填土奠祭。风一吹,齐腰深的荒草沙沙地响。

奶奶说,埋那儿的,都是孤魂野鬼哩。无亲无故的,无儿无女的,没成过亲的(那是前世的仇家)死了,都埋在那儿。坟间常有小死孩,匿在谷草里掩着,烂脑瓜壳,枯糜的残骸,许多绿头的苍蝇,"嗡嗡"地飞。坟子上荒满了蒿草、塌成了窟窿,暴尸者常有,也常有獾子、野狗、狼在荒草中转悠。

多少年,便这样。

每逢刮风下雨的时候,或只有星的暗夜,便能听到有女人的哭声:"冤呀——冤呀——"一身灰白衣的女人,坐在月亮地哭。奶奶说,那女人就是被挡挡去的。

高高的乱尸岗子上,长满了榛柴蒿草和弯巴的柞树。夏天坟边上,长着一片片高粱果,红彤彤的,红得发紫,没有人去摘,老人说那是挡用死人舌头变的。秋天榛子落一地,硕大饱满,便是集上也不多见,没有人去拾。

常人死了,从不往那埋。要请人看风水宝地,依山傍水,主后世人发财起祖。死了人,先在家停三日,便三十六杠抬着出殡埋了。

看见有送殡人远远走来,奶奶便用锅底灰在门前撒半个圆,挡住冤鬼进院子。

送殡的过去了,道上撒一溜黄麻麻的纸钱。奶奶说:"走道躲着走,莫踩哩!"

人死了要去老爷府发盘缠,这也是古规。

老爷府是棵死了半边枯柞树,枝桠狰狞,吊死过好些人,舌头一律软软耷拉着。那树根已经枯空,立着一座不甚大的小庙,屯里人都叫"老爷府"。奶奶悄悄和我说过,"老爷府"那有个挡!

发盘缠要请五爷爷。

树底下烧着一堆纸火,五爷爷一边瘪嘴叨叨着,一边把些小饼、大枣、麦麸子往火堆里扔,发丧人一律戚戚地看。

五爷爷不停地说着:

"路上遇到蚂蚁岭,成群的蚂蚁涌上来,你左手甩,右手甩,一甩甩出那麸子来,蚂蚁抢食让开道,快马跑向阴阳界……"

说到中间停一停,五爷爷摸起酒瓶喝一口烧酒,往火里扔把大枣或打狗饼子:

"路上要过疯狗坡,成群的疯狗围上来,你左手甩,右手甩,一甩甩出那小饼来……"

后面好像还有猴子山、阎王殿什么的,记不清了。只记得那调子悠悠的,时长时短,像唱又像哭。

人们便把些箔牛纸马、摇钱树纸箱子什么的,不停地朝火里扔。死得很阔哩!

三

人走了,疯婆子便转悠过来,在灰里扒没烧糊的打狗饼子吃,一边吃一边唱:"婆婆丁,开黄花,婆婆死了我当家!"吃得满脸的黑灰,只有灼灼闪着的眼白儿。

吃完了,从草棵子抱出个小死孩儿,拿一件不知打哪捡的破衣裳,一边给小死孩穿一边说:"噢、噢,妞儿睡吧,娘给穿新衣裳,风凉别冻着,噢、噢……"一边唱,一边悠着。

奶奶常冲她背影叹息,这孩子命苦!从小没爹娘,到婆家一个月,又死了男人,梦生的妞儿,过了月,有人说那孩子是外人的。有一天她上山回来,孩子没了,她疯似的找,有人说是让她婆婆扔到乱尸岗子去了，嫌是杂种。

婆婆找人给她算了命，说她命硬，克爹娘克汉子克公公婆婆，就把她撵出了门。她疯了，趿拉着鞋，到处跑，笑得瘆人。她在乱尸岗子里，寻着了一个小死孩，说是她的妞儿，紧紧搂着，贴着脸悠着。

她常和傻小争打狗饼子，那饼子又红又黄又脆生，香着呢！

傻小整天"嘿、嘿嘿"傻笑，挺憨的，一口白牙儿，十来岁尿裤子，一股腥臊味儿，天天玩家雀儿，掏房檐。傻小常被疯婆子扯打得鼻青脸肿，躺地上打着滚哭，一身土。

每逢这种时候，一个小姑娘便打村里气喘吁吁地跑过来，把他拉起来，冲疯婆子背影骂着，声音脆脆的。傻小有了出气的人，便抓着小姑娘连打带挠，一口咬到手背上，"嘿、嘿嘿"傻笑。

小姑娘哭着，拽着傻小走，人们看着便叹气，说："真正的一对冤家！"

她叫嫚儿，只长傻小两岁。

四

傻小娘回了趟关里，领回一个七八岁小姑娘，又黄又瘦，眼光怯怯的。说小孩的爹娘都死了，没人养活，怪可怜的，见她人长得周正，就领回来养着，等长大了给傻小当媳妇。傻小娘嘴尖舌快，声高嗓门大，外号大喇叭。没出三天，满屯子就都知道傻小娘领回来了个童养媳妇。

嫚儿天天上山背柴，山极高，常有狼蹿出来。村上的炮手，常能瞅见她。嫚儿背着带绿叶的苕条，拽着榛条子，小心翼翼往山下走，脚底一毗一滑的。

背柴要用木签子。木签子是根一米长的木棍儿，细头削尖，大头拴绳，从柴捆里穿进去，背到脊梁上。一回背三捆，走得跟跟跄跄，常摔得满脸血；背两捆，或是捆小些，便要挨打，吃不着饭，还要跪青砖。

我常帮嫚儿背，只能到村外，怕村里人看见走了话，叫傻小娘知道。

背累了，山道上歇歇。嫚儿画画，平平土，拿一根树枝，三笔五笔便飞起一只鸟；再平平，又是一条狗。公鸡站在草垛上伸长着脖子打鸣，猫逗蝴蝶，活像活像的！

我爱看嫚儿画的画，总看不够，画完了还让她画。

疯婆子拎着只死鸡走过来，一边唱着："婆婆丁，开黄花，婆婆死了我当家……哎，看见俺妞儿了没有？"我怕，躲在嫚儿身后，村里人都说她是克星，见人就克呢！嫚儿摇摇头。

"俺妞儿想吃鸡，我给她送鸡去。妞儿，你跑哪去了？娘给你送鸡来了，娘知道你在乱尸岗子睡着了……"

嫚儿瞅着她背影儿，低下了头，画不下去。

屯里人都避着疯婆子，老远见着忙插门。小孩朝她扔石头，她也骂着还击，捡块石头一扬手，石头甩到了后边，有时打破了自己的头。嫚儿看着叹气，有回她问我："疯婆子真的克人吗？"

"都说——"嫚儿低下头，又摇了摇头。

五

一盏昏暗的灯火摇动着，在墙上描着一朵总也描不成的花。

我依偎在奶奶的怀里，听奶奶絮絮叨叨讲那些老辈传下来的故事。道上的旋风呀，都是冤魂哩，若碰上，莫被它卷进去，看见了就赶紧说："旋风旋风你是鬼，你去东河喝凉水"，要连说三遍，那旋风就转到别处去了。月黑天走路，听到动静千万别回头哩，要回也得打一面回。活人肩上两盏灯，都碰灭了，就会被鬼抓了去。走路的时候害怕，头发发炸，就赶紧拿手扑拉扑拉头发。人头上三尺火，鬼神见了都躲呢！三十晚上，不能叫人小名，别人叫你别答应。小鬼听见了，晚上叫你，应一句，魂儿就被抓去了。道边插着的花花绿绿旗杆，莫拔莫拽，那是许愿的替身……我听了，夜里常梦见。

我最盼的是来亲戚串门。

来人了,便杀鸡。奶奶一手拿菜刀,一手揪着鸡翅膀。鸡"吱哟、吱哟"地叫着,奶奶瘪着嘴叨叨着:"鸡、鸡你别怪,你是阳间一道菜,明年抱鸡再回来。"被杀的鸡,扑棱满院子血,人喜喜地瞅着,咂着嘴。

鸡炖熟了满屋香,我围着锅台直转悠。奶奶每回都盛一碗,让给五爷爷送去。大青花瓷碗,悠悠浮着一层黄油。

六

五爷爷住在村头。

一间泥屋,歪歪斜斜,房上苦房草烂了,布满青苔。一摊摊,茸茸的绿,很是好看。下过雨,便拱出蘑菇,白白的,极大,没人采呢。那屋顶踏不得,能摔死人的。很多家雀儿争着在房檐续窝,墙上拉得一摊摊白。听着"吱吱喳喳"地叫,抱出小雀来了,惹得小孩老来掏房檐。

房檐儿塌下来,窗框压得扭曲,有根粗柞木顶着。天棚上垂满了灰条子,风一吹,便悠悠飘落下来。天上划过一道闪电,窗外柳树便逃跑似的弯下腰,房子吱吱咯咯响,灯苗也东倒西歪。

雨夜最难熬,泥屋里接满了瓶瓶罐罐,雨水滴在瓶里,叮叮咚咚响。

五爷爷孤身一人,炕上空荡荡的,铺一张破炕席,抽边露土的。炕梢有个落漆箱子,一敲空空响。晚黑天,照着油灯,五爷爷打开箱子,从里面取出个红布包,一层层打开,瞅半天,再一层层包上,手抖抖的。

嫚儿常去和五爷爷拉呱。

雪冬白了地,小草房也一片白了。远远地瞅,极好看。嫚儿便在洁白的童话里剥那长长的麻,听五爷爷慢悠悠儿讲那山里的故事。

七

傻小娘猛然发现，嫚儿出脱了。裤子显得瘦巴，绷得紧紧的。胸脯变得浑圆，俩笋尖似的高高顶起，挑着全屯小伙子眼痴痴看。嫚儿像一芍药花骨朵，一盆清汤也能瞅着自己的影儿，吃饭常掉筷子。

傻小娘心思重了，嫚儿愈出脱得俊俏，她心就愈揪得紧。再瞅傻子，就不顺眼，怨儿子傻，就知道"嘿、嘿嘿"傻笑。

屯里人有事没事议论嫚儿：

"想不到咧，嫚儿这孩子出脱得这么俊！"

"瞎，只是命苦，摊上那么个男人，嘿、嘿嘿，瞎——"

"保不准能跟人家跑了呢？机灵机灵的，精得很哩！"

傻小娘心又揪一把，傻小……傻是傻些，也总不能绝户呀！这浪妮子，把她养大了，要跑么……

嫚儿出去干活，傻小娘便在后跟着。屯里小伙儿都愿蹭近她，有事无事凑前搭两句。

傻小娘牙咬得酸酸的。

晚上，常听到嫚儿的哭声，憋着哩。

嫚儿上山去拾柴，一瘸一拐，脸上青一块紫一块，亮亮的眼睛挂着泪珠儿。

八

屯里来了个后生，十八九岁，肩上扛个绑磨石的板凳，一边走一边吆喝："磨——剪——子来——戗——菜——刀——"

声音豁亮，像京戏里的叫板。

这么多年，也算个新鲜事儿，不少大姑娘小媳妇着了魔似的，奔回家取了菜刀啦、剪子啦让他细细地磨。后生紫红的脸儿，那眼睛精灵着呢。一口白瓷瓷的牙,说话声清脆,活也利落。他一边磨着,一边说些外乡的新鲜事。女人们心里怦怦的。他见识可真广呢,城里镇里也都去过。姑娘媳妇的剪子、刀子磨好了也不走,眼睛呆呆的,就恨自家的刀剪少。

嫚儿听得脸红红的,偷偷地瞟着那后生。

九

清明节、七月十五、寒食和年三十,都是上坟的日子。山道上,山坡上,都是挎着篮子扛铁锨的人。有的坟头塌了,碑也歪了,人们看了感慨唏嘘。跪在坟前,恭恭敬敬摆下酒菜。馒头摆成品字形,三摞或四摞,掐心,一个不能落下,心要诚哩。

小孩不给上坟。奶奶却总要弄点东西在门口祭奠祭奠,再拿点纸钱在十字街口烧烧。这是给小姑的。奶奶落泪说:

"你小姑活的时候,可是个好孩子哩。那会,你老奶奶还活着。咱家院里有盘磨,我天天抱着磨棍推。她那么点,就拿着磨棍要帮我推。你说说,这妞子!吃饭,抢着给我盛;做活,争着给我纫针;烧火,快给找搬板凳。现在一闭眼,跟活的似的。嘻,就是命苦!她八岁那年得了病,烧得跟火炭似的,请你干老奶奶给看的,她会下神,灵着哩。下了神,说你小姑是要账鬼托生的,要够账该走了。不让治了。咳咳,可怜你小姑在炕上硬挺了半个月,临死的时候还直喊着要吃贴饼……这都是我命薄,担不起哩……"奶奶眼圈红了。

十

磨剪子的后生自来熟,见人乐哈哈,啥人都能搭上话,婶子妹子叫得甜润。钱么,好说哩,有钱磨没钱也磨,买卖不成仁义在么。小抠的人推说没了，少给几个，刀剪子一样磨得飞快。

屯里的姑娘爱听新鲜事儿。两三个月来一趟，讲的全是新的。姑娘喜欢城里的东西，常托他买些花线花布什么的，磨刀师傅有求必应，是个讲信义人。

熟了，便走顺了，来的回数也就多了。月把的没来，有人便开始念叨，更有人跑到屯头手搭着凉棚望。

十一

"磨——剪——子 来——戗——菜——刀——"后生边走边吆喝。

声音豁亮，像京剧的叫板。

晚霞染村儿，后生浑身红展展。一身英气。

走过一家门口，突然蹿出只花狗，照他腿就是一口。他"啊"的一声跌倒在地上，板凳摔出老远。

裤子撕开了，肉血淋淋翻着。后生抱着腿忍着声叫。

狗夹着尾巴溜到了一边，傻小玩着个光腚猴家雀儿在门口"嘿、嘿"傻笑。

"哎呀——"嫚儿从院中跑出来，把小伙扶起。手抓着手哩，嫚儿的心一阵猛跳，脸红着赶紧去扶板凳。

嫚儿从屋里找来了布条和红伤药，给后生包上。包得上心哩，手又触着手，像过电般，心里却舒坦。

"好——呀——"傻小娘"大喇叭"打外边回来喊起来："你，谁让你把药往外拿的？"

"是——"

傻小娘顿时明白，她狠狠瞪了嫚儿一眼，恨恨地走进屋。

磨剪子后生很感激，眼里便多了点内容。

傻小娘拿把剪子走出来："大兄弟，这把剪子钝了，你给磨磨。"

"这——"嫚儿望着傻小娘，傻小娘剜来一眼，狠狠地。

后生翻了傻小娘一眼，又看看嫚儿，接过剪子磨开了。

傻小娘接过磨好的剪子，眉开眼笑："大兄弟，你别在意，别和畜牲一般见识。药钱我不要了，就顶这剪子钱。这药好使，自家配的，灵呢，多少钱也没处买呢！"

嫚儿低着头，心愧得慌。

磨剪子的冲那背影吐口唾沫，转脸感激地望着嫚儿："多谢你了，大妹子！"他扛起板凳，"以后有东西尽管拿来磨！"

嫚儿感激地望着他。

十二

五爷爷病了，两天就瘦眍了眼，脸黄得像烧纸，干巴肉皮堆满了褶，只剩一副骨头架子，连炕也爬不起喽。

奶奶把下蛋的芦花鸡杀了，细细地炖罢，托嫚儿连盆端了去。

"五爷爷，喝点汤吧，鲜性！奶奶为你杀的鸡。"

"我这点病——咳咳，杀鸡干什么，正下蛋的时候，哎——快放下！"五爷爷欠身往上起。

"别动！"嫚儿找了个粗瓷碗，盛上多半碗端过去："热着喝，喝了就好些了。"

"好好，好孩子，汤我喝，你把那鸡腿吃了。唉！喝点就糟蹋一点，好不了啦。七十三，八十四，阎王不叫自己去，活得差不离了呢！"

"不许瞎说！"嫚儿忙用手捂住白胡子，"五爷爷能活一百岁！"

"那不成了妖怪啦！"

炕沿活动碰了柱子，灰就飘飘悠悠往下落。

房子老朽了，歪歪斜斜，勉力支撑着。毕竟没有倒下。

虽然破，总是个家呵！

十三

嫚儿出脱得像大姑娘了。脸上现出红晕,眼睛水汪汪的,黑黝黝的辫子垂到腚上。

傻小娘愈发吃不好,睡不安了。

十四

晚霞是只彩蝶儿,落在门前树梢上。

磨剪子的在我家门口停住。我跑出去,把家里的剪子拿给他。

他倒点水在磨石上,水里映出个小太阳。他就在太阳上磨,把霞光都磨到了剪子上。

"试试吧。"他拿缕棉花,浸点水,轻轻一铰,棉花齐展展剪成两半。

磨剪子后生摸出个纸盒,从里面抽出个白棍棍,划根火柴点着抽了起来,有一股呛人的香味,他把那纸盒放进一个小布袋,挂到了腰上。

我惊奇地瞪大眼睛,那布袋真好看,还绣着一对鸟儿,头挨着头身挨着身地蹲在水面上。

这鸟真像嫚儿姐绣的,她以前曾给我绣过一个荷包,上边也绣过这样的鸟,只是一只。我给他钱,他没伸手,朝我神秘地笑笑说:"你是叫狗剩子不?"

"你咋知道的?"我很惊讶。

后生狡猾地一笑:"我还知道你经常帮着你嫚儿姐姐背柴,对吧?这钱就留给你买糖吃吧!"烟头扔到地上,他用脚跟踩了,直了腰。

"要走么?"

"走!"他扛起板凳。

"天黑了,路上有挡呢!"

"我不怕!"他从腰里掏出个锃亮铁东西,"嗖——"射出一道光火,好亮。挡就怕亮!

"磨——剪——子来——戗——菜——刀——"

声音豁亮,像京剧的叫板。

十五

嫚儿收拾完桌子,被傻小娘叫住了。

"嫚儿,都这么大了,也不给你男人绣双鞋垫。你男人虽然傻,可总归也是你男人!"

嫚儿低着头。

"包袱里有布和线,绣对鸳鸯。"

嫚儿绣了三双,偷着给我一双。嫚儿把鞋垫递给傻小娘。傻小娘翻来覆去看看说:"自己给你男人送去吧!"

嫚儿走进东屋,傻小正玩着个死家雀儿。见了嫚儿,"嘿、嘿嘿"地傻笑。

"你媳妇给你绣的鞋垫,让你媳妇给你试试。"门关上,有落锁声。

嫚儿一惊,鞋垫掉到了地上。

"嘿、嘿嘿"傻小冲她龇着牙傻笑。

嫚儿低下头捡起来,放到傻小跟前。

"嘿、嘿嘿,真、好看!嘿、嘿嘿,还有俩家雀儿,好看,嘿、嘿嘿……"

嫚儿眼里涌出一滴泪水。

"嘿、嘿嘿,你,哭了?"傻小走过来。

"没、没有——"嫚儿惊慌地忙擦。

"嘿、嘿嘿,骗、骗人!"傻小去摸嫚儿的眼,嫚儿慌忙往后躲。

"你、真好看。嘿、嘿嘿，好看……"伸手去摸嫚儿的怀："摸、摸摸奶，嘿、嘿嘿……"

"你、你干什么?"嫚儿惊恐地往后退。

"嘿、嘿嘿，娘让我和你睡觉!"

"不、不，你别、别……"嫚儿浑身哆嗦，退到了墙根儿。

"嘿、嘿嘿……"傻小裤子掉到了脚上，"你看、看，"他一只手抓着那玩意儿，一手去抓嫚儿。

嫚儿哆嗦着惊慌成一团，使劲地往墙上靠。

"磨——剪——子来——戗——菜——刀——"，喊声像京剧的叫板，只是好遥远呵!嫚儿听到了，那么清晰，响在她的心里。她心头一震，猛地一推——

"扑通!"傻小一个跟头，后脑勺磕到了桌腿上，"呜、呜呜……妈呀、妈呀……"哭起来。

"啊，不不……"嫚儿惊慌了。

门"咣当"一下被撞开，"反了反了，打起你男人来了!了不得了，把你养大了……"傻小娘冲进来，狠了脸。

"不不——"

"我打死你这个偷汉子的!打死你这个浪妮子……"傻小娘一把揪住她头发，疯了般朝她大腿根儿上拧……

十六

五爷爷病一天重去一天。

十七

上山背柴，嫚儿忧心忡忡地告诉我，她梦见了挡!

"上吊好，上吊好，又有裤子又有袄……"疯婆子从草棵子里走出来。手里拿着树枝，枝桠上吊着个耗子，是耗子上吊哩！

"这耗子升天了，见玉皇大帝了、封了城隍土地……"疯婆子魔魔怔怔走过去。

嫚儿眼直直地不知在想什么。

十八

嫚儿守在身旁。五爷爷一天发好几个昏，吃不进东西，嘴老是断断续续地喊："蘑——菇——蘑——菇——"

嫚儿四处找蘑菇。

傻小也跟着找："嘿、嘿嘿，蘑——蘑菇——"

全屯儿找遍了，没有，嫚儿挎筐上了山。

天黑回来，筐儿空着，眼红红的。

十九

五爷爷家房檐里的小雀叽叽叫，要出飞了。

昨晚儿下过一场雨，一早，傻小搬根粗叉子柞木倚到墙上，手把脚蹬着爬上了房檐。

房顶的青苔里，有一排小蘑菇，白生生，好爽眼哩！

"嘿、嘿嘿，蘑，蘑菇——嘿、嘿嘿，嫂儿——"傻小爬到房子上，抓起颗蘑菇："嘿、嘿嘿，嫚儿，蘑菇——"房顶突然塌陷了个窟窿，傻小摔了进去……

傻小死了，埋到了乱尸岗子上。

烧糊的打狗饼子却没人吃。

五爷爷和傻小同时咽的气，临死前还叫着"蘑——菇——"。

穿了送老衣裳，他的手还攥得紧紧的，两个人才扒开，是一个小红包，一层层打开，有一只银镯子——镯子的历史没有人知道，奶奶忽然想起他临死前喊的"蘑——菇——"。

拿纸扎的牛和马,摇钱树、元宝……穷了一辈子,怕了呢,阴间里别缺着!

屯里人凑钱买了副薄板,埋到了乱尸岗子上,奶奶烙的打狗饼子。

没人给发盘缠。乱尸岗子上,葬的都是无亲无故、无儿无女的人。

二十

嫚儿常跑出家,被打得鼻青脸肿的。傻小娘在后撵着打,边打边骂:"你是个克星,克死了我儿子,你还想克死俺呀!"逢人就嚷:"俺养了个克星哎,把俺儿子活活给克死了!"

傻小娘的大喇叭,从东到西,从南到北,满屯子播播着喊:"嫚儿是个克星!命硬,小克爹娘,大了克汉子,克公婆,见谁克谁哩。"

屯里人都议论着说,嫚儿平时看着怪俊的,原来竟是个克星哎!傻小是傻些,可也不该克死他呀。

嫚儿被衣裳破烂地撵了出来,披散着头发,身上被拧得青一块紫一块的。

没有家了,走在屯里,人见人怕哩。

小孩看见她来了,喊一声:"克星来了——"!吓得哭着往家跑,大人也急忙顶上门。奶奶拦着我,不叫出去。"克火旺哩!嫚儿这孩子,怪可怜的,想不到哩!"奶奶在门口放个馒头,叹一声,插上了门。嫚儿在门前站了好久,可怜巴巴地望着,满眼泪……

嫚儿不见了,再没回来,屯子里再没听到"磨剪子戗菜刀"的喊声。

疯婆子还是抱着个小死孩魔魔怔怔地走着。

奶奶他们都再不提嫚儿的事。千万别遇上挡!我求菩萨保佑嫚儿姐。

那天晚上，阴了天，电闪雷鸣，下了一宿暴雨。那棵枯朽的老爷府树，呼拉拉倒了！早知道是要倒的，树根都烂透了！一棵瘸败的烂树，咋能不倒呢？

奇怪的是，打那以后，竟再没听到乱尸岗子上白衣女人的哭声，也再没有人被挡挡了。有人说，那挡的灵魂，就附在"老爷府"的枯柞树上。

烂倒了的老爷府树堆在道边，没人动。有棵枝子还伸到道上。没人动它，一年年，风吹雨打，烂在道边，发出一种臭味，人走过都捂鼻子，年老的人过那，看见有个黑影子。

夜里，老爷府树那起了一场火。

老人和小熊

> 我从哪里来，要到哪里去？我是谁？
>
> ——题记

老人走出蜂场的那轮夕阳，走下那片灌木的山坡，伸手矮树上，摘了把烧眼的山里红，便坐到道旁一块风化雨蚀的岩石上。歇歇呵！

不知在这块石头上坐过了多少回，石头比老人更老，沧桑地结了些青苔，有蚂蚁虫子在上面爬来爬去。山石太凉，就薅把干草垫上。看几块坯子，就感到腿疼腰酸。

老人望着远山，紫红色的落日是一种遥远的呼唤。有几片烧红的云，静静飘天边。他想，应该回到屯子里去。自从他大病过那一场，就想离开这山里。他有过女人，也有闺女。屯子里有他的房子，还有一些骨血关系的人。

一阵风吹过，灌木丛突然一阵响动。

前几天，这地方闹过熊瞎子。那日他去挖黄芪，刚走到山脚，就望见草倒树斜地一大片，一些大石头潮湿地被掀翻。谁会到这地方来瞎折腾？熊瞎子！他顿觉头发都要炸起来。

四下荒草野林，静寂无声。他仔细看了看地上的蹄印，是那东西！打哪冒出来的呢？一准是奔那几箱蜂子来的。

当天晚上，山坡蜂箱便被黑瞎子拱得四仰八翻。蜂子乱哄哄的，成团成团地滚着。老人急红了眼，顾不上戴防蜂帽，在"轰轰"乱蜂中，抢出几块蜂坯挂悬到树上，老人又去地窖里翻出备用的蜂箱，把结着蜂团的树枝割下，一枝枝朝蜂箱里抖。

忙了一天，他几乎是爬回来的。

药材贩子来了，听说闹黑瞎子，惊喜得两眼放光。他去山坡看了，激动不已，顾不得收蜂蜜和药材，忙骑着摩托一溜烟走了。第二天，一辆北京吉普开了来，钻出四五个人，都提着猎枪去了山后。三天后，他们把一只母熊，抬上了吉普车。

被黑瞎子闹过，山坡的灌木丛一片狼藉，蜂子散失了两箱多。

灌木丛又响起了"唰拉唰拉"的声音。

有蜂儿在白白红红的野花上飞着，老人寻觅了一阵，没见着什么，许是只兔子或獾。

沉重的山影里，老人走回小道旁的草屋。

草屋是老人的家，几十年了。老人转去屋后的柴禾垛，抽了捆干柴抱进屋，有一缕白烟打屋顶斜矮的烟囱里飘出来。只有老人做饭的时候，才会有烟火味，飘进这长长演山沟子。

重新回到屯里去的想法，在老人心里已经愈来愈强烈。屯子离这有四十里地，再走二十里是县城，县城里有火车。他一辈子只活在山沟里，最亲近的，只自己的影子和这间草屋。

猛听到一阵拱撞门的声音，"咣当咣当"响。老人一惊，急忙提起大斧子，走到门口。

屋外静静的，啥声响都没了，只有风在远处山野里呼啸着。

老人在这山沟里，已经住了三十年。从前这有些知青，后来都走了，只他留了下来。他想回屯里，屯里有他的女人和闺女，可支书不叫他回去。

他娶的是全屯最漂亮的闺女，叫一屯小伙子都红了眼，他想天上真有掉馅饼的时候。结婚的第三天，支书就把他派到了山上。他一百个不愿意，但还是去了，连女人还没搂够呢！支书说，他的家大队会照顾。

他在山沟里养蜂子，蜂群越放越大。一年的头一茬蜜，是椴树蜜，水一般清亮净透。椴树蜜过去，是百花蜜，蜜就有些混。满山满坡的野花都开了，百种花酿的百花蜜，有百花的浓香。到树叶红了黄了，一片片落了，老人就把蜂子一箱箱搬到地窖里。

后来，知青们来了又走了，屯里同他一起来的，也都回去了。有家有业的，咋能一辈子待在山里？支书说养蜂是个技术活，就叫他继续待在山里。他常回家，采些山菜野果，带着罐新鲜蜂蜜，也有蘑菇葡萄，雪冬里拎几只野鸡和兔子，有时也扛一条肥实的狍子腿。有时遇到支书在他家，送去一些米面。

女人生了个闺女。村里人逗他，说闺女长得不像他。他仔细看过，那脸盘眉眼，活脱脱打她妈身上扒下来的。后来女人同他打了"八刀"，说那孩子根本就不是他的。他不信，至死不信！那是女人为要孩子，故意编排的。

没了女人和孩子的屯子，他回不去了。

知青们走了一批又一批，呼啦一下就走尽了，只留下一条空荡荡山谷，还有一大座空房子，他一个人，守着这一座座山和山坡上那些浅蓝色蜂箱里的蜜蜂们。

这山、这沟，这树趟子里默默地流水，这一个连一个寂寞原始的长夜，叫他一夜一夜地度过。在漫长的日子里，去习惯寂寞与孤独。一切都能习惯，一切都能接受，接受了就习惯了，心已经结了硬痂。默默地活着，这山，这树，这草，这一片片的野花，有多少生灵在山里默默地活着呢？树趟子里老旧的水，已经寂寂流淌过多少年了。

撞门的声音又响了起来。

他紧张地靠到窗子旁，借着雪光朝外看，看见了一只狗崽般大小兽，正在拿爪子挠门，是个小熊崽，一准是那只母熊的崽子，饿急了到处乱窜。

老人把门打开，果然是一只毛茸茸小黑熊。

还很小，小得老人把手指塞进它嘴里，只是吮吸，还咬不疼老人的手指头哩！

老人的日子里，多了一只小熊，便多了很多内容。一种已消失了几十年，那种叫他牵肠挂肚的东西，又重新回到他日子里。他上山的时候，怕小熊跑丢了，怕来人把小熊偷了去，怕小熊偷蜜吃搬倒了蜜缸，怕小熊乱扒乱窜弄翻了碗架子……

老人每个晌午，都回到草屋里来。便是远些的路，也不带饭，多远也要回来。一推开门，熊崽总是小狗一样地扑出，咬他的腿，扑他的脚，老人觉得是一份温暖。

草屋后面是一块菜园，种着些韭菜葱蒜，还有菠菜。老人爱喝菠菜汤，便是冬天，也捆几捆绿绿地埋到在雪地里。园边种着苞米，结了棒子，吐着红缨。老人最愿意啃青棒，小黑熊也跟着啃。苞米根上植着豆角，顺着苞米秆往上爬。又宽又厚的绿豆角，把苞米坠得弯下腰来。

除了园子，还在山坡和甸子种些小麦、谷子和高粱，还种些饭豆。熟了麦子，雇车拉回屯子磨成面。

在荫荫的树趟子里，老人支了几处量子。深草里搬石头，顺着水垒成"几"字形，石头沙子填了，防暴雨水大还要砸木桩，往上编柳条子。日夜都支着铁筛子，啥时候去都有鱼，或二三斤，或四五斤，都是柳根子，泥鳅和白条，有时还有金光闪闪的小金鱼，大脑袋的老头鱼、肥实的沙里趴也有。老人从来不吃漂车鱼，一只只拣出来，全都扔回到河里去。

河水虽凉，却清，有鱼在游动，大拉拉蛄顶着水疾走。白条鱼浮着不动，影清晰地印在石头或沙地上。大些的小熊崽，常跟到河边，看见鱼就扑，在水里头乱扑腾，鱼自然捉不着，只弄得湿漉漉的落汤鸡般。

小黑熊常把屋里弄得盆翻柜倒。将屋里支撑的柱子当树爬，把草屋爬得摇摇晃晃。有时候，老人在睡梦中疼醒了，小熊正在啃咬老人的脚趾头，有时拿舌头舔他的脸。老人想，会不会有一天，在他睡着的时候，被长大的小黑熊当点心吃了呢？

老人常带着小熊刨药材，药材刨了捆成捆晒，油盐酱醋，穿的用的，都靠这些药材和蜂蜜去换。看蜂子的时候，却不敢带着它。若叫小熊见着蜜，就得天天来搬弄这些蜂箱，恐怕蜂子就养不成了。

药材贩子每次来，都骑着带兜子的三轮摩托，有时一年来几回。除了药材、蜂蜜、蜂王浆，黑木耳和蘑菇也要。成圈的花脸蘑，柞树上的"猴头"，柳树蘑和榆黄蘑，都给高价。上冻椴树结的圆蘑，价钱也好。

老人踩着山道去山里。山道弯来弯去，一条长绳子样，捆着一座座的山，草屋是绳子间的一个疙瘩。坐在石头上的时候，常看到蚂蚱在蹦，青蛙在跳，草虫唧唧，蝈蝈也在叫，鸟在不住地鸣。这山里，竟有这么多生命在活着。他望着路旁的野花，花上有蜜蜂忙碌着，一刻不停地采粉酿蜜。蜜蜂从生到死，三四个月就完了，自己酿的蜜，舍不得吃一口，点点都积攒在蜜坯上，却叫人一茬茬割了去。花厚，蜜就厚，蜜坯提起来沉得坠手。

这两日他看到有几十只雄蜂，在蜂箱外边飞舞，这样无风的晴日，知道是王台新蜂王要出飞了。这样的婚飞，老人这辈子见过三回，他有些为雄蜂感到可怜了，蜂箱外的雄蜂，一辈子为的就是这一回。唉，是活物都一样，就是为了传宗接代哎！美丽的新蜂王，从蜂箱里一出来，便径直朝远处飞去。后面所有的雄蜂，都随后朝着蜂王追去，瞬间便飞得无影无踪。

蜂王选新郎，和人不一样，不挑俊丑高矮，只求身强力壮。一群疾飞着的雄蜂，一只只半路上都掉了下去，飞到最后的一只雄蜂，便成了那一生唯一一次的新郎。在完成使命的那一瞬间，新郎打半空中，一下掉到了地上。极度的快乐便是死亡，这是世上最快乐的死！

蜂王拖着一小段细白的软线飞了回来，这是新婚的标志。

老人感叹一声，最残酷的时刻终于到来了，他知道那剩下的所有雄蜂，都将永远被驱逐流浪在外，再也飞不进那蜂箱小小的窗口了。

老人回到草屋的时候，小黑熊正爬上门前的那棵老柳树，挂在一枝老杈子上荡秋千，荡得大树乱晃乱摇。小熊看见老人回来了，下得急，打树上跌下来，结结实实摔得"嗷嗷"叫。

药材贩子没来，老人要下趟山，借辆车把打下的麦子拉下山去磨，油盐酱醋，还有蜜蜂过冬的白糖和花粉。

天说就变了，飘着雪花了，漫天飞舞。第一场落下来，化了，几日后又一场深雪，山野变得白茫茫一片。

大雪封山的日子，屋里就烧旺了彤红的炉火。小黑熊关不住，独自在院子里扑腾雪。老人坐在火炉旁，独自对着一炉火，火光映着他苍老的脸，又是一年啦，人生一世，草木一秋。想起女人和闺女了，女人说那闺女不是他的，他死也不信，户口簿上，不是明明白白写着吗？闺女不是喊他爸爸吗？想到了闺女，他心里一阵温暖。落叶归根，老了，想回到屯里去，那有他的房子。

小黑熊撞开门，雪团般滚进来，带进一阵冷风。老人关上门，边数落着，边摸起门后的笤帚，没头没脸一顿抽扫。小黑熊一边叫着，一边乱躲，顺着柱子爬上屋顶。雪冬，是黑瞎子蹲仓的时候，爬进粗椴树窟窿里，舔着掌睡一冬，可小熊仍活泼泼的。一夏一秋又一冬，小黑熊长大了许多。开了春，小黑熊便能自己到林子里捉小动物吃了。

过了年，老人又回过村子一次。他站在学校旁那棵老杨树后面，偷望着那个曾属于自己的女人。那个把他打发上山抢了他女人的汉子，已经老态龙钟了，也不再是支书。他始终没瞅见自己的闺女，闺女嫁到县上去了，女婿很高的个子，长得很精神。他的房子老了，在路边上，像个很老的故事，里面正住着一门亲戚。后墙鼓了，支着些柞木柱子，要修得花不少钱。

回到草屋，小黑熊不见了。门半开着，门缝的阳光里，有无数尘埃在飞舞着。房前屋后没有，一宿也没回来。稍有响动，他就以为是小熊回来了，到院子里看了，空空一地月光，远处山岭黑黝黝蜿蜒着，寒星蓝天，有说不出的清冷与高远。

他去山里头找，疾风碎雪里，找了一座山又一座山，都没见到小熊的踪影。回屋的时候，他希望小黑熊能蓦地扑出来，却依旧是空落的院子和空空的草屋。

小黑熊是离他而去了。

夜里老人头晕发冷，老人终于病倒了，捂着棉被佝偻着，蜷缩在土炕上，说了一宿的胡话。

天亮的时候，老人忽然感到一股热气扑脸，有东西在舔他的脸。他努力地张开眼，便看到了两只深陷的小眼睛，竟是他的小熊，他的小黑熊回来了。老人颤巍巍地伸出手，抚着小熊的脑袋，小黑熊呜呜呀呀地叫着，一滴老泪打老人眼角淌了出来。晌午小黑熊又出去了，叼回一只兔子放到老人脚下，"呜呜呀呀"很亲昵的样子，拱着老人的脚。

　　夏天接着春天到来的时候，老人明显地感到了衰老。白天蜂场忙活一天，夜里往炕上一摔，死过去一样，任小黑熊怎么折腾，咬耳朵啃脚趾头，全无知觉。满山野花开得绚烂，看着蜜蜂在蜂箱前不住地跳着圆舞和摇摆舞，就知道蜜源足哩。远近山坡上花旺，是个收蜜的年景。他看见有蜜蜂正飞着，忽然就打空中折下来，掉到地上挣扎两下死了，身上还带着沉重的花粉团，那分量，十万花粉粒不止，累死了啊！

　　老人拾起蜜蜂，一声很沉的叹息。

　　老人做了三十盘夹子，挨着放到蜂箱旁防老鼠，也防那笨不死的癞蛤蟆。还有大马蜂，常来盗蜜。老人坐在蜂箱旁，拿根桦树条子抽。"铜头铁背"的大马蜂子，肚子七道腥黄金环，长长的毒针伸吐着，凶恶得很。老人找到了好几处马蜂窝，垂挂在树上。老人捆了草把，浇了火油点着火，杵过去轰地烧个绝净。

　　药材贩子来了，开着一辆半截子吉普。刚跳下车，就被吓得浑身发抖，惊骇着脸哆嗦成一团，来不及再钻进车，瑟瑟缩缩躲进车底，哭腔喊着："熊熊——"

　　一只半大的黑瞎子，正用两只深陷的小眼瞅着他。

　　老人在屋后摘豆角，听到药材贩子声嘶力竭的喊声，忙跑过来喝开小熊。小黑熊人立着，去抱老人的肩，又转到老人身后，用脑袋去拱老人。

　　贩子把药材和蜂蜜搬上车，打车里拿出了两瓶酒，拎着进了屋。老人炒了几个菜，俩人盘腿对饮起来。

　　半碗酒下肚，药材贩子脸和脖子都红起来，挽起袖子，说得唾沫星子乱飞，老人只傻傻地听。药材贩子忽然想到一事，侧过脸，斜瞅着窗外爬到树上的小熊，自言自语道："这东西，许是能卖个大价钱！"

　　药材贩子酒足饭饱，出了门看见熊，仍然是一脸恐惧。跳上车，又将头探出来，朝小黑熊望望，一脸的贪婪。

车一溜尘地开走了，老人在门前远远地望着。

药材贩子开着车又来了，还带来一个戴墨镜的人。贩子说："这位是金先生，是来买这只熊的。"

老人很诧愕，他从来没说过要卖这只小黑熊。

贩子带来了一箱北大荒，还有猪头肉、酱干和灌肠，三人盘腿坐在土炕上，喝得醉醺醺。药材贩子苦口婆心，说这只小黑熊，留着早晚是祸害，说不定哪天就把你吃了。你山坡上那些蜂子，早晚凶多吉少。这只熊，给你伍佰！又转过头，看看那个戴墨镜的说，老金仗义点，你再加三百，八百，凑个吉利数咋样？

老人猛喝几口酒，呛得"吭吭"咳嗽。

老人酒气熏天躺在炕上。药材贩子和金先生，把麻醉了的小黑熊弄上车，烟尘四起地开走了，炕上老人已经醉得人事不知。

霜风衰草，木叶悲风，所有的山，都剥落尽了叶子。

深秋的草房，明显地空寂了，老人跟失了魂魄儿一样。没了小熊的日子，他一下子像老了很多岁。风烛残年的草屋，似所有的精气都已殆尽了。

雪花在空中飘舞起来，大雪重新覆盖了这山谷。

老人半夜里醒来，天尚大黑。瞅着窗外雪地，再难入睡。就披着衣裳，坐在炕沿上，抠一袋烟，吧嗒吧嗒地抽着。烟袋上的小火一明一暗，一烫一烫，烧着这博大寂寞的长夜。

窗外寒雪铺天，月亮已升到对面山的白桦林上。老人想，明年春上，把蜂子全卖掉，回到村里去吧！

这是老人所经历的，一个最漫长，最残酷，最难熬的冬天。

有好几回，老人都梦见小黑熊回来了，扑他，拱他……

雪冬终于融成了山水，浑浑浊浊地流去。又要开箱放蜂了，又要破土下种了……

老人下了一趟山，去县城找到药材贩子，那贩子醉醺醺地告诉他，那个金先生因倒卖小黑熊，走私"大猫"骨皮，被公安局抓去判了刑，那只小黑熊被送进了省城的动物园。

老人就又坐着火车，去了很远的省城，老人一下觉得脚和眼都不会用了。街上人头攒动，城市像个大马蜂窝。老人穿过一条条街巷，最后坐着一辆出租车，到了动物园门口。

　　动物园太大了，人跟蜜蜂一样的多。老人茫然寻着，终于他看到了他的小黑——他的那只小黑熊，被圈在一个大铁笼子里。笼子外面围了一大群人，指指点点着，有的把手伸进笼子里。

　　小黑熊在大笼子里来回走，一些小孩子把些糖果饼干，不断朝小黑熊扔。小黑熊有的接着，也有的掉到了地上。小黑熊每接到一样东西，便人立着，冲人讨好地作揖。又有人扔东西，再接，再作揖。

　　老人挤到铁笼子前，颤着声，激动地喊："小黑，小黑——"干涸的老眼竟有些湿润了，把刚买的一大把糖果，全扔了进去。小黑熊同样地去接，作揖，咀嚼着，又去接别人扔的东西。

　　小黑熊已经忘记了他！老人颓然坐到了地下。

　　老人醉醺醺走出了街边一家小酒馆，踉跄着走向火车站。街道泥泞着，淫雨绵绵，街上有水在流，整个城市都浸在一片泪雨之中了。

山　魂

　　老屯背靠这一座山，叫团山子。山坡稀落着一片人家的小屯，就静卧在山之一隅。

　　团山子不高，却墩厚，方圆几十里。山顶有高树，一幅画样的意味深长。树林下的山坡，一块块田地补丁般。老秋一深，红红黄黄的斑斓。

　　山上有人忙地，打柴，刨药材的。人活在山里，偶尔直腰抹把脸上的汗，抬头能望见很多白云。日头埋在云里，只白亮的一点。

　　坡上的黄土路边，多些核桃楸子树，夹一路绿荫，向西去了。七月的核桃八月梨，有孩子常提着筐在路边捡拾，也有被车轱辘碾碎的，一摊摊烂绿在路上。人长疮长疖子，就用这皮砸烂了糊，以毒攻毒的法子。

　　屯子西边，有一条两边杨树的沙石公路，日夜不停地跑着汽车。屯子之东，是一片草甸子，常见些牛马游荡在其间。甸子里有一丛丛的马莲，宽韭菜般的叶儿，拿镰刀割了，端午节捆粽子。上了秋的草甸子，就有人抡着苫刀，打牲口过冬的草。草甸子边有一条老车道，车辙凹深，乱蹦些蚂蚱。

　　西北风一刮，就是冬天了，纷纷扬扬着大雪。漫漫雪路上，无数的雪蛇一缕缕地钻动，人拉着爬犁，走在雪野的寒光里，去荒草雪野中割柴禾。山坡的扫苕，割一铺铺。新榆树条子，踩在脚底拧了，捆一捆捆，带影儿竖到雪地上，再朝木爬犁那扛。汗淌进眼里，就拿袖子抹一下，顾不得直腰。风"嗷嗷"叫，雪粉弥漫着，魂儿娘头发散乱，扛着柴跌跌撞撞，毕竟六十好几的人了，已经支撑不住日子沉重的分量了。

一只五彩野鸡拖着长尾巴凌空飞起，落向远处的林子边，大狗黑子正在雪野追撵着一只野兔，一逃一逐，腾起一阵阵小雪烟。

柴禾横七竖八地堆到路边。老女人一头一身雪，开始把柴禾一捆捆往爬犁上垛，再将粗绳揽上，插进木绞锥绞紧。摸了斧子，趟着深雪去砍树。老柳树枝枝丫丫，恋着几片叶子，斧子砍在树上，落雪纷纷，山里头"梆梆"响得空洞。山道忒陡忒滑，坐不住坡，便爬犁后面拴一棵树，拖着坠着。

老女人唤着黑子，这狗东西，哪去了呢？黑子打柴棵子里窜出来，叼着只兔子，软软地放到女人脚下，伏下身欢实地摇着尾巴，用头讨好地去蹭女人的腿。女人弯腰拾起兔子，顺手拍了拍狗头，狗立刻便得意得不行。

远处屯子里，有炊烟袅袅地飘起来，空中的白桦林般。狗忽然一阵欢叫，摇着尾巴朝山顶跑去。黄昏的雪岭上，一个人跑下来，边跑边喊："娘——"

是儿子魂儿打城里回来了。

魂儿在县里读高三，一两个月便回来看娘，顺便取些粮食。舍不得两块钱的汽车票，就走山道，有时明晃晃大月一山一山随着他。山野清幽，有活物黑黝黝地跑过来，就知道是黑子。黑子常来山道上接他，亲得很，直往身上扑，摇晃着尾巴。

魂儿是全屯唯一考到县城的高中生，屯里人透着酸味，议论过好一阵。看那小老太太样，老鸦窝里竟孵出了凤凰。

只魂儿和娘两个人，还有黑子和老房。老房是土坯垒的，房顶蓬着荒蒿。屯里人都记着，魂儿常哭喊着打家里跑出来，书包拖在腚上，边跑边抹眼泪儿。魂儿娘举着笤帚疙瘩，在后边撵，一些小孩跟在后面看。魂儿娘打孩子，用笤帚打，打不疼就下口咬，咬屁股大腿血淋淋的。屯里人说，魂儿这出息，全是他娘拿牙咬出来的。

小屯半荫着山影，山顶残着晚亮，一痕月牙儿，漂泊在东山山凹间。魂儿往家里担水,脚底雪"嘎吱嘎吱"响。全屯都吃西大井的水,井台是石头砌的,半遮土墙,井里水晃晃的,很深很黑,水漾着满满提上来,才知道它极清白。肩着水,扁担一路"吱吱"叫着,影儿随着人疾走,雪地很亮。

魂儿每趟回来,都要担满缸,水浮浮地到沿上。吃了饭,便在雪地上劈样子,"喀嚓喀嚓"的响声传得很远。

听到这响声,隔壁吃饭的拴柱娘,便停下筷子教训儿女,看看人家魂儿,一回来就那么勤快,你们呀,有点活就攀,哪个能赶上魂儿的一半,我就烧高香了!

夜深去,微闻犬吠,月亮囚在厚云里,后半夜落雪纷纷了。

一大早,魂儿打紧裹腿,学业误不得!没膝深雪中,踩一溜雪窝子,去了后山。

新雪干净死!把浮雪刮去,簸箕撮了,倒在锅里融清水,喂牲口洗衣裳,刷锅洗碗都用得上。把衣裳抱出来铺雪上,找根条子"扑扑"抽,冒了烟了。

魂儿娘去河边,割当年红幽幽的柳条子,拉回去编大挑筐。割"二年红"或"当年条子"苕条编背筐,榆树条子编土篮子。魂儿娘手巧,日里头寡言少语,便是四邻,也少有几句语,走哪后头都跟着条黑狗。

魂儿娘四十出头便守了寡,娘儿俩的日子,就喂了条狗。寡妇是一种诱惑,屯子里的几个光棍,想在魂儿娘身上琢磨点事。去串门,坐着不走,说些不三不四的话,动手动脚的,魂儿娘沉下脸一顿骂。光棍笑嘻嘻的,依旧不舍,笑着笑着脸上就露出恐惧表情来,大黑狗正冲着他龇牙"呜呜"叫,人便不敢再乱动,惊悸地站起来退出门。被狗龇过牙的人,便不敢再迈进这院子。光棍们又恨又怕,说魂儿家这条看家狗,比魂儿他爹活着的时候还强。

夜是原始的。女人的夜,就多了些叫人说不清道不明的味道,一次次地叫人衰老。窗外悲风萧萧,她失眠地睁着眼,院门很响地拍打着,"嘎吱""嘎吱"响起的,都是别家男人的脚步声,星星只能是天上遥不可及的希望。日子就像铁锈,夜来昼去,把生铁般的人侵蚀老了。

　　魂儿娘活了六十年，都做了些啥？没几件能叫人记住的。只喝过一回酒，叫屯里的酒鬼们念叨了好些年。魂儿娘被花轿抬进屯里，顶着红盖头做了魂儿爹的新媳妇。主婚人领着新郎新娘挨桌敬酒，被魂儿爹的一桌伙伴热闹地将住。魂儿爹腼腆，话递不上去，便喝酒。几大杯，脸就烧成了关公，腿站不大住，话也说不成溜儿了。伙伴仍是不依不饶。新娘子就急了，问代替行不？满桌子齐声喊好，顿时热闹了全屋。新媳妇喝酒，全屯破天荒的事儿，便满上酒，一连三杯搁进去，新娘子就要换大碗。酒是烧锅烧的，大黑碗一圈满上，有人就犯了嘀咕。新娘子先端起一碗，"咕嘟嘟"喝下去，再一桌子挨个喝。立刻有人不行了，脸黑紫或煞白，要出去方便的，新娘子一一拦住，只瓮声瓮气地说，再满上，我喝两碗，你们一人一碗。水也喝不了这多，一桌人都面面相觑。一圈没到头，人全都出溜进了桌子底。后来一屯人都说，这能喝酒的媳妇，谁家养得起！

　　喝酒终究不是庄户人家的要事，慢慢就少有人说了。沉重的日子压弯人的脊背，一年忙到头，喘不过气来。偶尔有人提起，也只当笑话，寻一份开心罢了，那么辣的东西，谁喝得了那多？心肝肺不烧烂了才怪哩！

　　魂儿娘少与人往来。夕阳落照中，偶见她背一签子柴禾，一个人缓缓走下山坡；或见她戴顶草笠，肩着锄，领着狗，打屯头那棵歪脖子老柞树下走过去。老柞树根儿立着座小庙，四外的草里插些紫红的小旗杆。魂儿娘每走过那，脸就有些戚戚的。有时夜里也来烧些纸。

　　雪夜里，风憋在崴子里"嗷嗷"叫，钻进被窝里的人，不由自主地缩紧身子。窗上挂满霜雪，角落里有"窸窸窣窣"的声响。炉中火早熄了，有未烧完的木头打炉口掉出来。山里头不烧煤，只烧木头。炉火烘烘一阵，就烧尽了，再扒一盆火炭，烟着放里屋烤。地下有捶不完的乌拉草，冬天的日子都一样。只是在这无穷尽的重复中，人老了！

　　雪冬说来便来，说去就又去了。庄户人关心的只是春和秋，开春把种子点下，秋后收回来，或瘪或饱，一年血汗泡的。口里吃的身上穿的，都在这地里头。屯里地都承包了，一个老太太，有多大的力气，没牲口犁杖，只是自家镐头刨几块补丁般的荒地。人起大早露水在地里，天上有未溶尽的月。忙好一阵，直直腰抹把汗，才听见屯里的鸡开始叫。再回去做饭吃饭，收拾园子。园子边种一圈苞米，叫大叶儿的宽豆角爬蔓儿。

魂儿是在夏天里考完试的。人瘦得厉害，风吹了都有些打晃。屯里老人见了，都叹气摇头，说魂儿不是咱庄户人。这瘦身子骨，唉——魂儿告诉娘，学校已经估了分，志愿也填报完了。娘说，考上了，就别回来了，永远离开这，娘死也别回来，坟也不用上！

魂儿大病了一场。

屯里有卫生所，斜立着一块牌子。屯里的兽医，兼卫生所大夫，穿一件又旧又脏的白大褂，人病了给人看，牲口病了看牲口。有病看病，没病人的时候，就上山种地。屯里人皮实，头疼脑热不耽误活，喝碗姜汤，大被里捂一身汗，摇摇晃晃又下地了。病厉害了，白药片片不好使，兽医治不了，就得去县城。

魂儿娘知道魂儿是火，笔头上的事，比锄头镐头累人。叫魂儿躺在炕上，线团上拔根针，扯去线，在魂的两肩头顶，前心后心，臂弯腿弯，一顿好扎。血紫得鼓针眼。一片紫黑点子，大半个月没变过来。再拔罐子，就是大罐头瓶子，烧块纸扔里头，"呼呼"旺着火，急扣到腰或脊背上，肉立刻坟进去，抽得魂儿龇牙咧嘴。娘说，以后上了学，干了工作，不管得啥病，都要先在这拔一罐子，尾巴根这地方，是男人的命根子！

日头在山顶落得迟。屯里忙死，不落黑影人不下山。白日屯里静死，便是路上，也少见人走动。坡上有糜着的羊，浅绿坡上点点雪白，老远望得见。有树底的牛，偶尔发出一声长吼。

魂儿打山上一回来，进了院就抱着笤帚扫院子。草棍纸片筛一边，剩下的土倒在杖子边上踩实。杖子边茂着没膝的青蒿，常出没些蛇和黄鼠狼。柞木杖子早爆了皮，一场场雨水里腐黑，结了木耳，又干缩在上边。爬着些拉拉秧气苞秧，垂一些滴哩当啷涨红下气苞。

左邻右舍都前后进了家院，忙着卸车，拴牲口，有牛"哞哞"

叫着。邻家柱子牵着黄牛朝牛棚走,隔着杖子问:"来通知了吗?"魂儿说还没呢,柱子就牵牛进棚里去了。黑子围着魂儿扑闹着,时而叫几声。魂儿娘瞅着笑了,这畜牲,看喜得!院子里涌起一蓬烟,立刻便有蚊子小咬,随着蓬烟冲天涌起。魂儿娘在院子里支好桌,锅里红豆白浆黄米粥,溢满院子香。

西崖顶的紫日头,煮沸在一家家锅里。

一院黄昏里,一桌娘俩,狗桌旁也一碗,伸着红舌头舔。

山在黄昏里来得高大,夜浮动着流萤。夜空深净,柳丛里小河流得愈发响了。月亮圆在西山顶,万籁俱寂,有鼾声一屋屋响起。

魂儿的录取通知书是月底寄到的。柱子拿着信,一阵风跑进魂儿家,险些撞坏了木板院门。魂儿娘一人在家,接过信时,多皱的手竟有些发抖,几十年的苦日子,泡在老眼的泪水里了。对着那信,瞅着,眼泪顺着被岁月犁深的眼角淌了下来。

柱子气喘吁吁跑上后山,魂儿正光着膀子,挖一棵老黄芪。这几天,魂儿等得心急火燎,去村委会看了好些趟。魂儿起早贪黑挖药材,入学要好些钱呢!这一棵老黄芪,是打一屯人的眼缝里落下的,丫丫权权十七八个头,结着大蓬的夹籽,小二十年的光景哩!魂儿光了膀子,正挖得大汗淋漓,抹一脸泥道子。黑子在坡上追兔子,追丢了,独自悻悻地跑回来,看见柱子上气不接下气地跑上来,忙摇着尾巴迎上去。

魂儿和柱子兴奋地抱滚成一团,狗也围着欢叫,碰撒了筐里的黄芪。

八月底的阳光,在魂儿家院子里陡地亮堂起来。但房后,柴垛底,杖子根儿,依旧有好些重沉的阴影。全家高兴了一阵,便为学费和路费犯起愁来。几千块,如今这学可真是念不起了哎!

夜里天空晴蓝,山在屯外静静蜿蜒着。娘躺在炕头,睁着眼,望着纸糊的天棚,黑压压一片都是宇。这些都是魂儿从前学过的课本,一页页撕了糊上去的。月光打窗外逼进来,有些凄凉。儿子在炕梢翻过来,一会又翻腾过去,心就一阵阵发酸。墙角总有老鼠窸窣作响,黑子睁开一只眼瞅瞅,又大度地闭上了,蛐蛐不知在什么地方叫个不停。遥远处有断断续续的犬吠。

院子里白花花的，睡不着索性起来，打开外屋的门，把白天刨的穿地龙、龙丹草分开，再将龙丹草捆一拃拃。老屋孤独到深夜，只灯光勾出她墙上一影，庄稼人有啥来钱的法子？

屋檐下吊着一把把黄芪。粗黄芪不多见了，刨的人多，山坡上雨点般的坑。草丛里浅着乱踩的小路。五七个头的黄芪算粗的，两三个头的多些。药店里收，药贩子也收。除了配药，城里人也买了泡酒、泡水喝。

魂儿去县城卖药材那天，走到山坡上，娘又追出来喊住，把八块银元，一枚金戒指和一副银镯子交给了魂儿。魂儿知道这些是娘压箱子底的，就鼻子一酸，说娘咱这不卖！娘说，卖了吧，留着也没啥用，这些我原是想送给你媳妇的，现在上了大学，还怕说不上媳妇？换了钱做学费。魂儿接过来时，手就有些颤。

屯里出了个状元，大半个屯乡亲都来看过，十块二十块，路上买口水喝。屯里的红白喜事，回关里老家的，去远方探亲的，都要帮几个。野阔人稀，人见着人亲哩！屯里同学都来过，小学中学的，或早或晚，三三两两坐坐。拴柱和魂儿是光腚娃娃，自打魂儿来了通知，就一连叹了好几天的气。拴柱上学和魂儿同班，只是初中一毕业，娘就不叫上了，学了木匠。木匠铁匠瓦匠，居家过日子，是家家求得着的。去年定了亲，是屯西头的二丫。年岁还小，登不上记，打算转过年再结婚。拴柱停下手中的木匠活，陪了魂儿两天。拴柱说，你放心去吧，老人有我呢，别挂心！魂儿说，那就叫你受累了。拴柱说，你的娘就是我的娘！手就紧紧地攥住了。

魂儿临走前，和娘一块去山里给爹上了坟。坟地在南山坡，有一条蜿蜒山道，沿道草虫乱鸣，林子里有"笃笃"啄树的声音。一阵阵山风，把这些声音形象，沉淀成草木的年轮。其实那坟地抬头就望得见，短短的路，却要人用一辈子去走！

坡草里，很多坟，一隆隆的，饱经风霜的文字般。山大慈大悲的，把一丘丘尘埃般的坟，都笼在自己的怀里。碑是一件往事，意味深长。一种弥漫消融一切的气息，把山和坟融为一体。很多名字忘记了，或者永远再不会有人知道。只山里的风知道，它不肯说，总是默默地把他们化成泥土。人本来就是无中生有，有化为无。

老坟在深草里，镰割开，有好些绿头苍蝇"嗡嗡"叫，一只孤鹰站在荒坟上，瞪着毒绿毒绿的眼瞅着。魂儿在坟头上压了红纸，上的是喜坟。娘把四个小菜摆在坟前石桌上：小河鱼（带鳞的）、豆腐、鸡蛋和炒白菜，馒头"品"字型堆成两叠。坟是圆的，馒头也是圆的。娘对魂儿说，你爹活着时候，就盼着你长大了能有出息。现在考上大学了，他盼了要快二十年了，叫他在阴间里也欢喜。女人人跪坟前，魂儿也跪着。酒菜祭了，又烧着纸，山风里拿棍挑拨着。魂儿娘说："魂儿他爹，魂儿考上大学了，要到北京上学去了，以后结婚娶媳妇，山高路远回不来，连喜坟一块上了。"蓦地扑到坟上放声恸哭起来。"他爹哎，我把儿子给你养成人了，你知道这些年俺娘们是咋熬过来的？"狗也一旁伏着凄凄唔唔，眼里也淌出泪来。

魂儿要走了，娘一宿没睡。把该说的话，叮嘱了一遍又一遍。娘说，上大学了，坐一趟汽车吧！

魂儿走的还是山道。娘枯着一头白发，送到山岭上。风很大，吹乱娘的发。魂儿说，娘回吧！娘笑笑，却牵动一脸深深的皱纹。

黑子向前再送一程。山已微见嫣红，谷很空旷，人和狗在沟底不见了，什么也望不到了，魂儿娘依旧望了好一阵，一滴老泪顺着多褶的眼角淌了下来。

一个人和狗的日子，就静寂了许多。有些天，魂儿娘日日盼儿子来信，邮递员送信的时候，就去村委会看看有没有信。北京离这远得很，刚开学，事多，信在路上走呢。

凉下来的天气，叫院子里添了几分凄清。

院子里一个大麦垛，遮下一团荫凉，落着些家雀在上面，啄一地白花花的。魂儿娘扎了个草人，套一件老棉袄，踩着梯子插到了垛顶上。鸟果然不再落，集门前"吱吱喳喳"一树。过几天，又落了一垛，还落到假人头上、胳膊上。连耗子也来忙乎了，垛底下多了些窸窸窣窣的声音。

黑子伏在麦垛底下，蓦地一扑，汪汪一阵汹叫，一只耗子也抓不着。老鼠在垛底安家落户，娶妻生子，过起日子来。

除了耗子，就是杖子边蒿草中的蝈蝈，叫得人心里空空落落。秋日风大，门前杨树开始"哗哗"响了，叶子闪闪烁烁。早晨起来，落些半青半黄的叶子。病叶惊秋！

黄豆熟透了，日头地一碰就炸，金豆子般圆滚滚，炸地里可惜了。起大早割，放倒一铺铺，再抱去道边。魂儿娘一个人在地里，狗帮不上忙，只草里地里"多管闲事"，欢实得很，一只耗子也扑不着。

拴柱全家也在地里收豆子，魂儿娘直腰就望得见。一家子人忙在地里，柱子性急，割在前头，任汗珠子疯落，腰也顾不得直一下。柱子爹毕竟老了，一下一下慢悠悠的，落在后面。刀贴着地，有荚落下，便弯腰揪下来，揣进兜里，再割。

拴柱娘边割边吵，骂儿女们割得毛，落豆荚子。豆荚越靠根的越成，都汗珠子鼓的哎。女人边骂着喊着，去揪那荚子，回头又望见拴柱爹坐在垄台上抽烟，又火火地骂起来。拴柱爹也不恼，只是紧抽两口，一旁的小石头上狠拧几下，把半截烟揣进兜，再拾起镰一下下割。吵吵嚷嚷一辈子，习惯了。

魂儿娘孤独在地里，那边拴柱娘火辣的叫骂声传过来，心就有些酸楚，这是属于女人的日子。

车在路旁卸着，牲口糜在坡上，吃鼓了肚子，就卧在草里，把日子的味道，一遍遍地在嘴里嚼来嚼去。山野青青黄黄，正透出微红，已见斑斓了。

一铺铺抱出地，在地边拿木棒槌雨点般敲打着。

一山收庄稼的。日头一落山，就吆喝着，套车装车，上边遮一层蒿子，绳子刹了，炸得轻。

拴柱和娘赶着车，拉一车豆子摇摇摆摆地往回走。拴柱头前牵着，他娘坐在高高的车上。走到魂儿娘地边，把竖在路边的一袋豆子搬到了车。拴柱一声口哨，黑子便不知打哪钻出来，一身的草籽，摇着尾巴转着。

车摇晃着悠悠地在前，拴柱牵着，魂儿娘和黑子跟在后头，山野很辽阔。

魂儿终于来信了。黑子去挠拴柱家的门，拴柱放下碗就过来了，拴柱娘也跟过来。信里夹着一张照片，背景是大学校门。

夜里头，魂儿娘躺下了，又打开灯，去看那照片。信密麻麻几页，说假期不回来了，做英语家教。老班学生都勤工俭学，叫她下学期不要再寄钱。

夜里，女人总爱拿出照片，看一遍遍，泪就流下来了。

大雪夹着西北风，夹着日子，漫天搅着纷纷扬扬，冬天大雪又将重新覆盖一切。早晓得会来的，就像人要白的发。一屋屋房顶，都成了白的，一幅乡村插图般。

井台都是厚厚的冰了。人站在井台上提水，叫人提心吊胆。井眼冰成了一洞，有人开始拿铁钎子穿，拿镐头刨井台上的冰。到了年根儿，刨冰人就开始挨户收钱，再几张红纸，把钱和户名，写了贴在井墙上。红纸黑字，叫井上挑水的人看。村委会决定，魂儿是全屯的骄傲，刨井钱就免了。

刚刨过的井里头浮满了冰。桶伸下去悠半天，提上来，浮半桶的冰。一担一担不绝地挑，直到半夜，才于晃晃的水中，露出一个圆圆的月亮来。月亮是夜的眼，打水的人站在井台上低头望，忽然悟道："井虽小，也是一方天啊！"

夜里，魂儿娘在磨石上泼着水磨镰。一遍遍就磨那锋刃，亮得能照出人影来。拇指刮刮，再磨。

依旧是雪野里手中的镰，依旧捆柴扛柴，人忙碌在千年万年不变的山里。还是那山那坡那雪，一种力不从心的感觉开始弥漫全身。老腿支撑不大住了，回来的道上，滚翻了爬犁——

雪夜很亮，走在街上，叫人疑是天未黑尽。黑子打门缝里挤着钻进拴柱家，拿爪子使劲地挠门，发出"唔唔呀呀"的声音。拴柱打开门，黑子闪进来，叼住拴柱娘的裤脚就拽。拴柱娘说，这畜牲，比个人儿还强哩！

魂儿娘躺在被子里，已瘦成一把骨，连说话也显得吃力。拴柱娘抓着她的手，眼有些酸，说老妹子别急慢慢养。魂儿娘苦笑笑，说我这一病，给你添了不少连累。我知道不行了，这几天我总梦见魂儿他爹来叫我，说他在那边过得怪孤单，叫我去呢！老嫂子，我有件事想和你商量商量，这房子我想把它卖了……"

村长做保，写了文书。血血地按了手印，人们发现这手的纹络圈圈，像树的脉络年轮。魂儿娘叫柱子给魂儿写封信，说学不念完，不叫回家——

魂儿娘大寒那天咽的气。奇怪的是，竟一脸安详。苦着难着一辈子，临死咋会这舒坦？这小老太太！

魂儿娘和魂儿爹合了坟。魂儿娘一辈子做了一件事，给屯里人竖了一块碑。

黑子天天趴在门口，不吃不喝，拴柱给它东西，只看看，不动。黑子死在一个落雪的夜。

那晚，月亮朦胧着，下着小雪。下半夜，飘起鹅毛大雪来。

最后的狩猎

出了门,日头刚冒出屯子头。还是那身狩猎的打扮,还是那条双筒老枪,只是狩猎的人老了。一条夹尾巴的野鸡狗子,一团黑地跑在山道旁的草棵子里。

依旧是这山,这坡,这绕来绕去绳子一样缠绕了他一辈子的路,忽然就感到别有一番滋味。路旁的粗树没了,榛柴棵子没了,露出坑坑洼洼瘦骨嶙峋的坡地,只一片汗毛般枯黄的草;只硬老的车辙子菜和扁嘴芽菜,仍铺在这一年年被脚底磨光的山道上。

人和狗慢慢上了半坡,额上已见汗。回过头望,见日头已高过了屯头的老榆树。山坡脚下,屯子一大片老屋新房,稀落着,若有若无地飘出些烟来。看得见垛在院子里的豆垛,房顶晾晒的苞米,小人在村路上走。有人在地头道边割蒿子。蒿子也都霜落了叶子,只坡上星星点点的松树,还晃着一团团的绿。地里头有人摇着鞭子,吼喝着,赶着牛车朝外拉豆子。要是从前,野鸡早该拖着五彩长尾巴满山飞了。

好些年没摸这枪了,长年悬挂在墙上,只当个物件。闲了时瞅瞅,能叫人记起好些日子。人上了年纪,总爱回想一些从前的事。梦里的人,也都是早死多年了。近几年,走道干活,手脚愈来愈不大灵便,眼神也大不如从前了。有时瞅着,常模糊一团,到近前才能分清是哪个。他坐在炕上,能看见四五条牛犊子般大的狼狗,凶得豹子样,挣得铁链子"哗啦哗啦"响,见有生人,便"呜呜"低吼。这些狗，早死了怕三十年了！青狗是被野猪挑死的，肠子流了一地。那头野猪太凶，要不是青狗，那被獠牙挑开的，就该是他的肚子；黄狗是老死的，老得两眼迷满了眼眵，泪湖湖的；花狗是卖了的，四百块钱没卖给饭店，却一百二十块钱卖给了外屯一个打猎人……唉，都有个老的时候！那时候打大围，深山老林里，一嗅着溜子，狗便箭一样地追上去，百八十斤的野猪，四五条狗一顿汹扑，就窝那去了。他那会儿人正壮年，山梁沟底，一日便百十里。疲了累了，死猪般摔在炕上"呼噜"一宿，二日系上弹袋，拎起枪，山上林里，又生龙活虎般。

说老就老了！山也老了，树也没了。粗树伐了，连细的也砍了。一坡一坡的树林子，只剩下这连狍子也藏不住的榛柴棵子。一冬一秋，屯里人便在山上割着一捆捆的烧柴。狼绝了，野猪也打尽了，连狍子也难见到个影子。满山尽是打野鸡的，比山上的野鸡还要多。谁家还喂得起大狗？死的死了，卖的卖了，拴狗的铁链子堆在墙脚上，雨里雪里一日日锈着。没了老伴，一个人的老屋空得心慌，就喂了条看家的小野鸡狗。一辈子了，老人的日子里不能没有狗。儿女们早已成家立业，各家过着各家的日子，老人哪家也不愿去，伴着个影，恋着大半辈子的老园子老屋。墙都歪扭了，脱了皮，钉一个钉，把枪倒挂在上面。常望着，闲下也摘下来擦擦，抚着摸着，手就微微地抖，迷离的眼神里，便奔马般晃过许多光景。有一滴浊泪，打眼角涌出来，一声无力的叹息衰老了日子。

山上风大，已经透出几分凉寒。提着枪，走在山里。老树墩发出的芽子丛，还高不过胸。野鸡狗子在柴棵子里，不时地弄出些响声，一路窜跑在前边。

一声沉闷的长吼遥遥传来。远处有一列火车，正喷吐着浓烟，拖着几十节车厢沿着北山脚，缓缓地向西北蜿蜒着，喷出一股股烟云，一阵阵地漫过山林，在车身后凝成一溜长长的白雾状。这铁路修了百年了，天天有火车在跑，一车车都是木头，雨里雪里，春也行，秋也行。火车后遥远处，能望见一座镇子，火车就是打那镇子里开出来的。车站铁轨的两旁，都堆满了小山般的圆木，打百里之外山里拉出来，也只有碗口粗的了。卸车、归楞，待甩过车厢，人抬着往车上装。一群小年轻的，嘻嘻哈哈的，哼着南腔北调的流行歌曲。再没那"嘿哟""嘿哟"的号子啦！

　　车站旁有家小酒馆，老人在那喝过酒，隔着玻璃望着那车站，真有些感慨。

　　熟透的山野，有草虫不住地嘶鸣。秋空高远，有窝懒鸟在啁啾。站在山梁上望，一山山都秃下来，望好远，裸得汗毛般。也就三四十年吧，一眨眼工夫。这岭上密集的林子，都曾经是过搂粗的树哎，截倒了，一圈圈紧裹着密密的纹络。树到了，连树上的鸟窝也碎了。鸟远远地高飞了，去寻找能够活下去的地方。

　　柴棵子一阵乱响，小野鸡狗"唏哩哗啦"地钻出来，身上粘着些草叶儿。

　　老人抬头看看日，早已斜过了头顶。手里的枪一枪未放，背上的口袋仍瘪瘪的。翻一座山，两座山，竟没看见一只野鸡，连只兔子也没有。老人打了一辈子猎，这是头一回遇上的事。山坡上的豆地，一块块都空了。要在早年，眼瞅着就有野鸡在地边走，狗在草棵子里一蹚，就有二三只长尾山鸡飞起来，有野鸡沿着林子边飞。那些年，打大围的，谁稀得去打这些小东西？三十年河东，三十年河西！

　　大半天，老人只遇到过一只斑鸠。那会儿，老人和狗，正横过西山坡一片茂深的草丛。草丛里一棵大树，丫丫杈杈的，挂着萎枯的五味子秧和葡萄藤，叶子残红。树顶还有一个旧老鸦窝。树周围都是没人深半枯的苦房草，那只小斑鸠，先前不知是在树上，还是在蒿草里，听见响动，蓦地就飞了起来。老人在那一瞬间举起猎枪，在要扣动扳机的一刹那，忽然产生了一丝犹豫。那只小斑鸠，实在是太瘦小了，老人一生的狩猎生涯，从来没打过这么小的东西。但这只小斑鸠，却是他今天见到的唯一猎物。不远处突然爆出一声枪响，那只飞起的小斑鸠，打半空一个跟头折下来，落进了草丛里。天上还飘摇着一片羽毛。远处跑来两个人，提着枪，兴奋地喊着："打中了"！"打中了"！

　　这是老人所遇到的第七拨打猎的。还有两伙抓蛇的，提着大玻璃柜，里面蜿蜒翻动着两条灰黑的"土球子"。看得出，是一伙蛇贩子，捉蛇卖到城里头。老人上个月还去过那镇子，到处都是饭店和酒馆儿，悬着艳红的幌子。有人往饭店里卖蛇和飞龙，还有林蛙和家雀，价钱极高。

老人在山高处一大块岩石上坐下来。崖高生风，叫老人感到一阵清凉。他将猎枪斜倚在岩石一旁，长满青苔的岩石，比老人更老。斑斓的山野，一无遮拦地辽远着，蓝天澄高，有一小片云，正惶惑地不知飘向何处。落着云影的远山，渺渺茫茫。

倏忽一阵秋风，吹起老人心底的苍老。岩石上有些小虫子，忙忙碌碌爬上爬下，还有些蚂蚁杂乱在其间。山里头石凉，就把背上袋子解下来，铺垫在上面，感到脊梁已经被汗湿透了。就把褂子脱下来，露出一身贴着瘦骨的老皮。有四五道疤痕，像紧枯干的老眼般，瞅在秋风老阳里。

深秋生寒，山风吹在人身上脸上，有硬硬的感觉了。剥落尽叶子的山，萧瑟稀疏，叫老人的心里，平添几分空落。周围有鼠的响动，一只蚂蚱蹦到了老人腿上，它把老人当作岩石历尽沧桑的一部分。

肚子一阵"咕噜噜"响，才记起饭还没吃。大半天下来，真的饿了。老人拧开水壶，仰着脖"咕嘟"了几口，有水溜顺着下巴流到了精瘦的前胸上。老人随手在下巴上抹了一把，将水壶放下，打腰里解下系紧的包袱。因贴着身，还热乎着，层层揭开，露出一叠压紧的煎饼。一辈子咬惯了的，两腮都结着硬硬的肌肉疙瘩。煎饼不再是苞米的，买回的大米，不做米饭磨成面，就烙这煎饼。瞅着舒坦，咬在嘴里筋道，生香饱腹。拿包袱裹在腰里，便是冰天雪地，也柔软。卷夹进一棵葱，咬得发脆！狗在膝前转着，老人抽出两张，扔给狗。狗叼起来，躲到岩石后吃去了。

一阵阵的风刮过，就凉下来，扯过布衫穿上。歇在石上，满目的秋黄，该是肃杀的季节了。把枪横在膝上，抚着摸着，一声感叹，老了日头和岩石上的青苔。

叠叠遥山，绵绵远道，忽疾忽缓的西风里，恍惚间已是大半生人事了。心里装了太多感慨，老眼里的日头，就晕成血色的一团了。脚底下走过一遍又一遍的山道，忽然就抻得好远好长。天地生了人，把好些东西注进了人骨血里。阴天下雨了，感到腰酸腿疼，这就是老了。为啥会老呢？人这辈子，最看不透的就是自己。丁点大的一颗心，却装得下几十年陈芝麻烂谷子的事，忘也忘不了，总是追着你，撵着你，闭上眼看见的都是这些。这一双眼，容不下一粒儿小沙子，却装得下一个偌大的世界。但这双眼，也只能看到现在，看眼前的这一片，却看不到将来。其实这世上的事，谁又能看到多少呢？人呵，其来也茫茫，其去也茫茫。

头顶正飘过一片浮云。

也饱了，歇了。就躺在岩石上，昏昏地睡一觉。毕竟是上了年纪的人啦！山里的小道，正软软地搭过几道山梁……

黄昏的时候，老猎人提着枪，走向那一片松树林。

夕阳半落下峰顶，山崖缺处正闪射着红宝石般锐利的光芒。渐重的暮霭里，弥漫着一片枯腐的气息，老人走得极渺小了。

一辈子就渺小在这山里，提着枪，和狗，和这山里的野兽，血腥了一辈子，早已到收枪的年龄了。身子骨虽说还硬朗，可毕竟老了，血肉的身子骨，经不住几场秋风。他感到今天端起枪的手，竟微微颤抖，心底也有些气虚。早该罢手了，可打了一辈子猎，手痒。一上秋，还是想山里头转转，打只鸡，也算过过瘾。

山里的林子，只剩那片松林了。松树林是人栽的，一二十年，树有胳膊粗了，就有人月亮地偷着去砍。白细的小树墩，鲜嫩的还没几圈圈纹络呢。林子里一隆隆的坟，常有新坟添进来。坟头压着黄麻麻的纸，石板上祭奠过的供物，常招些小动物食着。

松林是一片坟茔地。

老人走近松林的时候，有一只黑老鸦，"呱"的一声飞走了。松树林里有些模糊，一片沉沉的暮影子。小黑狗在路旁榛柴塘里，不时弄出些"哗哗"响声。树林边蓦地一阵乱响，老人一抬头，见林子边突然钻出一只狍子，丫杈着双角，站在一棵细白桦树底下。

老人心头一阵狂跳。急忙蹲下，揉揉眼，看得清楚，确是一只肥狍子，忙顺过枪，猛记起枪膛里装的是野鸡砂。急退下来，换上铅弹，举起了枪，手竟有些发颤。眼顺着枪口瞄过去，树底竟是空空的，哪有狍子的踪影？老人一惊，放下枪，眨眨眼，眯好一会儿。白桦树下依旧空空的，只有松枝在微微摆动。

老人提着枪，拨着枝子，悄悄摸进了树林，光线立刻暗下来，一隆隆圆坟阴影幢幢，有些许夕阳反射进林中花花点点的光斑，微微抖动在石碑上。一只狍子正站在座新坟旁，低头舔吃着什么。好像听到了动静，倏地抬起头，朝前望着。

这辈子，说不清他打过多少只狍子，但从来没这样心跳紧张过。稍有惊吓，狍子准会逃之夭夭，这是一只被打惊了的狍子。也许是这山里，最后的一只狍子了。老人靠在一座老坟后面，把猎枪从坟旁一棵细松树枝上递过去，奇怪，狍子又踪影全无了。老人觉得是眼花了。林子里太暗，眼神模糊，便使劲眨眨，把眼眯成一条缝，见不远的榛柴棵子有个白东西一晃，不见了。是狍子屁股！狍子又钻出了林子。

老人明白了，这是只狡猾的狍子。能在成群的猎人枪口下活下来，算得上是狍子王了。或许这只狍子早就看见了他，而根本没有把他这个老了的猎人放在眼里。

老人被暗暗激起一股怒火。

林子里愈见幽暗，数不清的老坟新坟，一个个，像摆下的一座大阵。虽然有枪在手，头皮依旧有些发炸。怪了，一辈子没怕过什么，活的不怕，竟怕起死的来了。

一直就在林子边转悠，白屁股狍子也不远去，但顺出去的枪口，却始终找不上它。老人暗暗叹口气，老了，真是不行了！若在年轻时，只一瞥见狍子影，枪一甩就撂在那。甚至根本用不着枪，只那几条大狗"汪汪"地冲上去，就扑倒了。

老人被逗得心头火起，连只狍子也瞧不起他了！狍子对他是视而不见。只躲着枪口，也不跑远，来来回回只是在这片林子里外转悠。老人一咬牙，决定下地枪。

老人似在下决心的那一瞬间，心头猛颤了一下，似乎有一种什么预兆。爹活着的时候，千叮咛万嘱咐过，下地枪是绝户枪，常会误伤山里的人，遭天忌！有时猎人自己恍惚间碰了地枪绳，极是危险。下地枪，常常是伤人伤兽各半。

日头已落下山去了，早已四野无人。山暗影重，老人打兜子里摸出绳子，穿着榛柴扯过去，在树上系好，再回来绑好枪，把绳缚到扳机上。

老人唤来了野鸡狗，吩咐它趴在一旁，守着空袋子不许动。野鸡狗子听话，老人不叫它动，是不会动的。老人捡起一根枯木，摸索着钻进了松林里……

天黑下来，林中黑乎乎的一片，树顶的缝隙中，颤烁着几颗小星。

旷野寂静无声，蓦地传来闷闷的一声枪响。

又是万籁俱寂，隐隐只有风声。

不知过了多久，又多久，山里渐渐明亮起来，月儿浮出来，映着一隆一隆黑黝黝的山，还有那片寂静的松树林。

山里的路，蜿蜒如痕。

随流去

在路过那座粮店的时候，老李停住了脚，就站在那棵粗杨树下，远远地望了很久。

老杨树尚未吐叶儿，树干已青青地返绿，可风仍冷冷的，日头已微微感觉到些暖意。天阴晦着，粮店门前有些空旷，人和树就显得寂寞。

落在地上的人影，已经轻得没一分的重量了。

一条半遮屋荫的公路，从门前穿过去，年久失修，已见残损不堪，路上坑洼深浅着一汪汪污水。污水里小小的天，被车轱辘碾过去，常常破碎。平静下来的时候，也有蓝天、白云，见些寂静深邃和辽远。

老李和粮店间的公路上，有车摇摇晃晃地驶过，泼一层的泥点子，驱赶行人躲向路边。这样的路，是一种流浪的感觉了。

粮店在料峭的春寒里，呈现出几分荒凉。有几只家雀落在地上啄着，门前的小院很空寂，久久，也不见一个人走进去。

一个月不见，竟有三秋的感觉了。老街依旧，老屋依旧，只是多了几分凄楚。几十年都工作在这里，熟悉得不能再熟悉，原来竟是这般的陌生呵！恍恍惚惚间走进粮店的门，还是个半大的孩子呢！再迈出来，走在落日里，就已经是驼着背的老人啦。这中间，隔去了四十年的岁月。四十年唉，不过是眼前刮过的一阵风。

远山峰阴处，能遥遥地望见残雪。那里的树和柴，仍苦寒在多云的天底下。

走了大半辈子的路,老店是起点也成了终点。从老店走出城区,便是夕阳的村庄,再往西,便是晚霞中望不尽重重叠叠的山了。大山褶皱里,埋着老爹老娘。二十年了,山里头多风多雨呀!

老自行车,老路,大半辈子都在这路上走。这路和路边的一切,还有远处那绿了又黄、白了又青的山,以及山脚下一直向西流向落日里的河,都是烙在心里的。这路,磨人呵!自行车也记不清骑坏几辆了,只记得每天下班时分,西北山背脊上的日头又大又圆,彤红的一轮,落在路之尽头。他像是在每一个傍晚,都要一直骑进那巨大的落日世界里去。这世界是磨圆的啊,车轮一圆,日头一圆,人生一圆;人这一辈子呵,脚下的路,便多了几分酸楚和感慨,就真的感到有些疲惫了。

沿路尽是些批发点、商店和小卖店。就在一家门口停下,买炷香,买些烧纸。老伴叮嘱过,清明节了,坟上祭祭,给爹娘添些土,尽一份孝心。

商店里都是买纸的人,卖货的只有一个老太太,忙了这边又忙那边,腰边一个小女孩儿在帮着算账。没那种老样式的大张烧纸了,都是切好的,摆一沓沓,上面还有张写着"阴曹地府银行"亿元或十亿元的大钞钱样。看来阴间的钱,比阳间还毛得厉害。这么大数额的票子,也只有阴间的商店、银行破得开,尽是生意人的精明呵!

买了纸香,走出小店。门前有人对坐着下棋,买了纸的人不走,围一堆看。房檐下滴着水,日头已经觉出暖了。下棋的是老人,棋一步步走下来,已经是一盘残局。盘上之子,寥若晨星。此时一子一步,双方均都甚是谨慎。注目凝视,苦思了许久。车有车路,卒有卒道,卧马抑或是沉炮,一步失算满盘皆输。闲观的人,早急得乱喊,粗糙的手指终于摸起一子,棋终究是要走的。宇宙广阔,道路纵横,走哪一步对、哪一步错呢?

老李感慨万端。十四岁那年,爹送他进了粮店。高小毕业,在这方圆百里,也算得上是识文断字之人。爹说,读了书,还是应该去吃公家饭,社会终究是要变的。那年头,都说是好汉子不挣有数的钱。

因工作机会多，读书识字的人又少，活挑着干。一份孩子心，就想去开火车，走得远，见识广。爹说，民以食为天，人活百岁，不可一日无粮，就送他进了粮店，做了付粮员。四十年后，他离开粮店，仍还是一个付粮员，只是人老了。他最熟悉的，是那些面袋米堆，和那些大大小小的铁撮子。一撮子只几斤几两，却能撮去米山面山，也撮去了四十多年漫长的日子。记不得用坏了多少个撮子了。

那天，粮管所的领导亲自到店里宣布他退休。年龄还没到呢，他知道这决定是领导照顾他。几十年都一样，上班下班，按照一家一户的供粮证，一月一月地按量卖粮。忽然就变了，不再实行供应了，粮店都改成议价粮店，实行承包，市场了。这突然到来的变化，叫他感到极大的不适应。看看那些工厂、百货……也都变了。啥不变呢？四季也是一日日变化的。只是这变化，叫人感到活得难了。

让退就退了。退就退吧，早晚都得退，都有个老的时候，只是心里空落落的。毕竟四十年！人这辈子，还能有一回四十几年吗？所长说了好些赞扬的话，他都没听清楚。末了，也不免一番唏嘘感叹。

退休的日子，就回到家里。儿子、女儿们都回来了，都说应该退。这么大岁数，心脏和肺子都不大好，儿女们每人每月拿五十，够花了。再收拾收拾园子，看看孙子孙女，过晚年安闲的日子吧。

夜里，一个人默默无语，只是坐在炕沿上，一棵接一棵地抽旱烟。自家卷的，辣得呛人，抽一辈子，习惯了。一股股浓重的烟云飘过眼前，猛地就"吭吭"咳嗽起来，捂着胸，脸憋得发紫，一屋子都被震得空洞。睡着了的老伴迷迷糊糊睁开眼，又睡下。伴了几十年，早已习惯，转脸已睡了去。静下来，屋里只有虫子在叫。多少年，人和屋都在这叫声里。

慢慢站起来，走到桌子前，腰里摸出钥匙打开锁，拉开抽匣，是一本用毛笔写满了蝇头小楷的薄纸，日子的沉淀使纸已蜕变得淡黄。这些字，都快五十年了。拿开，便是大半抽匣叫他激动了一回又一回大大小小的奖状，还有一沓硬本的奖证。就再摸出烟袋，卷一棵，抽着，一份份地瞅着，老眼有些湿润。经年旧物，日子已远去，在年复一年的尘封中，褪色了，暗淡了，唯纸上依稀可辨的字迹犹在，那大红的戳印儿犹在，眼前浮现出好些鲜活的日子。眼神就渐渐变得迷茫，一滴老泪，缓缓地滚出眼角。

蓦地一疼，竟是被烟头灼了手指，烟灰不知何时自落到奖状上。就轻轻地抖落，四十年的荣耀，不过是一缕落地的灰烬。

就再卷。再抽。

牛圈里有些响动，隔着院子和墙，传进屋里来。记起该给牲口添些草料了，新夹的牛圈，新买的牛。开春的牲口贵些，动犁种地急用得上。车支在院子黑影里，也是新做的，学着爹当年的样，入夜便拿木棍支起来。肚带搭腰，都挂到车辕杆上，防着狗钻进来嚼了皮子。他小时候，跟着爹伺候过牲口。铡草、喂牛、卸车……后来当了工人，一当就当了四十年。四十年后回来，便在老圈的地方搭了新圈，重新又喂起了牛。四十多年风水又转回来，他觉得自己已经是爹的影子了。

就又想起故去了二十年的爹，后来又追着爹去的娘，还有前些年过世的姐姐。这莫大又玄秘的夜，不知有多少魂灵在飘扬。

向晚的山谷空寂落寞。天边一片倏忽来去的云，叫静静的山谷多了一些虚幻。山里的风飘忽不定，忽然就停了。浅浅的山荫里，偶尔听到几声鸟叫。地边的毛道蜿蜒多树，黑点般停着几只老鸦，高树的枝杈间有窝。忽然有老鸦振翅而起，"呀呀"地叫着飞向山顶。

路开始爬向山上，人就打自行车上下来，骑不动了。取下绑在车上的锹和筐，放在地上，再把自行车靠着树立好，锁上。路旁枯草里有鼠窸窣作响，爹娘的坟就在这高峻的山上，便弯腰拿起筐和铁锹，踏着小道走上山去。

山道虽窄，却已被踩得硬实了，连凸尖的石头都踏平了。人的脚走多少回，才能踩出这样的路呢？上坟人渐渐近了山顶，把靠着车的老树扔在山脚。

上坟的渐渐多了，有正往山上走的，也有上完坟下山的。都挎着篮儿扛着锹。有开着车来的，也有骑摩托的，清明是上坟填土的日子，有儿孙子女的人家，都要去坟上祭奠的。雪冻春化，老鼠钻獾子盗，风吹一年雨蚀一年，免不了一些残损和荒芜。填些土，尽一份人世孝道。也叫过路人，知道这户人家的旺兴。这一天，山上便显得有情了。

山风阵阵冷了，刚化冻的地，又封了皮。踩上去一跐一滑，脚下的路有些难走了。转身回望，博大的山野中，人原来只虫蚁般的小呵！

拨开荒草，便是爹娘的老坟。爹娘若能够活到现在，早该有一百开外了。过年时压的坟头纸，正皱皱地颤动在坟头上。荒山上的日子经不住风雪，水泥筑的碑，已残露出铁框，该再立一个了。先取出几张黄表纸压在坟头上，再从筐里拿出酒菜，跪坟前的石板上摆了，坟前烧着纸，随手折了根棍挑着，叫这纸火在小风里旺旺地烧。一小堆纸火，叫这乍暖还寒的山里，觉出一份融融的暖意了。

爹哎娘哎，清明了，给你们送钱来了。好几亿哎，随便花吧。想穿啥想吃啥就买啥，别不舍得花！末了，跪在地下叩了三个头。

烧完了，祭过了，就坐在坟前一块高石头上。青苔斑斑的岩石，比石上的老人更加苍老。和爹娘的坟默默相对，便有一种深深的感慨横亘在心头。一抔冷土，一点残阳，山里头已是暮影生寒。这沉寂的山里，这眼前冷冷的厚土，埋着一个曾经和自己血肉相连、活生生的故事。爹活着的时候，常带着他来这里割柴、刨地，最后埋下的竟是自己的骨殖。

坟地是爹自己选下的。爹说这里是块好风水，谷底一条河，细水长流。脚踩东南两座山头，背靠峰顶为椅，可谓依山傍水。山里头葡萄梨杏，坡上田地成片，活野兽也活人。爹先前说这话时，他只是似懂非懂地听着。

爹年轻时，是闯关东来的，携妻带女，易山易水，几千里的路。娘说，那时大姐还噙在奶头上。爹和娘都是山东人，这山里，草丛中一隆一隆的老坟，看看碑上写的，也大多是山东人。从前山东的日子难，坟墓里埋下的，尽是些忍饥挨饿、背井离乡的故事。落日是一面古镜，曾经照过爹，照过娘，也开始这样地照着自己。

山里绿透的时候，老李就在这夕阳里，刨出一大块地来。把没人的空心柳、胡榛柴割倒，一年年的腐蚀土下，仍旧有垄的形状。几十年记忆不死,尽是些白生生的根。想想也真是神奇,这黑油油的土,生出的东西竟这么白。草皮、树根拢了,烧着二十六个大火堆。空旷的山坡上,冒起一道道浓重的黑烟来。老李忽然就觉得,以往几十年,全都烧进这熊熊的火堆里了。

月初去粮管所领工资,遇上了好几个老同事。每人手里都握着一把药费条子,工资这个月已经发不出来了。女出纳说等等吧,也许下个月能有钱。哪来的钱呢,都知道是种安慰。半年多没见了,都极亲,颇多地感慨。就拉着,一块去了酒馆儿。

酒是最能撩动人心的,火一样的老酒下肚,三、五杯,脸便变得胀紫起来,开始骂娘,骂这鬼样的日子,我日他活祖宗的!待在家,自找门路,干啥呀?都开小卖店,都站柜台里卖东西,卖给谁?如今的事,都钻钱眼儿去了,喝西北风都要钱。一大家子,老婆、孩子,鸡犬不宁啦!就再喝酒,一杯再一杯,世界便在被酒精烧红的眼睛里不住地摇晃起来。老李见大家都难,心里越不好受,就对诸位老友说,我今年种了不少白菜,吃不了,是没上化肥的,缺菜吃了,就来拔。现在市上的菜,往死里贵哩!众老友见老李一脸的真诚,都很感慨。酒桌上的,都是几十年老在一起的兄弟了,骨子里,往一块亲哩!

转眼就是秋了。山里霜过的草,都蔫披到地上,老李的白菜,实实地卷了一地。一棵一棵,都是用草腰子捆过的。地边是林子,亦红亦黄一片斑斓。落日里一烧,好看得很。老李把老伴也拉到了地里,老两口把白菜一棵棵拔了,往车上装。老黄牛圆着肚子,套在车辕里。还有头花牛犊,围着大牛直撒欢。

白菜是送往城里饭店的,顺便给老伙计们一家家捎些。山坡的地都荒了,蓬乱着新生的黄蒿。村里好些人都扔下地,进城挣现钱去了。老李想,明年把这些地捡几块,种些谷子——

半落到峰缺处的夕阳,正闪射出几道红宝石般的光芒,照着半山中的车和人。西天一片暗紫的火烧云。坐到高高的车顶上,回过头,又望见爹娘的坟了。新立的碑,一棵枫树如火。

暮影里,人在车上,缓缓悠悠地下山去了。日头已落山了,老李忽然想,山里的月亮,该升起来了吧?

大　寒

　　大寒三日晴，来年阴湿到天明。

——民谚

　　清明、七月十五、大年三十，都是上坟祭古的日子。黄泉路上无老幼，凡作古的，活着的人便要祭奠。大人小孩扛棍扛锹，挎篮提筐，行走在山野小道上。在坟前，男男女女跪一片，石桌上供酒菜，馒头垒成"品"字型，三二一叠。一张烧纸压到坟头顶上（为坟头纸），烧纸叩头……

　　朝远处望，山野很博大，夕阳老人般慈祥地躺山梁上。

　　靠山崴子这地方，连大寒也去上坟，便旁人懒去，柱子娘却一定会去。

　　大雪纷纷，雪地没膝深，一步步走得艰难。柱子娘挎一只小筐，走在山野暮影里，一双小脚缓缓走。

　　远远望去，人很小，前边的山谷很空旷。雪停下来，漫山遍野地白。

　　柱子娘在山崴子里停下，那隆着一座孤坟，晚照如血。

　　柱子娘在坟前扫出一块空地，拾一蓬干枝，拢着一堆火，不时地往里添着柴。她拿出纸，跪在坟前，就火上一张张烧着，泪眼凄凄地说："暖和暖和……他舅……暖和暖和……"

　　天黑下来，死死地冷，一墙白霜泛着寒气，"开……开门……开开……门……"声颤着，低低的，柱子娘却听得真切，听得心颤神抖，声泪俱下（这些年，她常能听到这声音在门外呼唤着）。

　　咋就不开开门哩，悔哎！

　　柱子娘走出屯子的那日，天也下着迷迷茫茫的雪。她还没有饱尝过世事的艰辛，没想到这就成为最后的永别。

　　十六岁，闺女嫩，骨头缝还开着。风忒硬、忒急，经不住吹哩！

扔下四块洋钱，柱子姥娘便把她交给了柱子爹。柱子姥娘眼里噙着泪，咬紧嘴唇，身子抖得树叶一样。

打半里外的雪窝棚里钻出来，柱子娘就再不是闺女了。

一大巴掌掴到脸上，柱子娘死死地咬住嘴唇，低下头抹抹眼，踩着男人的影子重新上了路。偷偷往回望一眼，纷纷扬扬的雪花里，村头那棵枯杨树还影影绰绰，她知道那后面有个人，嘴唇便抖得咬不住。

一切都渐渐远去在她不住回头的望眼里。只有脚步，在不停地拍打着脚底总也拍打不完的黄土路……

一切都能习惯，一切都习惯了。这严寒，这大雪，这啸叫不绝的北风……这巴掌，这恶恶的眼……

夏老五住在靠山崴子屯东的半山坡上，是个窝棚。只他一个人，一盏灯摇摇摆摆，暗悠悠地晃着。每夜都独自守着个孤影子，是伴哩！

柱子小时候常去那玩儿，叫五舅，娘柔柔地叫他五哥。娘说，五舅是打关里来的，和娘是一个屯的，比娘晚来半年，捡一架旧窝棚在东山坡上住下。

五舅对柱子极亲，眼神里也盈满了慈爱。柱子每一回来，干粮瓜子……好东西都一股脑往柱子跟前堆，五舅瞅着他吃，眼里就幻幻地醉样。

爹知道了，就青下脸暴吼，不准柱子再去，也不让管他叫五舅。爹常吼着叫他"鬼日的"。娘哆嗦着抱紧柱子，眼泪扑簌簌落在孩子的脸上，说："柱……子……别再去了……"

柱子再没去，可常爬到草垛上朝东山坡望。

纷纷扬扬下了一夜的雪。雪停了，爹躺在土炕上，咽了最后一口气。娘披头散发地朝东山坡跑，五舅来了，张罗来一大群人，烧纸送汤，一口薄棺材把柱子爹殡进了南崴子。

那也是冬天，也如此这般地深雪，三十二人抬着，柱子在前头打着灵头幡。肆虐的北风里，一路朝西南走着，地上滚着黄麻麻的纸钱……

烧五七烧百日，圆坟插柳，扎纸牛箔马、金元宝、摇钱树……五舅坟前叹着说："穷一辈子，阴间里别缺着，使不完的钱，可着劲地花吧……"

五舅开始常来，送柴火，扛麦面，扫院子……柱子看见五舅手骨节裂着好些流血的口子。五舅有时也扔下钱，柱子娘难着脸说："你手头也不宽绰，不能……"不要，五舅不依，丢下就走。

娘瞅着五舅的背影，泪便涌满了眼。

柱子问娘："五舅咋不娶媳妇呢？"

娘叹口气，低下头半响，抬起来，一脸的眼泪。晚上娘躺在被窝里，搂着柱子说，五舅结过阴亲。那闺女家是个财主，本屯的，病死了，才十二岁。没出门子的闺女，死了是野鬼，进不了娘家祖林地。财主给了五舅家三石麦，又给五舅换了一身棉，五舅爹便应了。

那闺女死三天上，又重新换的红，过了门，在新房里一宿，第二天便埋进了五舅家的老林里。坟坑前，五舅先往棺材板上填了三锹土，坑壁间的油灯欲灭不灭地晃。

一座新坟隆起，五舅失魂落魄地站在坟前，石像般铸那，凛冽的北风疾疾吹着，整个世界都空了。

结过阴亲的人，不能再说媳妇。娘说五舅家穷，雪天不出门，没棉戴哩！娘说不下去，泪顺着娘的脸又淌到柱子的脸上。

五舅有时也月黑天来柱子家。

柱子走街上，有人便问："你五舅常去你家吗？"柱子点点头。人便嬉笑问："夜里也去？住下啦？"柱子就觉出了些什么，不再应，只恨恨地狠那人一眼，转身就走。人一愣，吃惊地说："这崽子狠！眼里头有刀子哩，像他鬼日的爹！"

屯里的人，都开始对五舅冷眼。

那天也是白白的雪日，柱子在雪道上滚翻了爬犁，血着脸朝回跑。使劲推屋门，却推不动，里面有棍子顶着。柱子听到屋里有响动。半天，娘打开门，五舅从屋里慌慌地走了。

柱子站在门前，死死地瞅着娘，眼神很凶。柱子娘一惊，觉得这恶恶的眼神，像死去的男人。

黑了天，柱子翻出一把刀子，是那鬼日的男人，活着时候上山带的。柱子一声不响，在外屋一块磨石上，"噌噌"地一个劲儿磨。泼些水，一去一来，就有白光寒寒地闪。柱子娘瞅着，心里怵怵的。五舅再来，柱子便摸着刀，死死地盯着，一步不离。柱子娘心里苦苦的。五舅再来，就躲了。

那夜，刮了一宿的西北风，"大烟炮"发疯地吼。柱子娘独自坐在窗前补裤，一针一线，扯个影子剪到窗纸上。

门外忽然响起敲门声，"开开门——"那声音很低，有些沙哑发颤。

柱子娘蓦地一抖，拿着的针扎到了手指上，忙放下衣裳去开门。

柱子突然翻身坐起，跳下炕挡在前边，打枕头下摸出一把雪亮的刀子，恶眼瞪着娘，柱子娘瞬间感到一股刺骨的寒气直透心底，脸煞白着说："是——他舅吧——我和柱子都——睡下啦——有事——搁明天——明天——"

"快开门——"

柱子娘去瞅柱子，眼神哀求般。柱子只恶眼瞅着娘，刀尖上烁着寒光——

"快开——门——"

那声音一直叫了半宿，门终是没开！柱子娘木木地在窗前直门终是没开！到天明。哀哀的眼里，尽是泪。

一早起来，墙上挂了一层霜雪，"刺刺"冒冷气。水缸里鼓了冰，冻裂了。窗外北风仍在吼，"嗷嗷"叫。

柱子娘哀着脸做饭，推门，推不开，叫雪掩住了。好不容易推开，外面雪没腿深。进柴棚子抱柴禾堆，蓦地吓一跳，见有个人蜷在柴堆里，冻硬了，竟是五舅！

东山坡上，五舅的窝棚塌了，捂进了大雪里……

那天，是大寒！天贼冷贼冷。这人间寒流，似把一些都冻实了，冻透了，冻碎了……

五舅埋进了西山崴子里，那儿避风暖和。到了春上，那里的草先发芽!

  大寒,是一年中最冷的日子,柱子娘每年这天,都顶着啸叫的北风,挎着个篮子,深一脚浅一脚踏着雪,去那给五舅上坟。

  拾些柴,就在坟前拢一堆火,泪着眼说:"他舅——暖和暖和——暖和暖和吧——"

七月七

农历的七月初七,是牛郎织女聚会之夜。

——《荆楚岁时记》

七月初七的月亮,不似十五的月亮,仰着脸瞅,究竟不是圆的!

这一天,屯里汉子们都不打自家的女人。这天屯里的女人们,都不挨打。女人们都盼着这天,感情很深很深的。这天屯里的大姑娘小媳妇们,都可以擦胭脂抹粉。粉很白腻,匀匀地擦上去,再泅点红,很媚气的。还可以唱甜歌儿,穿花衣裳,新新艳艳;卷莲花儿呀,水仙花儿呀,小姐妹儿呀很鲜亮的。然后走出去,串门儿。姐妹聚到一块儿,说说笑笑,打打闹闹,憋了一肚子的心腹话,咋说也说不尽。"叽叽咯咯"地说笑着,打俏着,银铃般的笑声在黑夜里飘荡得好远,好敞亮,好快乐!

靠山崴子的女人不容易,靠山崴子的小媳妇更不容易。屯里做女人的规矩很多:比如走路要低着头,不能扬着脸四处张望;比如说话,不能张大嘴,声要低,夜里不能串门子……

俗话说,打到的媳妇揉到的面。靠山崴子的汉子都打女人,恶狠!用巴掌,用皮带。皮带很宽,很厚,是牛皮做的,结实。屯里宰牛,掌刀的不要钱,就要这皮!熟熟,做成一条条皮带。用鸡油或辣椒油,浸一天一宿,火烤出来,就红彤彤的,极柔软。再找铁匠打一方铁卡子,实实地嵌上,比买的耐用。凡屯里定了亲,女方都要陪送一条牛皮的腰带．四指宽，扎在女婿腰间，就很妥帖。

屯里打女人，要先把衣服剥光，一根绳裸裸地吊梁上。女人惊恐的眼里，皮带便是条蛇！男人把两头折过来，攥在掌里，长短正合手。"啪"！白白的身子便印上一条的紫印。女人挣命的嚎叫，杀猪般。汉子喜了，抽着烟，隔一层雾，享受着这一声嚎叫给自己带来的荣誉。

女人拼命地喊叫，是叫人听的。叫唤得越厉害，汉子就一定放轻些打。

哪家汉子打得凶，哪家的汉子便英雄哩！

靠山崴子的汉子都这样，一代代传下来的。不打女人的汉子不能算是条硬汉子！不打女人的汉子在屯里人面前抬不起头。靠山崴子的男人们这么想，靠山崴子的女人们也这样想。女人们凑到一块儿，就说这，说男人们咋样咋样……掀开衣裳让别的女人看自己身上的疤痕，"啧啧……"很自豪的。

靠山崴子的女人都粗壮，敦实，抗打，也抗折腾。挨打时，喊叫得也很嘹亮，毒日头里晒得黑。靠山崴子，只二嫚儿的脸儿白。便是不擦脂粉，也是很白的。

二嫚儿过了"二八"岁，便开始有人上门来。爹娘叫二嫚儿自己看。二嫚儿说自己还小，不嫁人。见来了说婆，二嫚儿便寒下脸，眼也冷。屯里的好后生都托过人来，都被婉言辞绝了。

日头沉下岭后，山的影子长过来。屯里的炊烟升起来，一道道袅袅地融进暗红的暮霭里去。黑子收工打二嫚儿家门前走过，二嫚儿轻轻地喊一声。一个影子打住不动，另个影子怯怯地走过去，也不动。二嫚儿羞着声低低地说："黑子哥，你娶了我吧！"

黑子惊诧，张大着嘴说不出话，竟激动得"呜呜"地哭了起来。

二嫚儿有二嫚儿的主意，不说，藏在心里。说了，就斩钉截铁！

二嫚儿嫁了黑子，全屯人都傻了眼，有人气极了骂街：

"鬼日的！好一朵鲜花插到牛粪上啦！"也有的说："好汉无好妻，赖汉子娶花枝儿，嘻嘻……"

自打二嫚儿过了门，黑子家便平添了无限春色。园中血红地开了几树樱桃梅，烧了全屯人的眼。有新燕儿绕梁飞旋，欢声笑语就很有生气。

过了月余，该到教训女人的日子了，有小伙子三两夜里潜到窗底下偷听。一连几夜，没打，也没骂，连一回也没有。屯人便传开了，黑子出门，便有人问他，奚落他。黑子听了，羞愧得脸红到紫。

二嫂儿心里真亮儿，忙倒水，做饭，赔笑脸。知道黑子想吃啥，便做。饭菜做两样：新的黑子吃；剩的二嫂儿食。馒，黑子享；菜饼子，自己用。黑子先吃，二嫂儿后吃。二嫂儿说，愿吃这，这香，吃惯了。

晚上，黑子躺在炕上还是长叹着气。

黑子觉得这天日就要憋死他。白日里，他后脖筋就像是被挑了，抬不起头来。算不得五尺高的汉子，窝囊！连女人们也瞧不起，撇嘴，翻白眼。爹娘也狠着声说："你个窝囊废！"

黑子自个觉得丢透了人，憋一肚子火，烧得实在受不住，回家便故意冷着脸，硬坐。二嫂儿赔着笑。饭菜凉了，烧二遍火，再热热候着。二嫂温好酒，黑子只一盅接一盅地喝，不抬头。

夜里，二嫂儿软软地躺着，任黑子驴性。二嫂儿睁着眼，瞅那天空半轮子冷月，常有黑云飘过。

几夜凉雨，就进了七月。园中的樱桃梅已经谢了，只剩一片青绿杂黄。二嫂儿站在树下，眼里满是泪，低下头抹一把，揉过的眼就有些红肿。

"哭啥？死你娘啦！"黑子终于硬起心，唬下脸："鬼日的！"

二嫂儿忙抹眼，又涌出来。

"你哭，叫你鬼日的哭！"黑子高扬起巴掌，落二嫂儿身上，却没了劲道，像掸灰。

二嫂儿蓦地惊了脸，身子剧颤，眼变得陌生人般，硬硬地瞅着他。

黑子一咬牙，又举起巴掌。

二嫂儿不躲，不闪，只冰着眼，脸变得灰白……

一巴掌，又一巴掌扇过去……黑子瞭窗外，盼来人。嗓子吼得震天般响。没有人来。

二嫚儿只咬着牙，不哼！

"鬼日的，舌头叫人割去啦——"黑子撕心裂肺般叫着，猛扑过去，打她的脸，扯她头发，继而又乱撕自个的头发，捶打胸膛。

"你喊呀——"

二嫚儿不叫，不喊，也不反抗，只紧闭着眼，挺着，泪缓缓地流，嘴唇便抖得咬不住。

黑子跳起来，疯了！撕下了皮带……啥也看不见了，只有飞舞的蛇……

窗子前终于有了一群小脑袋……

黑子气喘吁吁，一身大汗——终于吐了气，直了腰！黑子在全屯人前挺了胸，抬了头，扬眉吐气！

屯里人都竖着拇指说："黑子真是条硬汉子！"

屯人说，打得凶，下得手，手腕子硬。皮带都打乌眼处抽断成两截！又说，二嫚儿这女子古怪，太强！

黑子是屯里七月初七打女人的第一条汉子！

黑子很累，昏昏沉沉地睡着了。

二嫚儿解下了腰带子，踩着板凳系上了房梁。回过头，泪眼瞅着黑子那张憨厚的脸……

天上牛郎织女正相会——

后半夜，起了风，呜呜的。早晨，一地半青半黄的叶子，全屯的树都成了枯枝。

后来屯里的女人们说起这件事，都说二嫚儿这小媳妇心眼小，气量忒窄。男人打女人，本是寻常的事，不值得去走那条路。

虚　谷

　　掩上门，把一地婆娑的绿荫也关了去。一把大铁锁头，实实地垂上了门。老人转过身，打土墙边提起斜倚着的钐刀。忽然刮起一阵风，觉出几分苍老，是秋的意思重了，地上有几片落叶滚过。日头不知不觉地向西斜，惊动了半山坡反刍的老牛，"哞哞"地爆出几声雄浑的长吼，撞得落日又西坠。

　　仰起头看，好大一片蓝天，残几缕白云，静静地不动。山坡上的世界也不动，有红红黄黄白白的野花在开着。卧着的牛也不动，只懒懒地咀嚼着些闲闲时光。老人出了院子，影儿也随后出了院儿。似有什么事，就慢慢转回头，锁头依然垂得安详，只门边半片陈旧的对联，在轻风中摆起一角。纸色已褪得灰白，在屋檐下涂着风雨的痕迹，上半截已经残去，只留"青草绿"，"年"字半片掀动在风中；另外识半幅，已荡然无存，只残着些纸迹，却无字痕。空空野谷，不知春联贴于谁看。

　　秋虫"叽叽"鸣叫不绝。一只山雀打远方飞来，掠上房顶的长蒿。蒿梢儿擎不住，摇曳不定。雀儿却怡然自得，望着野径上老人踏秋的背影，渐小渐没。

　　两边山远远退开去，敞出一片空旷的谷地。疯长的茅草，荒了枯草中的古日老月。有野兽常常独自横过，惊飞起几只山雀儿，一直飞去对面的山林子里。静下来，又是万古不语，老了空过的日头。

好大一片草甸子，撒满红黄灿烂的野花，秋草中有不间歇的虫鸣。叠山苍茫，日淡天静，大片的阴影，飘落在草甸子上。一只鹰，在空中悠着。

几枝白亮的野菊花，点亮了不远处溪边的丛柳。有"汩汩"的水声，在寂寞中"哗啦啦"地弹奏着。

老人脱去褂子，露出紫铜色赤裸的脊背，青筋肋骨凸在老皮下，有风习习吹，草浪一波一波地涌向天边。拧好的钐刀横在手里，脸上便泛出几分豪气，叉开腿，影子仰倒在大地上。风吹草低，远远望去，人矗立在大地上，写着一顶天立地的"大"字。

老人缓缓悠着刀，如同缓缓西去的日头，一刀刀发出"唰唰"脆响，身后亮出一条齐整的新路来。老人一下下晃动着油亮的脊背，背上斜斜的一条长疤痕，蛇一样扭动在干瘪发亮的老皮上。叉开的两腿随挥出弧形的刀，一下一下平着朝前移，踏出两行窄窄的直线。

山佛般地静着。天高高的，不见车马，不见牛羊，只有白云飘来又飘去。好空旷、好空旷的谷噢。

老人刀悠得大，掏得透，一刀刀草都送到身后，草茬口贴着地极平，这样卷草时容易。若有生草连着不断，绿绿地在黄草中丛生，便挑弯了卷草的叉子，人亦累得直喘。上年纪的老人，打草不容易。

渐渐就去了草甸子中心。草甸子中劈出一条无草的路来，分了草甸子南北，叫人醒目。远远的，只剩一个小点在晃动。

老人忽然弯下腰，从刀底捏出一只长腿伸蹬着的青蛙来。他左手打腰间解下一根细铁丝儿，穿在上面系到腰间，任它在腰中乱蹬着。

草地渐渐变得湿润，并渗出一汪汪水来。蛤蟆愈多，一只只窜起又蹲下，昂着头蹦跳，那蛙渐渐就在腰中排成了串。

也忽地飞出一只鸟，贴着草尖低低飞，渐高渐远，入了云端，洒下一片清脆的叫声来。

老人站下了，插住刀，扯出条毛巾擦一把汗，天上不知何时多了几片云。

草甸子遥远着。

老人不再朝前打了，转回身，掖好毛巾，叉开腿，搡着草浪朝回打。

天上云不知何时又散了,被风梳成了淡淡的丝缕。热力收了些,呈现出了凉爽的秋意。秋天来了,便弥漫了许多寂寞的味道。周围山虽绿着,却已泛出苍老的气氛。远山已经斑斓地酿出了秋色。山里的一切,都自生自落在无人的山野里。

日头浑无知觉又西斜。

老人停住刀,草甸子衬得周围的山高大了许多。草行笔直成一线线,十几行如列队在接受检阅,甚是壮观。老人汗流如雨的脸上,流露出几丝欣慰。

就潺潺的水溪旁,拾来一抱干柳枝,拢一堆火,草甸子上飘起了一缕白烟。忽然就泛出烤肉的香味来,浓浓淡淡盈满了野谷。老人坐在一根枯木上,拔开水壶塞子,仰脖"咕嘟咕嘟"一阵凉水,再去撕扯烤得焦糊的蛤蟆,大口地嚼着。还不时停下,摸出湿湿的手巾,拧一拧,抹一把如雨的汗脸。

老人继续打着草。时而碰到一条小蛇,从老人刀下飞快地游过去。老人突然快打上几刀,一层又一层地覆一大堆,打出十几米,回头去看,见草丛里挣扎地飞着几只野蜂儿,"嗡嗡"旋着,懵懵懂懂地寻找毁穴的仇人。老人站着好玩似的望半天,流露出孩子般淘气的笑。

远远的一片,叫老人心中漾满安慰,目光掠过群山,碰着夕阳。

山那边传来老牛"哞哞"的叫声,呼唤不见了的主人。

"叫啥哩,给你备吃的哩,看不见就找。这牛儿,一会儿也离不了!"老人嗔怪着,朝山那边望。

草打足了,瞅瞅天,还早哩,就打起"飘草"来。人不能老是在劳累中生活。老人放慢了刀速,草势竟在身后多彩多姿起来。

这是一片金黄细柔的浅草。夕阳暮霭里,像被梳子梳理过似的,泛着金色。老人每一刀都朝后翻一下,身后的草梢子便一律朝后倒,平滑温柔得像被手轻轻抚摩过;第二行,老人刀放平,草梢齐齐松散地炸开,五面开花,像孔雀正在开屏。打着打着,草梢又斜斜地朝了一方,似一排人在手搭凉棚向前方瞭望……

不知不觉，光线就暗淡了，黑影子从大山里钻出来，大片地覆向草甸子。

暮山横影，夕阳余晖，半天晚霞正渐渐收回去。

老人早收了刀，衣服已穿到了身上，只是不舍得就离去，恋恋望着一行行造型，似在品味一杯浓酒，就有些许的满足流出来。看着看着，那喜悦渐渐冻在脸上，被山影子所笼罩，凝为悲哀，化成一种极大的空虚。

又起风了，劲劲地朝东吹，把夜幕吹得飞一般快。草甸子尽头，老人已远去，渐小渐淡，渐渐就被夜吞没了。

只留下好大好大的虚谷。

空 河

　　临岸一壁高耸青峰，垂下半河真真的倒影，任一河清水缓缓悠悠不停地柔，渐渐就柔得安静了。斜阳泻辉，林鸟声脆，倒影清晰，淡蓝的河水越发深邃。一河暮水缓缓地朝西流，孰把一河老阳流得血红。蓝天红云下，衰草晚霞，重山乱叠。

　　下完最后一片挂网，已是山含暝色，淡淡黄昏。老人从深水里走出来，把挂网绳在一块结了青苔的大石上，系牢实，人走上岸来。

　　河谷立刻空旷起来。水面只静静浮动着一排白漂子，还有一些细碎的泡沫，在随着水势微微涌动。

　　老人拖着疲惫的身子和瘦瘦的长影，走到岸边一块礁石上坐下。人不动，影子亦不动，只水淋淋的身子，在夕阳余晖中闪着古铜色的光。他抬起头，微眯的眼里，暮日正在沉下去。暗紫的晚霞，迸溅了半天，衬得西北插进半天的山峰越发高大。

　　老人点燃一袋烟，一口口吸着，望着眼前暗红的河水。烟头亮亮地红一下，随着一股呛人的辣味儿，淡黄的烟伴着沉沉思绪喷出来，慢慢融进这空寂的河谷里。

　　这山这河，就和他这样对坐着。老人的眼里也有条河，古老，缓慢，苍茫。有凛凛的风，打老人的眼角扫过；有水气漫过褶皱纵横的额头，日子便在不知不觉间流逝了。

　　河那边是山，雄雄勃勃。受日浴水润，千万年不老。山坡斜斜地长满了杏树，在不停循环的季节里，青了又黄，黄了又青。他看着那满山的杏树，从皑皑的严冬里挣出来，任春风一遍遍地吹，细雨一次次浴，就徐徐地泛绿，忽一夜间放开了满山粉红的杏花。水绿、山碧、花红，那一枚甘甜的果实，便孕育在其中了。河面上，开始飘下残零的花瓣。或逐流沉浮，或翻浪卷没，老人醉醉地看着，神情孩子般，眼角慢慢就滴下一滴清泪来。唉，也无风，也无雨，花就落了。

山上结满指顶肚般大的青杏了。山空云静，河水一日日朝山外流，就开始有人溯水而上。一阵欢声笑语中，转过几个红红绿绿的姑娘，沿着山弯挎篮提筐地走进山里。山外传来了摩托声。一座山连同一年年寂寞空流的河水，都在这些声音里一瞬间年轻了。

老人不觉间笑了，正如他自己，也曾经年轻过，随之一丝悲哀又漫了上来。这些杏树，也都会老的，说不定在哪一阵风里，就会颓然倒下，慢慢地腐烂掉，被未来一片更加茂盛、遒劲的壮林所代替。

河心传来鱼的响动，老人心也随之一动。漂子强烈地涌荡起来，又慢慢静下去。

河水已经变得暗红，渗透了日子的味道，像老人的血。老人的眼里，弥漫了说不出的慨叹与茫然，这老旧的山，这日夜流也流不完的水……山把影子经年浸在水里，却不提起，连影子里的石头都已经绿苔斑斑，尽水浸泡揉搓着。任朽木泥沙流去，枯枝腐叶流去，却流不去山的影子。有时汹涌了，浑浊了，惶惑了……可水一缓，依旧是一河的山影儿。山在，影子就在哩！

老人吸完一袋烟，又装满一袋点着，河谷的世界已泛着昏黄。老人注视着水面，渐渐就觉得风生袖底，泓水生寒。一点暗小的影子划水而过，是一只归巢的鸟儿，投向已近日暮的山林。鸟飞在空旷的碧蓝中，也飞在无限的渊深里。上也是天，下也是天，水是地平线。何为上，何为下，老人的眼里，闪过一丝千古的惶惑。

鸟儿和影子一同消失在河对岸，鸟影划过的地方，无一丝痕迹。老人脑海里，总是有一只鸟在飞。

黄昏的水面上，闪着几线残明。几舟黄叶，载着秋顺流漂下，挡在漂子上横了横，又顺着水疾疾地流去。秋去矣！老人心头横了无限感叹。叶子坠落了，漂在水上；而天不落，却沉在水底。

河谷幽暗下来，又渐渐泛起微明。不知何时，水中已印了一片微红的新月儿。这才觉得，夜已经来了。夕阳已把所有的余晖都回收了去，换上夜的时代了。万物需要夜的休憩。夜是昼之源也是昼之宿。

疏疏沉影，明月照水，在夜淡淡的朦胧中，河水添了些许温柔。两岸的榆柳，河边的卵石，都昏昏欲睡。月儿皎皎，山隐隐，水潺潺，影儿越发清晰。河中的影子是山的梦，生命的一半在梦里。

世上其实太多的梦。老人的世界太静，就常常有许许多多稀奇古怪的念头纷至沓来。他常常坐在河边的石上，抬头一片蓝天，低头亦一片蓝天。水中的蓝天似乎比头上的蓝天更真切，更深远。恍惚中就仿佛真的相信了，这清冽的碧蓝中有无限的深渊。

夜过滤了白日的嘈杂，晴天里，水声越响，蛙闹得越欢，撞着山谷发出回声。河水在白天里很静，那是河把一切都默默装在心里，只有到了只属于它的夜晚，才把心声都倾吐出来。万物都一样。累了一天，疲惫地歇下来，也饱了、静了，就想喊几声，把闷在心中的许多东西都倾泻出去。这歌儿是唱给自己的。对着山，顺着河，野野地放声痛快一阵，积淤在胸中的郁闷啦，愁苦啦，寂寞啦，就全都去了个干净，心中立刻敞亮豁达了许多，老人突然理解了夜晚野兽的长嚎。戏班子的歌儿相比之下，倒显得悲哀和渺小。老人年轻时听过，戏班子是唱给别人听的，至多也只是博得别人的几声喝彩。老人年轻时，也能亮几嗓子，且拽出的拖音儿味儿浓。便是老了，寂寞、苦闷久了，在天晴的日暮，也常常对青山吼几句，似唱似喊，至于词对词错，就全不管了。喊过后的心，就像雨后晴空一般。在这空寂的大山里，唱给谁听？山壁却在应和。

河谷晃晃地明亮起来，月亮映得河面亮亮堂堂。夜的水中，撒了无数颗金子般闪烁的星儿。月亮把老人的影儿，斜斜地摊在河滩上，一小块漾动在闪耀的水面上。

日头完全落进了山底，月亮就明朗了许多。月亮是一种阴柔的明，它以自己的特性区别于太阳，而占据半个世界。月亮升得真快，将到中空。没有太阳的天空，月亮竟也是这样的明亮。

其实月亮早就升起来了，只是因为太阳的光芒，太阳的存在，显不出它的明亮来，只薄薄一片淡漠在天边。有太阳光的照耀，人们便不会去注意它。没有太阳的时候，人们会觉得月亮也是这般的明亮可爱。

　　河里有响声传来，又有鱼儿触网了。老人心里又一阵喜悦。在这喜悦中，又毫无来由地漫上一层感慨。网在水中横下一道阴谋，鱼儿却不知，以为清澈的水只是一片透明的世界，宝贵的生命，便被这可爱天真扼杀了。

　　这可怕的网，真是防不胜防。老人感慨，在生活的长河里，他又何尝不是一个网下的侥幸者！

　　夜深了许多，秋夜重了几分寒凉，有萤火虫一闪一闪烁在河面上，恍惚是一个梦的引诱。

　　老人的烟火，一红一红，终于灭了。抬起脚磕磕，敲落几颗火星，站起身，朝河边走去。哈下腰，去解下系在石头上的挂绳。

　　三星斜下，沉沉地坠歪了半个天空。

　　水哗哗的响声中，老人开始起挂子。

　　有沉甸甸的，也有轻飘飘的，但都被水浸透了。

　　老人一共下了九片挂子。

鱼 价

绥芬河很大，大得像条江。晃晃闪烁着的水，宽一两百米不止，一个劲儿地朝东流。就流进了大海。河面上常漂着些小舢板，有人在下挂子，抡网。

大河虽然大，依然不能叫作江，没人说得出为什么。多少年了，都这么叫，叫习惯了，也就没了委屈。想想，其实叫河也没啥。黄河也叫河，恒河也叫河，亚马孙河也叫河，比什么江都大。

极少有人想过，这水为啥叫绥芬河，就一直糊糊涂涂地流着。后来写地方志，有人终于弄清，"绥芬"二字，是满语，锥子的意思，绥芬河就是锥子河。站在高山上望，河的形状的确像一把横躺的锥子。当地的老人却说，"绥芬"是一种河螺的名字，那河螺的形状像锥子，就叫锥子（绥芬）螺。满河都是这种锥子螺，拾的人极多。那河螺肉白、鲜美、细嫩，满口盈香。铁锅里炒，火炭上烧，滚水里煮，再均匀地撒一把盐，那滋味儿绝了。这条河，也就叫了绥芬河，现代人却从未见过那种锥子形状的河螺。不管怎么说，既然这样叫了，就还得依旧叫下去。

绥芬河出县城往东，四十里，便到了边境。再往东，就是俄罗斯了，绥芬河一直流到海里去。那海，叫日本海。

绥芬河出鱼，出"白条子""葫芦片子"，也出"细鳞""鲇鱼"，但最出名的，却是"滩头鱼"。这种鱼极怪，河里生，海里长，长大了，还要再回到河里去看一次，恋恋地，把卵产在母亲河里，充满着对故乡的眷恋之情。故乡的人，却没这情分，不论大小，一律网捕。

"滩头鱼"每年回乡，都在柳绿花红的时候，水暖暖的，成群结队的游来。滩头鱼分为三种，"金滩头""银滩头"和"黑大个"。以"金滩头"最出名，但鲜见，多少年一回，就很是金贵。

驼老头就住在河边，半山腰里搭一座窝棚，四十年就住下来了，也只见过三回金滩头，正好十年过一回。这秘密，只驼老头一人知道，从不对外人讲。一个人的秘密，容易保守。

老人掐了指头，应在今年，还过"金滩头"。就把小船、短桨、旋网备好，一件件齐齐摆在岸边，守着这河。河上横着挂网，大网眼，二三两的小鱼，任意穿来游去，不捕。白日晚上，水面上的白漂子，任意地浮荡着。

他坐在河边，望着河面上的浪花。河水在脚下轻轻荡着，水里有一块块大石头，挂一层绿苔，粘着些指顶盖儿大的蛤蜊。蛤蜊的肉儿，紧贴在被磨得光滑的石面上。有小虾儿、小鱼儿在靠近岸边的清水里，游得很悠闲。

傍晚渐渐凉了，披上件老棉袄，蹲在暮色沙滩上，看水面闪动的晚霞波光，听草丛中野虫呢喃，看缓缓河水载日子悠悠远去。他在流逝中等待，又在等待中流逝着。

老人心上，也有一条缓缓的河。这河他熟悉，他常蹚着水去河那岸，也潜进水里，睁开眼睛，去看那水中翠绿的世界，看变形的游鱼，看周围沉浮的灰尘。他突然觉得，他也是一条老鱼！

忽然就觉得胳膊和腿关节酸疼起来。驼老头知道，这是又要变天了哩。这些年，他浑身的骨节都是准确的预报器。这是这条河的赐予。河水要涨，小船要多加道缆绳哩！

落雨了，涨水了，又渐渐消落，依旧是原来的样子，老人只是多了些感怀。

太阳落下去了，月亮又升起来。河面的水花突然奇异地涌荡起来。老人惊喜地站起来，甩掉棉袄，慌忙解开缆绳，撑开船，横了河心处，圆滚滚地抡出，一网网拼命朝河里撒。

月儿斜了，满天的云海，夜寒山瘦，静寂的河面上，疲累着繁忙的驼老头。

渐渐就漫起了雾，覆了河面。驼老人疲疲地收了网，把船就岸边逼了系牢。周围一切都被雾淹了去。窝棚里，活蹦乱跳的大个"滩头"，于一堆活活的雪白之中，竟有五条金翅金鳞的"金滩头"！

驼老头直挺挺躺在炕上，一动不动，满眼蹦跳着都是"滩头"鱼，脸上的笑纹就收不拢，耳朵里充满了鱼窜跳的声音，伴着一夜江水"哗哗"的流淌声，亢奋难眠。

翌日清早，精精神神出了窝棚，裁两刀黄表纸，水路各神、山主把头，一份份祭了，就见一河水平平阔阔了许多。

柳丛遮堤处，有绳牵着的小船，激动地荡在岸边。

驼老头的背，硬硬地挺直了些许，于清水中浴了脸，又添几分精神。灶下腾起一堆旺火，洗净的锅中倾了油，从清水中捞出活蹦乱跳的一尾，案板上刮了鳞，排了斜刀，放油锅里一烹，那泛起的鲜香，顺门缝飘出，飘了一条河。

肩上担着两大桶鱼，沿着山路奔了县城。

进了镇子，后背被汗浸得水透，腿断了般，两肩火燎燎的肿痛，就路边歇歇。

蹦跳的鱼声引来不少人，瞬间就围了许多，看见肥活的"金滩头"，均惊讶得"啧啧"称奇。多少年，罕见。

一阵摩托声，停下，火突突地不熄。一个人分开众人挤到跟前，驼老头认得，鱼贩子。

鱼贩子惊讶得张大嘴，一只手罩在桶上说："鱼，我全买了！"

驼老头抵不住鱼贩子磨不薄的两片嘴，就把鱼全卖了。鱼贩子现出了少见的慷慨，出了比以往都高的价钱，五条"金滩头"翻了倍。

鱼贩子将鱼买走了，众人散了。驼老头点过手中钞票，整整二十张簇新的大团结。老人抖了双手，满眼惊喜。头回卖得这么多钱。心里想，值呵！

驼老头就路旁的酒馆坐了，美美地灌了半斤烧酒。

回去，四十里的山路，就觉得有些飘。

驼老头不知道，鱼贩子在农贸市场上，发了大财，罕见的"金滩头"，叫了使人发恨的大价。

驼老头想不到，再朝前走几步路，就是大价钱呵！

这关键的几步，驼老头走不到。

山里的老人很满足，从来没卖过这么多钱！

菊花谷

树不摇,影儿也不动,一山树林都静着。清淡的日头下,远远望去,悄睡着般。

闲闲淡淡的青山,无事也无言。蓝天上一片白云飘来又飘去,不知何时竟化成了淡在天上的云丝儿。

一切都懒懒的,天空广阔得使人茫然。

一道山谷空空寂寂。甸子里漫漫的草,有大片的云影儿在上面慢慢移。谷蜿蜒绵长得没有尽头,叫人望累了眼。

草上微漾起一阵细浪,瞬间又静下,似从来不曾有风吹过。

半坡上开着闲散的野花,有凉凉的蓝,也有奶奶的白。蓝的是野菊花,白的也是野菊花。忽起一阵风,飘满山满谷的清香。一世界又静得无语。这亘古缺少变化的山,这充满无奈与遗憾的谷,没有谁来和它们说什么。

静下心去听,花间草底有秋虫在不断地鸣叫,唤得这谷又添了几分寂寞,空得让人有些心虚。一只鸟在奋力地飞,越飞越高,把山谷飞得好遥远。

山下有野道,空空得慌慌。久久,久久也不见人来。不知打哪窜出只花鼠儿,停在道上,东张西望,缓缓跑几步,似忽然听到了什么,停住。一谷都静,山顶上有风。花鼠不知什么时候也没了。山道空空,无风,只有几片枝叶微动。

就只有暗暗流水之声,汩汩然。

满山粗古的老树，扭岁月之痕，挑几枝青绿见证着什么。细细看，蓦地就发现一二"猴头"，抑或是有条蛇，扭曲爬行在干上。

没有歌声，没有人语，连条狗也不见。甚至什么也没有，只有山路委屈地蜿蜒向山沟深处。

不知不觉，日头已沉了山，树影儿山影儿一律朝东长。浓了黄昏。重了黄昏。几点昏鸦沿林飞。

榛丛里有窸窣的声音，夜谷游满了点点流萤，谷很凉。深邃的夜空烁着星，有些寒。

地老天荒的谷，就被夜覆了。

这就是我下过乡的那条谷，现在，它恐怕是更加寂寞了。

暮 归

日头往山后一沉，谷便暗下来，山峰似乎高大了许多。满山白白的，都是雪。暗暗的晚霞一衬，严冬的暮晚到了。

青年点笼罩在山影里，房顶那只空烟囱，对着天空，丝丝缕缕飘出些炊烟来。渐渐浓，晚风里飘摇着，像飘起山长长的发。

有人打厨房出来，"嘎吱""嘎吱"踩着雪地，喷出的哈气看得见。走到柴堆前停下，哈下腰，拾着柴禾桦子，一块块往臂弯上摞。

桦子是早劈好的，落了一层薄雪，斧子倒放在桦子堆上，也落了雪。一动，雪纷纷震落进柴缝里。天冷得往骨缝钻，脸上像割刀子。赶忙抱上些，缩着脖小跑进了屋。

满山满谷的雪，烁着寒光。树都站在雪里，有影儿。路也延伸在雪里。雪，望也望不尽哎！

天寒极，树冻得"嘎巴巴"响。

寂静中，有"嘎吱""嘎吱"声音传来，远远响起了脚步声。

一群人带着影八踏道远来，拿着锯，扛着斧，腰中扎着草绳子，后边人流源源不断，散工了。渐渐走近，"嘎吱""嘎吱"声响成一片。

夜也就被带来了。山沟里的冬夜格外冷，皑皑雪地上，一泻银白。树都拖着影。一切都像在静静地等待着。

不一会，就有圆圆的大月，从东边林子梢头缓缓升起，冰冰如盘子状。

如诗如画的冬夜。

都走进屋。忙忙乱乱成一片。一盏盏油灯明了起来,摇曳着风。

长长的南北两排大炕,人都忙乱着。急急地解绑腿,换鞋。地上都是雪印,暖气一烘,化了,泥泞着。

炉子燃着了,一溜四个炉子都旺着,通红的炉影,"呼呼呼呼"响得疯。

冰天冻地的一天,手指头木木地不听使唤。解不开,绑腿和裤子冻到一块,梆梆硬,急急解得叫人心焦。

一层层打开,绑腿硬得布板样。挂到长铁丝上,长长短短,垂得嘀哩当啷,两大长溜儿。炉火热热地一烤,变湿变软,嘀嘀嗒嗒地滴水,泛着丝丝缕缕的热气。

鞋也冻硬,鞋裸里灌了雪。冰得久了,脚后跟儿木木的,少了知觉。就把两只脚对着磕,都磕。"噼噼啪啪"乱成一片。在地上跺,都跺,跺得地都发颤。跺疼了,有知觉了,鞋和脚离了股。坐铺上用力脱下来,磕出里面的雪冰。再掏,乱糟糟一团兀拉草,透湿。就热热的地火龙旁,连鞋一块烘上,泛出一缕缕的气。瞧瞧脚后跟儿,有些红肿。便趿着鞋,端脸盆去雪堆上撮半盆雪,坐铺沿上,抓着往脚上搓,两手搓,搓得发红发痒发疼。

院子里有人喊:"开饭了!"

一门门都往外出人,挤着去食堂。

饭厅里早排了长队,都手里拿着饭盒、小盆、小勺、木筷之类等着。

饭厅和厨房间只有一个窗口,长队叫人等得心焦。有人敲起了勺碗、饭盒,叮叮当当——

大师傅(也是小青年)正缓缓揭开笼屉,满屋立刻热气蒸腾,如云如雾地淹去了厨房里的人。

地下湿,走动着的脚步"呱叽""呱叽"响。

笼屉上一片热气腾腾的金黄,灿烂着人的眼。有人肚中"咕噜噜"响起来。大师傅俩人把汤盆抬到桌案上,菜汤在盆里晃呀晃的。就晃出了盆,溅到桌上。汤上有几星油花,生油。所有的油都漂到这上面了。

就有四五只手一齐伸进窗口，嚷"一斤半！""二斤二两！"饭盒一只只打开。大师傅分两边站着，饭盒里盛汤，盒盖上放饼子。都烫烫的。垫着东西端走，后面的又排上来。

乱乱的人，男男女女夹杂着，打闹着，甚至不大像话起来。打得满屋跑，笑捂了肚子，出了泪。山里的冬夜很愉悦。

一份份地把饭菜端进宿舍里，围坐在炉子旁，把切成的一片片饼子往炉面上放。炉火太旺，冒起了黑烟，忙翻过来，结一层金黄的嘎渣，咬起来格外地香。一大口一大口咬下去，就有些扑脸，热热地吃，一脸汗。脸被烤得通红，跳动着炉火的影。

有人进来，手里端着饭菜。撞开的门灌进一股股冷风，屋里人都喊："关上关上，快关！"就关上了。又有干粮烤糊了，冒了烟。连忙去翻，烫了手指，"哎呀呀"直叫。急忙用口吹，就烫出一块白皮来。

外边风响得急，树林子"呜呜"吼，就一个劲朝炉子里添柴禾，把火烧得旺旺。盖子红了，连烟囱也红了半截。有烧糊的饼子在上面冒着烟，有人拿锹将炉灰压在炉面上。

猛猛地烧，有的是木头，到处是山，满山满岭的树，柞树、桦树、柳树、椴树、水冬棺、白杨树……鲜鲜地锯倒，拖上来，在后院截了，任抱了往炉子里填。寒寒的冬，烧旺旺的。火把木头里的水分榨出来，滋滋啦啦地跳着水泡。

宿舍里吃得狼吞虎咽，风卷残云……

队长坐在黑影里，悠悠地叹口气。这山里的日子！

生活太清苦。有人自家带了"板油"，悄悄吃。瓶子里白白地挖一勺，汤里一搅，就飘油油的一层。大着口，吃得五脏六腑都香。

有人那边轻蔑地"哼"一声，小气！

也饱了，足了，人乱乱地走。有人推开门，站在凛凛的风里。

站在深邃的夜空下，面对着黑黝黝的群山。皑皑的雪地上，拉着长长的人影。有人在放声高唱，马上有人和起来，屋里屋外。整个青年点都响起来，巨雷般。满山满谷，震荡不息。

小青年耐不住寂寞，剪一窗一窗的影，摔扑克，把一座屋子、一条山沟摔得兴趣盎然。输了，无可奈何地摘下帽子，露出光光的脑壳，任实实的脑蹦硬硬地弹，疼得直咧嘴。摸一摸，似鼓起个包来。那边在挂纸条，白纸撕得一溜溜，贴得满脸。嘀哩当啷垂，幌子般。总有输家，总挂个没完，惹得人笑捧了肚子。

不知不觉就夜深了，油灯一盏盏地熄在。都躺进被窝，把被子掖得紧紧。露两排人头。只有一两人披着袄，借灯光在看书。就有人喊："青年点广播电台，现在是评书连播，由笨狗开讲——"

顿时一片哄堂大笑。

闹许久，渐渐就无声，只剩悠长的呼吸。

不信就睡了，侧耳听，有鼾声响起，渐繁渐响起来。

有人在说呓语。

累了一天，真乏呵！

外面有风，鼓得窗上塑料薄膜"呼达呼达"地响。

炉火不知何时熄了，未燃尽的木头，从炉口掉出来，屋里头渐暗渐凉。

有人起夜。憋得慌，披着件棉袄趿拉着鞋，迷迷糊糊地出了门，掏出来就刺，闭着眼，"哗——"不由就打个寒战，好冷！匆匆进屋。慌慌张张踢了谁的脸盆。

有眼睛懵懵懂懂睁开，不知发生了啥事。

忙钻进被窝，学刺猬。不会儿，也起了鼾声。

夜深了去，山里寂静。月儿去了后山，天上有寒寒的星，往事去矣。

蓦然回首，人过中年。

夜　路

散了场，夜漆黑，影影绰绰纷乱的人。

镇子里有灯光。

一行人说说笑笑，离了影院。一出镇子，就都不再言语。一个跟一个，脚底像生了风，微闻气喘。

山路在前。

一天活累死。一散工，扔下锄就跑。山梁上有日头。

四十里到了镇上，电影院一坐，张着口只顾喘，浑身汗得水透。

还是那些演不完的片子，挖地道、埋地雷、长鞭子一甩，艳阳天什么的。反反复复，滥滥地演。看什么呢？跑几十里的山路，一样看得心旷神怡。

天黑死，没几颗残星。山黝黝黑得高大，巨兽般逼人。

有风在山顶上怪兽般吼："哗——哗——"

脚底疾疾的路，有要起大早的活。保证过的，不能耽误了。

夜路快，转眼已好远。远处灯火稀疏，渐暗渐淡，就被山挡去了。脚下路熟，闭眼也不会错。哪有树，哪有河，都装在心里。

夜黑久了，便隐隐可见到路旁的树。忙躲闪，差点撞上，一只脚踏进路旁的泥沟里。

后背有些粘热，像有小虫子在爬。

一路都是高大的山。人在谷底里走，森森的。举目是树林，黑压压望不尽，有山林的怪吼不息。

有人走不大动了，就喊："慢点、慢点！"于是就慢了些。

夜风一吹，觉出有些冷，就再紧几步。一个跟一个，一溜儿急急的人影。

不知谁唱起了歌："挥动勤劳的双手——"

就一起应和起来："改变大地的模样，我们上山下乡的知识青年……"

一条山谷都在应着，夜的谷顿时壮了几分豪气。黑夜也似乎明亮了些。

有萤火虫了。无数流萤迎面飞来，又扯着一道道亮线游丝般飞去。朝远处望，一明一暗，像一盏盏的小灯笼。

就"噼噼啪啪"地拍巴掌，萤火虫循着响声飞来了。清脆的响声，是一种诱惑。两手啪地一扣，便捉住一只。舌尖一舔，粘在眼眉、鼻尖上，小星星般。脚下却仍是不停。

继续拍，继续捉，欢乐成一群孩子。

就忘了脚下路的漫长。隐隐有浪花在泛亮。

都奔跑着，喊着，"扑扑通通"倒在河边的沙石上。都尽情地放松，任湿润的河风吹拂。起伏的胸看不见，都感觉到。

望着天空，那深处有遥远的星。

索性就光了膀子，叫河风吹个痛快，趴在河边，"咕咕嘟嘟"喝个饱。就不想再走，化成一滴水，流进这清清的河里。

习惯了这夜，朦胧中望得见河面上一闪一闪的波光。

旷野漠漠，四山寂寥。远山的天边有星。

河边水气凉，已近半夜。

"走！"有人喊。

"走，走！"都喊。

就高高挽起裤腿，开始过河。山水凉，河水浅。无桥，只七扭八歪的一溜石头，远远的一块，白天也走得前仰后合，就用手摸着爬。有人喊："小心呵，小心！"都哈哈笑。

"扑通！"有人掉下去了。石头滑，结了绿苔。

"扑通！"又一个。

后边人正笑得打跌,也掉进了河里。就在河水里,乐得要死要活,不知哪伸出只手,又拽下来一个。

湿透透的,索性就蹚着水过去,河卵石太滑,又有人跌倒,直哎哟。

都上了岸,一群水鸭子状。水水的。也不分男女,各找地方脱下来,各拧各的。有夜色掩着,谁也不去想。

再穿到身上,又上了路。夜风很清爽,一路轻快。

不知不觉上了岭。

站在岭上,顿时觉得天高地广,胸襟万里。有清风徐徐吹,头发飘动,无限精神。

不知不觉,远远近近都望得见了。正疑惑咋就天亮了呢?朦朦胧胧中,一弯一弯的山。一片一片的树,黑黢黢的长谷,抬头见林子梢头浮起了一块多半片的薄月,渐渐飘上了冰蓝的天海。不知何时,竟满天的星星烁烁闪闪。

山梁上站一小群人影。风劲劲吹,衣角飘起。

就一齐对着无限的山峦,对着脚下的长谷,放声地喊:"我们回来了!"

一山一山传去。远远。

都呼啦啦朝山下跑去。

山下是家呵!

岁月荏苒。往事如梦!

牧 牛

天阔云闲,青山淡泊。

远远一群牛,缓缓动,渐渐就走进这谷里来。

日偏向西山,起小小风儿,有树叶微微颤动。山顶有树声在喧响着,远古大海的涛声般,"哗——"

风吹不进这谷,好静。坡上野菊花正在灿烂,蓝的,黄的,白的,一片一片,染亮、熏香了这谷。

甸子里旺旺的草,蓬勃茂盛着,有乱穿的野水,极清亮透彻,"哗啦哗啦"轻响地流着。弯向水里的草,在水流中急摆着。时而有一两片的树叶花瓣飘水而下,香了这野野的溪水。

一群牛在前,放牛的骑在后,瞌睡般摇摇摆摆,一条小黑狗颠在一旁,一竹徐徐进入这静静的画中来。清秋满山意,山里的阳光很和煦。

初秋的山,还没有多大的变化哩。

沿路不断地静着些树荫,生着凉意。人和牛从树下走过,就阴去了些许炎热,牛慢慢地走,伸着脖喘,肚子一缩一缩。人和牛身上都落上些树影儿,牛背上的人忽地睁开眼,顺手折了树枝,抽打着牛,脚后跟磕着牛肚,喊道:"懒货,奶奶的!快点,驾!驾!"

仍然是无边无际的炎热,仍就有绿荫在前边等待着。牛缓缓朝前走,把一条山沟走得老长。

走在前边的是牤子,后面的是我。我和牤子一起在这条山沟里放过两年牛。

牦子姓黄，叫黄志威，我俩是一批下乡到这青年点里来的。天天都走在这条山谷里，满山亮眼的野菊花，两个人、一群牛，还有条小黑狗子。

黑狗是牦子心肝儿，瘦得皮包着骨头，大耳朵耷拉着，人手一扬就吓得夹尾巴跑。但放牛，却极有用，牦子一声吆喝，小黑狗便箭一样射出去，围着牛，前前后后乱咬，又追又扑，虚张声势而已。

牦子腿快，追牛的时候，漫山漫岭。榛丛灌木，深草沼泽，倏忽东西，草上飞一样。小黑狗常被远远地甩在后边。

牦子惩治牛，极残酷，去四周寻一根棍子，绕到牛后边，一下便捅进牛腚里。牛疼得扯着缰绳乱跳乱蹬，所有的牛见了，都夹紧尾巴躲。有一回，他把一头牦牛捅毛了，发狂地一声急吼，"哞——"带着颤音，挣断缰绳，蹬开四蹄，疯了般狂奔。牦子也来了"牦"劲，扔下棍子就追，连着追了三座山，追上了，拽住牛尾巴，拖出十几米远，硬生生地给拉住了。还有一回，牦子正骑在牛身上望天，叫牛一打圈掀下来，摔进了草甸子，返身又踏了一蹄子，差点把腰腿踩折了。他在炕上一直躺了半月，忍着疼爬起炕，一瘸一拐地去了牛棚。他把那牛牵出来，拴在一老杨树上，打了三四个结扣，牢牢地系死。不声不响地去了柴堆。

下午的青年点很静，人都下地去了。后山寂寂地罩一片山荫。只远处山里有"当当"的声响。不知是谁在伐木，或许是只敲树的啄木鸟。

大师傅睡眼惺忪地去山泉子提水，蓦地听到老牛一声撕心裂肺的惨叫："哞——"

那回，队长叫牦子在全点人面前作了检讨，还罚了一个星期的义务工。

牦子伤好后，照样满山坡追牛。

牛散在山坡上，各自悠闲地吃着草，还不时地甩着尾巴，驱打着围上来的虻蝇。

日闲闲，山淡淡，横斜地伸着些静静的树影。云影子大块落上远山,斜阳老树,爬满了碧绿藤萝,丝丝缕缕的岁月般。山坡到处都是盛开的野菊花。白一片,蓝一片,黄一片。

有牛渴了,晃着尾巴走下山坡,去甸子深处觅水。清清的水流子到处都是。找一深水处,停下,低头把嘴鼻一齐插进水里,吸得吱吱响。吸一阵,抬起头,大眼睛痴痴地凝望着远山,似是在回忆无限的往事。喝饱了,肚子已圆圆地鼓胀起来,头一低,发出一声震天的长啸,"哞——"在山谷里回荡着,半天不息。母牛两后腿一叉,"哗——"泻出一股黄水来,泛着白沫子流进水流子里。

吃饱了的,便卧在山坡上,瞑着眼倒嚼着,咀嚼着值得回味的一切。无风。无声。一山坡上,都静静的。

我和牤子并排地躺在山坡上,身旁是盛开的野菊花。把两手垫在脑后,静静地望高旷辽远的天,或追逐一片流云飘向天边。就真想变成只鸟儿,在这天上自由地飞个够。有只脆叫着的鸟飞到天上,眼睛就随着追,直消逝得踪影皆无,眼睛里便酸出泪水来。

依旧是无始无终的蓝,依旧是飘也飘不尽的云,索性就闭上眼,什么也不想。

闭上眼,也还是这山这谷。

一坡的世界,都懒懒的,饱牛在树荫下喘着。

"花牛要下崽了?"

"嗯。"

"赶啥时候?"

"月底。"

都不把眼睁开。只有声音传来又传去。阳光在眼皮上红出些神采,暖暖的。

不远处,有只蝈蝈在叫。

山坡上,黑牤子不老实,追得雌牛到处跑。

勃发的生命好强烈。黑牤子前蹄一扬,搭上了雌牛的腰脊。雌牛一扭身,就把黑牤子掀了下来,黑牤子又去追逐别的雌牛。

大自然在进行着演习,心里便泛起一股难以说清楚的东西。

"听说要招工了!"

"嗯。"

"招多少?"

"听说是十个,三年以上的。"

"听说是国营的?"

"有两个大集体。"

"唉,大集体也行呵!扫大街也行。这破山沟,还不知要待多久。妈的,这狗日的山沟沟!"

不知不觉日影在慢慢挪,都觉得有些口渴,一齐去山下甸子里找水。急水溜儿清清的,有山影流在里面,哗哗响着。这清脆的声音,就是谷地的歌吗?山里的,日日夜夜都被唱进这歌里。

水边壮着翠草,挺立着蓝的白的野菊花,照亮着野水。一棵树簇在水边,树下的水很平静,望得见游虾和小鱼一翻一翻的亮肚皮。水中,树接着树影儿,草接着草影儿,一曲一曲地动。是人的幻觉在动吗?天光水影,白云如绵,有苍茫千古意。站在这水边,影在水中,顿觉有万感在胸。

就在水边,手支着石头,把嘴埋进水里,咕咕嘟嘟一阵牛饮,响了一沟子的声音。

山里的水好痛快,浸得五脏六腑都凉。人精神了许多。就站起来,抹抹嘴,长舒出一口气。

日头已沉下山。不远处,有牛也在饮水。

西北满天的红云,山影重了,沟里暗了许多。有只鸟在叫:"咕咕——"

牤子站在山坡上,喊牛了。

小瘦狗也不知打哪里钻出来,汪汪叫着,在山影里圈着牛。山里暗下来,牛开始走下山坡,蹚着满山的菊花。山根的道上,牛群开始长长地朝沟外走。人骑在牛上,摇摇摆摆走在牛群后,还有狗。

人和牛群都渐渐远去。踢踢踏踏的牛蹄声也远去。

静静听,就什么声音也没有,只剩下空空旷旷一条谷,沉夜又渐渐降临。

静死了。

污 雪

狂烈的风啸过了，一切终究归宁寂。

皑皑白雪，一泻千里地铺向远天。

夕阳投向雪野，飞迸出碎银万点。满山树林草木，都拖着淡薄的影子。粗树伸长着大影子，小草伸出小影子，无声无息地横斜在雪野上。长的是影儿，短的也是影，在这茫茫的雪原上，会有多少的影子呢？一世界都在料峭中沉静着。沉沉的寒影，落在松软的雪上，却压不出一丝痕。

远天白云，雪岭岑静，寒气颤栗着，渐暗的黄昏等待着暮晚如约而至。这样的景色之中，该有只长着犄角的大马鹿，或一只狍子，行走在森林之中；抑或有一只五彩的山鸡，凌空振翅，飞过落影的林子边；哪怕有只灰白的山兔，在扫荙根上啃着什么。没有，什么人也没有。无边的雪野，嗅不到一丝生的气息，只有一片片被阴影浊污的雪。

树光秃秃的，寂寂不动。老远望见几处树顶的老鸦窝，枯碎在高高树杈间，似是上古时期的文物。

静到极处，便寒到极处，只凛凛一片耀眼的精光。雪光耀动出一种声音，树木被冻碎般"嘎巴嘎巴"响。一望无际的漫漫严寒，人迹不见，鸟也不知飞去了哪里。

漠漠雪野之上，高天是冻透的穹隆了。已经没有多少红晕的日头，遥遥地落向黄昏的雪岭。寒气煞骨，荒草之中行人踏出的山道，也只剩下雪的逶迤。雪埋藏的世界，是死亡的世界呵！

一只小猱头倏忽出现在雪地里，叫人亦惊亦喜。小猱头飞快地跑着，松软的绒毛晃在雪光中，叫人疑是一团灰影。在这大地都已经冻僵了的冰雪世界，竟出现了这样一个精灵般的活物，叫这寒冻欲绝的雪荒，焕然出一丝活气。小猱头蓦地停住，前面是一片苕条丛，黑亮的小眼睛窥视之处，有一行浅浅的鼠印儿。肚腹瘪瘪的小兽，眼里射着饥饿的光。一棵青杨树，晃着一大团鲜绿，是一大束高树冠的冬青。缄默的冬青是树之魂。在这肃杀的冬，枯残的山毕竟还未死呵！

小猱头钻进一丛茅草，倏忽不见了。

不信就这怪，细细寻，茅草丛便露出一个掩映着的雪洞。里面有温热的气冒上来，在洞口茅草上，凝成一片细密的霜雪，掩覆着洞口。

那小猱头忽地又蹿出，似是耐不住饥饿。碰着草，雪纷落下来，掉落在小猱头身上，一个雪的活物了。小猱头抖抖，浑身竟再无一星雪粉。冰天圆日的辉照下，茸茸的毛尖，似还耀闪着一星星水亮。

小猱头跑出不远，便在一片榛丛下停住，四顾瞅瞅，开始"喀嚓喀嚓"啃起榛条根来。那一片榛条的根，都是白花花的齿印。

雪野之上的日头，晕晕地惨白着。

小猱头蓦地停住，似听到了什么。连风声也没有，这样茫茫的雪地，会有什么声音呢？

小猱头已经不见了。许久，果真有踏雪的声音响起。方疑是听觉出了毛病，见树林里转出了两个人，提着枪，扎着子弹袋，一条狗颠跑在前边。

两个猎人一高一矮，都一身棉，连头脸也被狐狸皮帽子捂得严实。嘴鼻也捂在里面，只露两只眼，透过哈气结成的霜雪，瞅着眼前欲迈步的地方。

雪陷至膝，人行走得艰难。山里头雪深，跌跌绊绊，一日将晚了，显得疲惫不堪。紧打的裹腿，已有些松动，棉乌拉挣出来，灌进了雪。狗跑在前面，远了，便停下，左右嗅着，等着落在后面的主人。

两个猎人有些沮丧，离了树林，一脚深一脚浅，甚至摔成一个雪人，踉跄着朝岭与岭之间的开阔地走去。矮的一路不住地骂，骂这鬼日的天冷死，寒得往骨头缝里刹；骂这一座座穷光了腚的山，转悠一天，连个鸡毛也没打着；骂这天说黑就要黑下来……骂着骂着脚底突然一绊，摔一个大跟头，打了四五个滚，摔得一瘸一拐，整个的一个雪人了。

两个雪鬼，跌跌撞撞在雪坡上移动着。树秃得没了叶，无一枝在摇动，静得冰雪画样。空气寒得颤抖，日头被大雪和云囚遮起来，只剩下白亮的一点，隐在远山之上。

一口口地喷着哈气，在眼眉和解开的帽子毛上结成了霜。人身后有两行雪窝子，打脚底远远地伸到林子边，又没入阴影渐重渐长的树林里。

狗在远处忽然一阵喧叫，俩猎人蓦地立住脚，精神一振，提着枪，拔腿朝狗吠的地方跑去。是一片枯萎的茅草丛，狗卧在一块巨石下，"唔唔"地吼着。巨石下的雪草里，霍然露着一个洞，遮着洞口的草，一蓬地气哈成的霜雪。矮个欢叫一声："獾子！"高个蹲下去，细瞧了一阵说："是个猱头！"

狗摇着尾巴，在两人之间伏着身蹭着。高个猎人说："快找，还有一个洞口，别让它跑了。"

就急忙寻。果然，在一片夹树的榛丛里，又寻到一个洞。有些爪印儿，还都新着。高个猎人解下背上的袋子，摸出一个网兜子，拿手抻了抻，把兜子口严实地罩在洞口上。再将网口的尼龙绳拴紧洞旁一棵白桦树。网兜是白的，绳也是白的，一个白色的阴谋。伏在雪地上，一样的颜色了。

回到岩石下，狗依旧趴在洞口旁，守着那洞。高个扒开雪，拿脚踹倒周围的草，整个洞便露了出来。

矮个去蒿草里乱折，不一会，抱了一捆干草和干树枝回来。高个把草束成一缕，打兜子里摸出几个红辣椒，撕开，蹙着鼻子，分插进蒿草树枝里。再摸出只小瓶，拧开，将些汽油倒在草上。顺手将空瓶子扔在雪地里，取出打火机，"叭"地晃出一股火，往草一触，立刻爆起一股火，伴着一种浓重的辣味，呛人鼻子。高个顺手将火草杵进洞里，矮个捂着鼻子一旁直咳嗽。高个也呛得满眼泪水，不停地抹着。

狗被熏得远远地躲开去。

洞口的雪，迅速地水化出一片。矮个不住地把干草递过去，高个接过，不停地往洞里填。不远处蓦地扑通一声闷响，"套着了！"矮个欢叫一声，扔下手中的草，发疯地朝那个洞口跑去。狗后发先至，黑影子般冲进了榛丛。

小猞头在网兜里乱冲乱撞，拼命地折腾。手脖子粗的小白桦树，也被拽得乱摇乱晃，扯弯又弹起，叫网兜越挣越紧。狗朝着兜子吠叫着、扑咬着、雪地被扑腾出一个坑。矮个忙去白桦树上解开绳，喝开狗，去抓那兜子。猛地一声尖叫，有血迅速从网兜里浸出来，一滴滴洇到洁白的雪上，开了的梅花般，鲜红了。

打网兜里倒出的小猞头，在雪上半晕地蹬伸着腿，一口口倒着气，嘴里有血不住地往外淌。那嘴巴，那眉眼，还稚嫩着呢！

矮个猎人甩着被咬的手，弯下腰提起来。小猞头软软地，还温乎乎地热着。矮个猎人咂着嘴说，能做顶好帽子，可惜叫血污了。

雪野黄昏，愈加肃肃地寒冽起来。空旷的野山里，踩着雪的脚步声，是天地间唯一的声响了。人成了山底极小的两个黑点，渐淡渐远，终于不见。只留下茫茫的雪，溟溟漠漠不见边际。不知何时，竟是沉沉夜了。

连呼吸都不闻的雪夜，已经死了吧！

地方天圆

一

旗镇,一条条的街,是棋盘街。

棋盘街自然说的是老旗镇。如今的旗镇,已经不是这个样子了。新旗镇是当代风景,高楼林立,街巷纵横,漫了几座山。

旗镇之南的山,叫天长山。山峰高耸,常有些丝丝缕缕的云雾,萦绕在半山腰。镇子之北的山,叫地久山。地久山不甚高,却绵长,一直蜿蜒着东去,一眼瞅不见尽头。天长地久之间,敞出一大片圆形的谷地,宛若天然的一个巨大围棋子,浮现出一座百年的老镇。

俗话说,东西路,南北街,南北东西,老旗镇平平展展的敞出九条大街,九条大道,恰似一张方方正正缩小了的九寸围棋盘。整个的一座老旗镇,就坐落在一张大棋盘上。旗镇街,是棋盘街。太阳升起的时候,如水的晨曦,就顺着街道由东向西流。太阳落向西山的时候,晚霞又顺着大街从西往东流。旗镇的白昼流去了,黑夜也接着流去了;春也去,秋也去,旗镇流去了一百年。

旗镇街是棋盘街,这是不争的事实。但说旗镇是棋镇的,却只有老庚一人。老庚,旗镇之人都称为庚老师。老庚有名有姓,姓庚名乾,戴一副近视眼镜,颇有几分知识分子的样。因个子瘦高,看上去背就有点驼。早几年，老庚在旗镇第一中学当过十来年的老师，后来因学历太低，被安排到了图书馆，也算是一种照顾。人们见了，依然称他庚老师。老庚是个普通馆员，又没啥官职，四十好几的人了，叫什么呢？直接叫名字，是有些不大礼貌的。老师，是职务，也是一种尊称。

庚乾被称之为庚老师，还有一因。在旗镇的围棋界，庚乾是名副其实的老师，旗镇公认的围棋第一高手。凡旗镇热爱围棋的，无论老幼，一律都称他为庚老师，心甘情愿。旗镇的业余围棋高手，大都受过他的指导。庚乾坐在棋盘前，自然就会生出一种威严，无论是黑子还是白子，只要捏在他的手里，立刻就成了哪吒的乾坤圈，广成子的番天印，厉害得很。

老庚是祖传围棋，棋经十三篇，打小就背熟了的。儿时棋下得入了迷，一闭上眼睛，满脑子都是些黑黑白白的棋子。家中的《忘忧清乐集》《玄玄棋经》，就像是已经活在脑子里的，合上眼时，它自己就一篇一篇地往下翻。厚厚的《定势大全》，他看过无数遍，一招一式地揣摩，边边角角的定势，究竟照谱打过了多少遍，他自己也有些说不清了。新谱有时也打，一些奇思妙想之招法，往往叫他惊叹不已。于不知不觉间，便掉到棋里去了，仿佛里面有一个时空隧道。

二

老庚对旗镇的叫法，甚反感。醉了酒，就发牢骚，骂叫啥旗镇，就是棋镇，围棋的棋，棋镇！不就是早年间，曾经飘过那么几面的破洋"旗"子，那算是个什么东西？在早年，这地方的名儿叫五站，棋镇是我祖上下棋赢的名。是我爷爷在人头红楼，舍命赢了日本浪人棋士，那一局棋，叫日本人心服口服。是那日本棋手回国后，把棋镇这名字写到书里的。偌大的一座城，就因为曾经挂过那么几片尿襟子似的洋旗子，便能连名字都会改成"旗镇"了吗？凭啥？连祖宗的脸都丢光了！

老庚曾经给史志办、报社、电视台写过信，也给市委、市政府上过书，说应恢复这棋镇之名。那一局旗，有本市作家春秋的长篇小说《浮世》作证。但终无音信。一个小人物，闲言碎语式的一些无稽之谈，能算是事吗？何况这"旗镇"之名，历史上就有外国人来这经商，足以证明旗镇地缘之优势，这有利于城市宣传与招商引资。早在一百年前，就飘过那么多国家五彩缤纷的国旗，这对于一个地方，该是一件多么荣耀的事啊！

为这事，老庚感到有些郁闷。何以解忧，唯有围棋。老庚的家里，就常有一些棋友，约了来下棋。棋里乾坤大，只要有棋下，棋外的一切，就都不足一论了。

棋友来了，老庚大凡先要烧沸一壶滚水，沏上茶，再将棋桌稳稳支上。老庚的棋桌，很是讲究，紫檀木的，极重。下棋者把黑子白子敲上，很沉实。瞅上去，是一种古色古香。乌黝黝的桌面透出暗紫，恍惚中，一桌的棋道，宛若苍宇茫茫，道法初定，有如无极生太极之势。老庚取来两盒棋子，放到棋桌上，稳稳打开，常要把黑的一盒，放到对手面前，自己执白。老庚的这一幅棋，打眼瞅上去，便知是一幅上好的云子。常有棋友捏出一枚，举在眼前，对了灯光去望。恍惚朦胧中，似乎是一种透明的感觉了。

在旗镇，老庚是博弈的高手、上手，常日里，同人下棋，总是要饶上对方一先。有时让到二、三子，乃至四子，也是常事。

下围棋是极费工夫的，一盘下来，往往就到了夜半。夜里头静寂，云子落到紫檀木的棋桌上，就格外的响。次数多了，再下，女人就常常要给脸子看。有时，棋尚未下到一半，就有锅碗瓢盆，在厨房里响起来。棋友走后，架是免不了要吵的。后来，庚乾就不再在家中下棋，去围棋协会，也去棋社，有时被邀了去棋友家，人极多，热闹。

下完棋，就已经夜深人静。一个人走在回家的路上，忽然就觉得，自己竟也像是一枚棋子，被一只无形的手，摆在旗镇这个城市里，旗镇是一个坐标点。就住了脚，仰头去望天。深蓝的天空中，闪烁着千千万万点星光。他的脑袋里，忽然一阵恍惚，这一天如棋的星子，究竟哪一颗，是属于自己呢？

三

老庚有一回省城的得意。

有一回,他替馆长去开会。会好开,凭耳朵听就是。听不听的,其实也在你。反正都有材料,回来交给馆长就是。

吃过晚饭,在房间里闲着,就出去走走。大道上走一阵,人多,车多,就拐进了一条小巷,一抬头,竟看见了一座棋馆,门楣上悬着碗大的两个墨字。

小门前有四五级的木梯,踩着,有些颤。推门进去,屋里有一些暗淡,朦胧中,见约有十来张棋桌。只有三四桌空着,黄面黑道儿,极为分明。有两桌杀得正激烈,满盘的黑黑白白,密密麻麻地都是棋子,已快到官子阶段。有几人站在一旁看,无一声言语。

老庚看过几盘,见桌桌的棋力均不弱。每一盘都是彩盘,无一盘白板,皆为百元一局。

一位连鬓胡子走过来,瞅着老庚说:"下棋?"老庚应了,两个人就去了一张空桌。对坐下,立刻就有三四人围过来。连鬓胡子一种上手的神情,熟练地去棋盒里抓了一把白子,扣到桌上。老庚便去棋盒里捏了一枚黑子,放在棋盘上。对手将手拿开,用两指一双双把棋子拨过,最后余下一子,就把黑棋推给了老庚。老庚心中暗喜,虽然黑棋有贴目之忧,毕竟在布局阶段有一种先行之利。

初到省城弈棋,又面对生手,有极有分量的百元大票作抵押,老庚的棋子,就下得格外谨慎。要盘算良久,才下一子,全没了在旗镇下棋时的轻率。

棋下到中盘,老庚蓄势待发,颇有厚味。他已经发觉对方的棋,虽然杀势凌厉,但一味强攻之下,已是强弩之末,显露出一种脆崩之势。果然,老庚再连走两步手筋,放对方一条大龙回家,切下了中腹的四子棋筋,全盘浑厚,目数已经遥遥领先。连鬓胡子涨红着脸,额上青筋迸起,捏着棋子的手似是有些抖,半天落不下来。又走了几步，对方忽然抬起眼，铁青着一张脸，用眼光逼视着老庚问："你是哪儿的？"老庚说是"旗镇"。"旗镇的——"连髦胡子满脸地疑惑，有些不大情愿地掏出了一张百元大票。似是不甚服气地说："再来一盘"！

就再下，俩人把棋子收进了盒里，清了盘，交换了棋子。老庚已知道连髦胡子的棋力，大约是在强三段的样，有程咬金的劈头三板斧之勇，开盘就战。但只要能顶住，忍过去，对方就会有破绽显露出来。

三盘过后，老庚已发现，对手的眼睛都狼了。周围聚了很多看棋的人，也大都沉着脸，知道这钱是不能都装进兜里，就把对手最后掏出的一张百元票子推回去，笑着说："这一盘，权当玩了，咱们交个朋友！"

从此，老庚极少再下白板，常对一些新手下指导棋。下指导棋要付对局费，便烟钱、酒钱都有了，偶尔下顿馆子，孩子上学的零花钱，都在这对局费里了。老婆渐渐发现了他的"彩盘"，晚上趁他睡了，便去他兜里摸出来，一文不留地全都收走。钱一入女人的手，老庚就甭想再扣出一个子儿来。也难怪，孩子上学，家里头油盐酱醋，水费电费，物业管理，连倒垃圾都得钱。看看女人穿的，平日里舍不得添件像样的衣裳。衣柜里的，全都是些瘦了的、短了的、小了的陈旧衣裳。一分钱都能攥出汗来，老婆过的，是紧紧巴巴的累日子。看看人家那些有钱的，当官的，出门坐小车的，老庚心里头便有些惭愧，没人家活得好。单位里，闲了，同事都在谈论股票，买房子，买轿车，谈名牌衣服，谈论孩子花钱上学，"贵族"班可以直升高中，如今上高中得多少钱，上大学多少钱……老庚就常躲去一旁，心里头感到有些惭愧。老了，一辈子了，自己就活成了这个样子！但有时看看街上的那些要饭的，掌鞋的，卖烧地瓜的……也都一样地在活着。活得好的，活过来了；活得孬的，也活过来了。平日里那些骑摩托的，坐小轿车的，乘飞机的，也就是活那么几十岁，他用两条腿走路，也一样地活几十岁，谁也没比谁快上一步。

老庚被棋社聘去当过一阵棋师，大礼拜，去给孩子们教教棋，摆摆简单的死活定式，一月八百块线。对老庚来说，也算是日子里的一种添补。棋社的老板，原是有工作的，后来买断了工龄，开了一家个体旅馆。因喜欢围棋，就在旅馆里开了一间棋社。说起来，也算是老庚的学生，早年曾经跟他学过一阵棋。舌头与牙，总是要有些磕碰的。日子一长，老庚就觉得这钱给的不算多，棋社老板说的话，也有些对他不大够尊重。老庚心里不舒服，就想你这棋社，还不是靠我在这里支撑着，凭你那臭棋，连定式还弄不明白呢！便辞了，自己租了间房子，也开了一间棋社。

自己做了老板，才知道做老板的难处。万事开头难，要做广告，还得办证，月月都要交税，交管理费，头一个月，房租钱都没挣出来。白天，他还得去上班，弄得有些焦头烂额。

老庚挺了一阵，就退了房子，把棋社撤了，孩子也都去了别家，只留下了的几个，周六周日，到家里来教。

四

老庚一辈子一共下过多少盘棋，连他自己也记不清，就像是他这辈子一共说过了多少句话、做过多少件事一样。只两盘棋，却叫他铭心刻骨。

老庚有一副围棋，是打祖上传下来的。晶莹剔透的玛瑙棋盒，盛着清清亮亮的玉棋子，两面起鼓，一样大小。映在灯光下，黑子莹润，白得透明。棋子捏在手里，极是养手，叫老庚喜欢得不行。旗镇的文体局长，复姓闻人，也是一个棋迷，棋力比老庚差着一截，大约是要饶上二三子的样子。因老庚是高手，闻人局长便时常打电话来，约老庚去他那下棋。往往棋子摆不上半盘，老庚就已赢了。局长说再来，老庚让他一先，棋下到一半，局长的脸子就有些难看。到第三盘，老庚心想，让一盘吧。再赢，怕局长的面子过不去，毕竟人家是局长。输棋，也是一件极难的事。棋要输，还要输得自然，输的感觉是在似让非让之间，这叫老庚棋输得可真不容易。一盘棋下完，闻人局长才缓了脸，开始有说有笑，还与老庚从头到尾复了一把盘，老庚觉得棋下得很累。

此后再下棋，两人就有输有赢。老庚即使赢棋，也不会赢得太多，一路计算下来，最后总是差在一、二目之间。有时棋下得晚了，闻人局长就叫了老庚一块去饭店。几杯酒下肚，老庚的话便有些多起来，说他祖上当年如何大战日本浪人，人说起了他家那副祖传的玉棋子。闻人局长听了，便记在心里。再下棋的时候，忽然向老庚提起了那副玉棋子，说他这一辈子，就喜欢这种有文化韵味的古董。老庚一惊，知道是自己卖弄走了嘴，恨不得自己打两个嘴巴子，但心里实在舍不得，便胡乱打差应付过去。后来闻人局长又提过几次，叫老庚感到有些闹心，心里头火苗便直往上蹿，喝上二三两酒，嘴里骂骂咧咧的。老婆听了，露出一种不以为然的样子，说别人想送礼都送不上，一副破棋算啥，又不能当吃当喝，他想要就送给他呗！你不是要评副高吗？让他帮你弄个指标，能长几级工资才是正事！

老庚思来想去，这顶头的官，咋得罪得起？自己的命运，都在人家的手心里攥着，有啥办法？虽有些不舍，还是把那副棋，放进提兜里送了去。

局长说，到你这种年龄，要想提起来，可能有些难度，看看将来能不能提个副馆长。老庚说，自己不想当啥官，只是想把副高职称评上。局长满口答应，说明年人事局拨下指标，有一个，也让你先评。老同志吗，还是应该有所照顾。

老庚就一直盼着，盼得雪消了，又盼到树上拱出了绿芽儿。终于又开始评职称了，老庚想这一回，若能评上高级职称，也算是没白活这一辈子。老庚去人事局打听，说图书馆给了一个副高指标。老庚去问馆长，馆长说这个指标，是经局长办公会研究决定，她已经填完报上去了。老庚急了，风风火火地冲进局长办公室。闻人局长似乎不记得了，说是有这回事吗？我咋就没记着呢？要不这样，等明年吧，反正今年也已经评完了。老庚在肚子里把局长的祖宗十八代都骂遍了，想自己是叫这流氓耍了。这么大的个局长，说出的话，自个还能再吞回去？老庚越想越气，怪不得人私下里传"四个一样"，说领导说话跟放屁一样，一点不假！自己职称没有评成，还白搭上了两盒家传的玉棋子。老庚又是心疼，又是窝火，恨得牙痒痒的，就想，再下棋，狠狠地报复他一回，出一口恶气再说。豁出去了，过后他爱咋报复就咋报复吧，要杀要剐随他！

　　旗镇举行一年一度的围棋大赛，棋手们经过三日的激战，终于尘埃落定，决出了本年度大赛的冠、亚军。作为本届的大赛冠军庚先生，还要与棋协的名誉会长闻人局长，进行一盘友谊比赛。一百多名棋手观战，远处挂上了大棋盘，对棋局进行现场讲解。老庚和局长对坐下，周围众多的观众，叫他俩感到与往日弈棋的不同。猜棋后，局长执黑，老庚执白。局长"叭"一子拍到对面左侧的星位上，同周围之人谈笑自若，一副不把老庚放在眼里的样子。不知哪位还给他找来了一把扇子，倒真像是一位文人雅士。两人布局都落子飞快，不知下过多少回了，熟悉得很，十余子过去，老庚的棋一变，叫文体局长心里一惊，思考良久，方下了一步。老庚一改往日的棋风，一下变得古怪刁钻，阴损狡诈，一步不让，连用骗着，下无理手，接连蚕食了局长的两小块棋，局长的棋败势已定。下着下着，见局长脸色越来越难看，扇子也早忘了摇动，几次拿眼愤怒地去针老庚，老庚只作不知，心里头却畅快至极，想这一回定让他出个大丑，以后爱咋报复咋去报复。他故意做出一副不屑一顾的神态，从兜里摸出一把扇子，得意洋洋地摇着。他要来一个猫玩老鼠，不仅先要用小刀子，一块块地剜下他的肌肉，最后再屠掉他的大龙，让他输得惨不忍睹！远处的讲棋，引起一阵阵笑声，叫那局长的一张脸，一阵阵变得煞白。眼见这棋早已赢定，老庚心中得意，痛打落水狗，把他的大龙再屠掉，就摸起一子，"叭"地将对方从东到西的一条大龙，一断为二。他看到对方似是一震，手中的扇子几乎掉到地上，脸上的肌肉一阵抽动，右手中捏着的一个子，抖抖索索，一直没有落下来。老庚的扇子，越发摇出一种得意。又下出十几子，老庚欲将对手的两条大龙全部吃掉，走出一步强手，过于无理。闻人局长忽然走出了一着手筋，老庚只好连续用强，反把自己弄进险境，一小块棋筋被闻人局长吃掉，不仅使对方的两条大龙连成一片，反将老庚的一片白棋，弄成做不出两只眼的难堪绝境……老庚的脸，一下子变得煞白。

闻人局长在一大堆的恭维话中，洋洋得意地上了轿车。老庚只涨红着一张脸，只难堪地尴尬在那里。有一两人过来安慰说，和局长下棋，哪能当真去下？

老庚的这一盘棋，后来成了大家说笑的话柄。

旗镇举办口岸百年的"鳌头"杯棋王大赛，由"鳌头"木业有限责任公司赞助。大赛分为儿童组和成年组，冠军奖金十万重奖。这冠军，其实是为老庚和他的弟子专设的。

老庚的围棋弟子中，最小的一个，叫赵天元，只有七岁。赵天元的父亲，便是"鳌头"木业有限责任公司的董事长兼总经理。儿子在老庚门下学棋，两年三年，一般的成人棋手，也似乎不是对手了。旗镇一年一度的围棋大赛，竟杀进了前十六。老庚感叹地说，可惜没有少年大赛，以天元现在的棋力，准能拿冠军，说不定就一举成名。总经理心一动，正好赶上旗镇百年庆祝，鳌头木业有限公司便出资四十万元，由市围棋协会出面主办，首届旗镇"鳌头"杯棋王大赛正式拉开帷幕。根据赞助商的意见，大赛设儿童组和成年组，儿童组年龄限在八岁以下。由于资金充足，大赛组委会还向周邻地市围棋协会发出了邀请，省围棋协会主席也将率队前来祝贺，还有多家报纸、电视台应邀前来采访，奖金之厚，规模之大，这在旗镇围棋赛事中前所未有。

大赛的地点，设在旗镇的旋转餐厅。这是一家隶属于鳌头木业公司的大型商场，二十二层大楼，矗立在旗镇商业中心的至高点上。楼顶耸起一片圆盖，恰如一枚乳白色的围棋子，昼夜不停地在缓慢地旋转着。人坐在餐厅里，一边吃喝，一边可以居高临下地欣赏遍旗镇的风景。老庚站在布置完的会场里，望着楼下，街上行人如蚁呀——

开赛的前一天，客人们全都到了。市围棋协会举办欢迎晚宴，因省围棋协会主席前来参加开幕式，旗镇的主管领导也出席了晚宴，并在宴会上致了欢迎辞。首先他代表市委市政府，对省围棋协会主席一行，对邻市围棋协会的客人前来，表示了热烈欢迎，还对赵董事长出资赞助旗镇的文体事业，进行了高度的赞扬，堪称企业家的楷模。酒过三巡,赵董事长端着杯,前来向儿子的老师敬酒,旁若无人地同老庚碰杯,说此次冠军非老庚和他的儿子莫属,师徒将双夺冠军!这叫老庚有几分得意,又有一些不好意思。幸好大家都喝得头晕脑胀,糊里糊涂也就遮过去了。

　　老庚的酒,喝得就有些多了。十万元奖金,他这一辈子,也没挣过那么多。什么样的棋赛他没见过,大大小小的冠军奖状挂了一屋,奖金从没一次超过千元。十万块钱呀!该做啥用呢?儿子上大学要用钱,女人多少年就想买一件貂皮大衣。要不就拿去炒股,听说买了就挣,馆长已经挣五十万了……

　　听说老庚是围棋世家,又是旗镇的围棋界元老,省棋协的领导,邻市棋协客人都来敬酒,市领导也同他碰了杯。一杯又一杯,他也不知道有多少杯倒进了肚子里。尽管他知道这杯碰过也就碰过了,酒喝过也就喝过了,当领导的过后还要去当他的领导,他照样还得去当他的馆员,但是他毕竟是被人尊敬过一回,人家敬的酒怎能不喝呢?

　　他不知道酒宴是啥时候结束的,也不知道自己是怎样回的家……

　　翌日棋赛,老庚是被人搀着进的赛场。那棋,已经下得不叫棋了!

五

　　老庚后来,极少到外面去下棋了。

　　女人给他买了一台电脑,又上了宽带,老庚就在电脑上下棋。周末吃过晚饭,女人独自去睡了,他便泡上一壶茶,坐在电脑前,一宿能连升好几段。其实,输与赢对他来说,已经不是很重要了。

　　家里仍旧教几个学生,算作一份对围棋的热爱,也是为了生计。这一辈子,除了下棋,他还能干什么呢?

　　有时,吸着一支烟,他独一个人面对着棋盘,恍惚中便觉得眼前广大起来,虚无中渐渐现出了道……

　　老庚极是感慨,想这围棋真是奥妙,布局犹如初始儿童,选择怎样的定式,是有关未来优劣的基础;待到棋将至半盘,乃如青少年时期,正是龙跃于野,取地、取势,重要的是要把棋下厚;直到中盘搏杀,如中、壮之年,靠力量,有时还要靠耐性,坚忍等待,甚至是于夹缝里求活,拼命地出头,坚忍不拔,像根柔韧的藤。还要小心、谨慎,一着不慎,满盘皆输。还有打不尽的天下劫,又有征子之险。东边血战,要靠遥远的西方来定生死。但有时南边征战失利了,需暂避锋芒,转战北边再重分胜负。待得从各种险境中脱出,已经全盘定型,人至老年。其实能走到后盘,也不易。有半盘崩溃者,也有失势过大,无可挽回者,更有因贪小利而吃大亏者,亦有只知己,而不知人遭了暗算者。大局已定,终于进入了收官阶段,有如夕阳暮年。一路征战不易,晚年失蹄令人可惜。平平稳稳把官子收好,在一目半目之间,赢下这一盘棋,实在是难矣!

一盘棋下完,还要复盘,重新摆过,再回头看看一生走过的路。每一子,每一步,哪地方出过错,在哪里失误过,曾经深远思考过的一步步,竟会变得那么幼稚可笑。人在下棋,道在说话。黑子白子,一个世界哎,是释透了人生的!忽然就悲从中来,觉得喉咙哽咽。有一滴泪,溅到了棋盘上。

六

退休的日子,老庚准备写一本关于围棋的书。

老庚买了很多关于围棋的书,丰富了很多材料,便开始动笔。从黄帝发明围棋,为儿子丹珠治愚,到棋中道家的宇宙阴阳之变,从初棋的定式到中盘搏杀,从放胜负三手到后盘的定型收官,再从局部的得失,到大局观察,一招一式里,蕴涵了许多人生的哲理在里头。又请本地作家春秋作的序,春秋先生在序中说,这部书写的极有文化,传统味道浓,有历史的厚重感,有根,值得一读。书中提到了古代的"烂柯图""呕血谱",提到了棋圣黄龙子与徐星友的"血泪篇",都是千古不朽的名局,值得后人反复揣摩和学习。老庚自己写的后记,有血有泪的，极有感情。最后把老婆孩子，也尽写到了里面，生活得很不容易。旗镇的围棋历史，也写到了里面，并把老庚祖上，在人头红楼同日本棋士拼死一战的那篇家传棋谱，也庄重地印到了书的封底上，留待于后人鉴赏。书的封二，印着他去省里参加围棋大会时，同省围棋协会主席、省棋协名手的一些合影；封三一页，印着棋经十三篇，满篇的经典之论：

"夫万物之数，从一而起。局之路，三百六十有一。一者，生数之主，据其极而运四方也。三百六十，以象周天之数。分而为四，以象四时。隅各九十路，以象其日。外周七二路，以象其候。枯棋三百六十，白黑相半，以法阴阳。局之线道，谓之枰。线道之间，谓之罫。局方而静，棋圆而动。自古及今，弈者无同局。《传》曰：'日日新。'故宜用意深而存虑精，以求其胜负之由，则至其所未至矣⋯⋯"

老庚是围棋元老，又是棋协顾问，便由围棋协会出面，拉了一些赞助，终于把书印了出来。

不知道瞅过了多少遍，临睡前，还要塞到枕头底下。

深夜里醒来，亮开灯，要把书再拿出来。瞅着，眼窝里，竟有泪水淌了下来。一辈子几十年的光景，人生应有的得意，都叫这小小的棋子给磨尽了。可这人，又为啥非要来这世上一趟呢？

旗镇的月亮

一

　　小球子闯旗镇，已经有三个多月了。那个眼睛里曾经闪烁着跃跃欲试神情的小伙子，现在已经面容憔悴。他暗自攥紧着拳头，低低地唱起了那首《男儿当自强》。不远处楼底的阴影里，半躺着一个傻子，衣衫褴褛，灰黑着一张只能看到两只眼白的脸在所。

　　闯旗镇的小球子，自己给自己过了他的第十六个生日。在蛋糕店里，他花光了兜里仅有的一点钱，买了一个很小的蛋糕，带着一小包精细的蜡烛。他把这些彩色的蜡烛，一根根地插在了蛋糕上，一共插了十六根，再一根一根地点，燃起一圈圈烁动的光晕。他没有去吹，就让那十六朵小小的火苗，一直颤颤地燃。

　　他在默许着一个个愿望：希望姐姐能嫁一个好人家，愿爹的病能早日痊愈，自己能早日找到一份活……

　　在最后的那根蜡烛将要燃尽的一瞬间，他的眼泪掉了下来。

　　深邃博大的夜空中，星星尘埃般的微亮着。远处传来几声火车的长鸣，震荡着，经久不息。有列车到站了，又该有一些远方的人，来到了这陌生的旗镇。

他端着蛋糕，走到墙角的傻子前："请你吃块蛋糕吧，今天是我十六岁的生日——"

二

想家的时候，小球子的眼睛里就会出现一条江。汪洋的水中，总是有船飘在上面。有一条铁桥，火车常隆隆地驶过。好长好宽的一条江，把他和家，隔去了一千多里。重山重水，遥远得叫他感到有些渺茫。夜里头，还分明是在家里呢！

那会儿，屯里人觉前饭后，说的都是旗镇；电视里，也老是在播开放的旗镇，林立的高楼，满街的老毛子大包小裹，哈腰就能拾到钱呢！叫小球子看得心直痒痒。爹病得厉害，家里没上医院的钱！姐姐哭着，要嫁给一个家里能拿出钱给爹治病的傻子。小球子觉得自己已经长大了，暗暗下定决心，去闯开放的旗镇。他给家里留了一封信，就坐上了汽车，再坐火车，驶过了那条江。爹说过，过江没有回头的好汉哎！

白日走，夜里也走，车窗外，正漂泊着一弯儿月牙。忽儿有条发亮的河，忽儿是黑黢黢的山，不时地还有从前方飞来又迅速地向后飞去的灯光。火车有时在穿越城镇时稍微歇一会儿，但很快又继续开动了。就这样一路披星戴月地向前疾驶着，一直到把黑夜走得发蓝，再渐渐地发白。小球子打车座底下爬出来，拉开挡在车窗上的布帘，窗外闪动着的，就是旗镇楼房鳞次栉比的市区了。

初到旗镇，是一种兴奋。满大街的，都是老毛子提着大包在走。小球子瞧过好几个，都是黄头发蓝眼珠，深着眼窝，高挺着鼻子，鼻头竟还有红的。这老毛子，和中国人长得就是不一样，说话"嘀哩嘟噜"的，他一句也听不懂。

他沿街转了好几个大商场，有的还有电梯，坐着上上下下，也没人要钱。新鲜了大半日，他感到有些累了，肚子也咕咕地叫起来，饿了。他这才想到，眼下最要紧的，是赶紧先找到一份活儿。

一条条的大街上，流浪着川流不息的人。到处都是贴满信息的广告板，墙上、电线杆、商店门口、大树上，抬眼就是租房、招工的广告。小球子走进一家招服务员的商店，但很快就走出来；又走进一家服装店，不一会就又垂头丧气地走了出来。几乎凡招服务员的商店，都要求会说俄语。旗镇的店，都是对毛子开的。连句老毛子话都不会说，商店里的货卖给谁？一有老毛子走进来，柜台里的服务员就一齐冲着来人，嘀哩咕噜不停地喊。这场景，叫小球子感到自己立马就矮去了半截。

几天转下来，叫小球子感到快要绝望了。一家家商场大都走过，才明后，钱是要用钱去挣的，或者是要有挣钱的能力，可小球子却是一无所有。

小球子终于找到了一个活，去跟老毛子做"帮帮干"。旗镇的大街两旁，到处都有"帮帮干"。有老毛子的地方，就少不了"帮帮干"。介绍商店商品呀，拎包呀，看包呀，拉货呀，"帮帮干"是少不了的。一个个提着大包，跟在老毛子的后边。毛子走到哪，"帮帮干"就跟到哪。几乎所有的"帮帮干"，都是像他一样的外来人，每天都要去火车站或公共汽车站，去接打国外来的老毛子"倒爷"。他们天天藤一样地缠在那些毛子身上，寸步不离，帮着找旅店、买货、拎包，还要把这些货物运到发包公司办理货运。一天到晚忙下来，便能挣上个一百、二百的。若是介绍过货，待毛子倒爷一走，"帮帮干"便要再回到买过东西的商店，货主还有一份丰厚的回扣，赶上一回，挣几千块哩！一月下来，有的"帮帮干"，挣上万不止。

头回去做"帮帮干"，小球子去的是火车站。混在一群男男女女的"帮帮干"里，候着那趟将要进站的毛子列车。小球子虽然长得小，却是浑身的力气，再大的包也拎得动。

车站里还空着，只有一两个火车头粗重地喘息着，在前前后后倒着小山般装满圆木的车皮。

旗镇的"帮帮干"，都是一群衣衫不整外来人。这里的女人都不像是女人，顾不上打扮，脸和手皮都皱着，粗粗糙糙。老毛子出站的时候，也都同男人一样蜂拥向前，挤呀撞呀，去提去扛那几十斤重的大包，风风火火地走。到了吃饭时候，"帮帮干"们便要在外面瘪着肚子看着那些大包，他们是绝不能同毛子一块进饭店的。"帮帮干"们苦挨苦拼地干上两三年，有了些本钱的时候，女人便要去宾馆、旅店租一室小屋，开一间按摩、美容院，也是做毛子的生意。到旗镇来的女毛子，穿梭般地忙活一天，晚上歇了，才想起自己是个女人，便趿拉着拖鞋，去按摩美容院里往按摩床上一躺，乏呀累呀就都上来了。待化妆品往脸上一抹，有手开始在两肩、头顶、背上捶呀捏的，倦意很快就上来了，全身一放松，不多会儿就满嘴酒味地打起呼噜。到底是人高马大，呼噜也打得惊天动地响，按哪摩哪，就全不知道了。这活，不比帮帮干挣得少，又不咋累。

一声尖厉的火车长鸣，仿佛要把空气都震碎了。"帮帮干"们顿时精神起来，机警着眼神，一大群呼啦啦地跑向出站口。其实国际列车才刚刚进站，人出站还得等上一阵，还要进关出关，护照啊，货物啊，都要挨个地验证、检查，慢得很。

一阵"突突突"的爆响，一辆红摩托驶了过来，停在一边也不熄火，仍是"突突突"地响着。一个戴红头盔的人走过来，好几个"帮帮干"都讨好地叫着"李哥"，闪开道，把红头盔让到前面。小球子听说过，"红头盔"是这些帮帮干们的榜样。干了两年帮帮干，发了，买了一辆大摩托，带着老毛子满城跑。小球子望着那"突突"响着的大摩托，眼神里满是羡慕。

有老毛子开始零星地打车站里走出来，"帮帮干"们就有些乱了，呼啦一下围上去，边走边"嘟噜"地说着追。

小球子抢到一个年轻的女毛子跟前，却不会说那"嘀哩嘟噜"的老毛子话，急得直比画，伸手去拎她那手里的大包。女毛子却不松手，只是用一双笑盈盈的眼睛瞅着他。小球子额上都急出了汗，抬起头，乞求般地望着她，蓦地看到了一张微笑漂亮的脸。一片金黄的秀发下，掩映着一双他从来没有看见过的好看的蓝眼睛，在那一瞬间，他竟看得有些痴了。突然后边挨了一脚，他猛地一个趔趄，撞到身旁一个人身上，接着又撞着了另一个人。待他愤怒地转回身来，却见"红头盔"正帮那女毛子拎着大包，冲着他骂道："小兔崽子，哪来的野种，连老子的毛子也敢抢！"

小球子有些敢怒不敢言，只是愤愤地瞅着。

"红头盔"骂骂咧咧了几句，便让那女毛子坐到摩托车上，一溜烟"突突突"地骑走了。小球子就那么望着，女毛子在临上车前，还朝他望了一眼，那眼神里有一种温柔的怜悯。这一眼叫他铭记一生，一次又一次地反复回味。在那一瞬间，小球子心里涌满了感激，他只是怅怅地望着那摩托车远去的背影，直到那一缕尾气飘逝殆尽，他仍是在怔怔地望着。

身边一个穿蓝褂子的"帮帮干"走过来说："小兄弟，你惹不起红头盔，算了吧。他有钱，又有势，和警察、工商、城管的人都是哥们，去和他抢毛子，只有你吃亏的份，他都能整死你！"

小球子仍旧那么站着，似是啥也没听见。挨的那一脚，倒是不怎么疼了，可那个漂亮女毛子最后充满怜悯的一眼，叫他怎么也忘不掉。

他终于又看到了一个孤独的老毛子，是一个上了年纪的肥胖女人，巨人似的，足足有二百多斤。她脚下放着一只大提包，正孤独不安地站在路边，左顾右盼，似是在寻着什么人。

车站的人，已经很少了。小球子走过去，问她需要帮着拎包吗，胖毛子耸耸肩，摇摇头，似是听不大懂。小球子弯下腰，去帮她拎包，手刚抓着那包，却被她使劲地一把夺下，放到另一边，厉声地嘟嘟了一串俄语，露出满脸愤怒的样子，并冲他挥了挥拳头，显然是把他当成了小偷。眼瞅着是该成的买卖，就是说不明白，小球子急得满脸是汗。

那边走过来一个"帮帮干"，对着她"嘀哩嘟噜"地说了几句，胖毛子女人便缓了脸，也"嘀哩嘟噜"地说了几句，"帮帮干"便拎起她地上的大包领着走了。

小球子站在那里，恨得眼泪都淌下来了。

揽不到活，肚子又不争气，开始"咕咕"乱叫，饿得直发虚。小球子进了几个"小吃"，又都低着头走了出来，旗镇所有的饭店，一律往死里头贵，一碗汤都卖人血的价。最后只好去了市场，买了一袋还冒着热气的馒头。一块钱仨,也是吃不起的,吃两个,便舍不得再吃,把最后的一个拿塑料袋包了,揣进腰里。虽刚刚吃个半饱,挺过一阵就不饿了。

他使劲地攥着拳头,咬着牙发狠,一定要学会这"嘀哩嘟噜"的老毛子话。他在大街一旁的地摊上,掏出皱皱巴巴的一块钱,买了本巴掌大的"欠欠手册"。他知道那些和他差不多的"帮帮干",都是从这小册子上学的。别看一张嘴"嘀哩嘟噜",其实也懂不了多少,也就是眼眸前的百八十句常用语,比真翻译差远了。虽然说得不标准,但常来的老毛子,也能凑合着听得懂。"欠欠"手册上的俄语,都是用汉字标着音,照着背就是。"呀"是我,"得"是你,"嘎了你大师"是铅笔……

小球子想,就这么薄薄的一小本,不信就背不烂它!

冥冥中发生的一件事,似是有意无意间的一次偶然,却是小球子后来一生都无法说清楚的。那天小球子走在街上,正反反复复地叨叨着那些"嘀哩嘟噜"咬不动嚼不烂的老毛子话,突然一下子咬了舌头,正抱着下巴疼得龇牙咧嘴,忽然身后边就哄起一阵大乱。

有人便远远地骂起来,接着身后响起一个毛子女人挣命的呼喊。突然深后也有不少人跳骂起来。小球子回过头,见东倒西歪的人群中,一个人猴子状,灵巧地躲闪着,一路碰撞着行人,手里还抓着一个红皮包,挣命地朝前窜逃。后边有一个披头散发的女毛子,疯狂地哭喊着,在后面紧追。

是抢劫的!

这种事,在旗镇的大街上经常发生。这些人都成帮成伙,叫"吃毛子团"。旗镇的"吃毛子团"有两种:一种叫"卷钱的",这伙人,大都转悠在商场里,混在黑市"炒汇"的人里,玩的是手指头上的功夫,三下两下,就把人手里的美元弄了去。这样的多是两人一伙,一个下手,一个在旁边打马虎眼;另一帮,便是"抢包的"。几个人合伙,专拣生眼的女毛子下手。老早就盯上,一路跟着,选好了下手的地方,走近身边挨挨蹭蹭,蓦地抢了包就跑。被抢的毛子,无论如何是追不上的,前面有同伙故意地一横一挡,抢包的早已经跑得远了，几个胡同一钻，就没人影儿。被抢了的老毛子，只有坐在地下，鼻涕一把泪一把伤心痛哭的份儿。小球子打心里头恨这些家伙，专门欺负毛子女人。老毛子女人就不是人了吗？

眼看着在后面追的女毛子，一副疯了般的样子，断定那被抢的包里，一定是她的命根子。小球子忽然觉得有些可怜，恍惚间又好像有一点面熟，来不及细想，那抢包的已窜到了他眼前，小球子突然往那人身前一蹲，抢包的蓦地一惊，来不及躲闪，又停不住脚，本能地猛然一收，一个跟头折了过去，鼻青脸肿地摔在人行道上。那女毛子转瞬间已追到了近前，抢包的爬起来，顾不得回头去寻绊倒他的人，半瘸着一条腿，挣命似的撞开人群朝前窜去。在"抢包的"由后朝前摔过去的那一刹那，小球子手一伸，将那个包一把夺了下来。那个女毛子也已哭喊着追到近前，他拦了一下，顺手把包塞进了她手里。

仿佛是从天上掉下来的，女毛子突然止住了哭声，惊喜欲狂地一下抓住了那个红皮包，迅速地拉开，看见里面的护照和美元都还安然无恙地放在里边，竟一时激动万分。待她想起去寻找那个把包塞到她手里的小伙子时，小球子却已经踪影不见。

她四顾地大声喊着，顺着人行道急切地找着。

街上已经恢复了往常的平静，依旧是行走着的人群，似乎是什么事也从来没有发生过一样。河床一样的大街上，涌动着车流人流，一如既往，人们都陌生地在擦身而过。

彼此都是匆匆的过客，再没有人对已经发生过的事情感兴趣。南来的北往的，他们都是在穿过有风的日子，走着想各自要去的地方。

三

小球子在把包塞给女毛子的那一刻，蓦地惊出了一身冷汗。他趁着那女毛子看包的时候，一下蹲到了墙边，装作系鞋带的样子，然后转身闪进了路边的一个商场里。

"抢包的"都是一伙伙的，若是惹上了，就会被他们整死，还要背上个"卖国贼"的名声。所有的"吃毛子团"都不会放过，便是逃上天，也一定把你揪出来，叫作杀一儆百！

小球子其实有些后悔了，他知道那抢包的一伙，现在正恨得牙根咬得酸酸的在满大街找他。他不知道自己被人看清楚没有，一连几日都不敢在大街上露面。人总得活呀，没挣着钱，反而惹下一身的祸，没办法，只要躲进了路边的劳务市场。

劳务市场的一伙，是旗镇的另一大群人。他们有男有女，整日衣衫褴褛地守着一条大街，等活抢活，站一大片，被称为是"马路牙子"。活不是常有，需耐下性子等。人都在懒懒地闲着，有风吹来，也有日头毒毒地晒，一张张脸都木木地没有表情。小球子坐在一块石头上，嘴里叨咕着那些"嘀哩嘟噜"的老毛子话，还不时地掏出小本子瞧上一眼。

这几天，白天夜里，甚至连做梦都叨叨得魔怔了般。有时觉得记住了，睡一宿觉，一睁开眼又都忘个精光，他恨得嘴唇都快咬漏了。有时候看见了毛子，就想上前试试，可心里头又突突，一张嘴，刚记住的几句话，像忽然都被大风吹跑了般，一句也不剩。才知道，这毛子话，不是那么容易学的。他恨自己，有时候恨得揪扯自己的头发，打自己的头。人脖子上长的都是脑袋，可自己长的咋就这么无用！

小球子这些天，尽饱一顿饥一顿的，好不容易找到一回活，也就刚够填几天嘴。连间房子也租不起，只能是逮哪睡哪，工地的工棚子、火车站候车室、墙边楼角也躺一宿。但人毕竟不是虫子，日子一久，腰腿就有些潮湿得酸麻，得去找个小旅店，热热乎乎地烙一宿。往死里头睡，都不想再爬起来了。这时候，还能喝上碗香喷喷的小米粥，有泪珠子朝粥碗里滚。个体的小旅店，饭是不要钱的，为的是揽些生意，留住回头客。小球子才十六岁，整个的一个大孩子，夜里头觉得委屈，也想家，痛哭过好几回。

夜里，小球子也常挥着拳头，唱着他那首唱过几十遍不止的《男儿当自强》，常一个人唱得泪流满面：

……

让海天为我聚能量

去开天辟地为我理想去闯

我是男儿当自强……

有时候便想逃出旗镇，回家吧！屯子虽小，却暖。想起家的时候，不知为什么总是先想到娘，然后再想到姐姐和爹，想到交不上学费可怜巴巴的弟弟和妹妹。

到了早晨，那些念头又被灿烂的阳光融化殆尽，充满期望的日子再次开始，世界又重新开始广阔起来。

劳务市场一大片人，坐在路边东倒西歪，也有站在风里的，木木地一张脸。有蹲着的在下"五道"，拿石头水泥地上划了棋盘，草棍石头各一方，杀得昏天黑地。偶尔也有说闲话的，听那口音，南腔北调，也都是些外来人，只是小球子没遇上一个老乡。

劳务市场也分着片，有技术活的是一边：刷墙的、擦窗户的、通下水道的、安装水暖的、装修的，还有木匠、瓦匠。这一次，脚底下都放着工具，以表明身份；另外的一伙，却是两手空空，也有拎着把铁锹的，都是站那等待卖力气的汉子。一个个都眼巴巴的，吹来吹去忽东忽西的风，卷起些尘埃，他们就或站或蹲在这些飞扬的尘埃里候着。

待有辆车开过来，立刻像炸了群的蜂子般乱拥上前去。雇工的人站在半截子车上，扯破嗓子喊，没人听，只是在往前挤，挣命地朝车上爬。还有没上去的，上一半的，有的还吊着半截身子，车就开了。有人被半拖着，十多米远才掉下来。小球子眼瞅着爬上去了，冷不丁头上挨了一脚，还没看清踹他的是哪个，就四仰八叉地摔下去，整个人磕到了街旁的路牙子上，伤了腿，一连瘸了好几天，动不得力。

小球子在旗镇，再也无法闯下去了。他不能饿死，只能是把所有恶毒的诅咒都留给这座叫作旗镇的城市，而他自己，将永远逃离这个叫他一辈子都刻骨铭心的鬼地方。瘸着一条腿抢不上活，眼睁睁看着活一回回地被人抢走，就恨死自个了。那本薄薄的"欠欠手册"，他反反复复地烂背了一遍遍，人总得要活下去，填饱肚子，再有个睡的地方。这个千刀万剐的旗镇，连厕所都得有钱才能进，总不能老憋在肚子里？到处都有人冲着墙小便，嘴里儿歌似的不住地叨叨："只要不抬头，处处是茅楼。"人南来北往着，没理会的，各有各自忙不完的事。转轮般快得看不清影儿的日子，忙得叫人停不下脚。

　　小球子走在大街上，腿脚还不时地跛一下。匆匆的行人比穿梭的车辆更急，到处都是急急迈动的腿，沿街的商店，一间间都齐向大街敞开，敞向国外购物的倒爷们。总得找份活，小球子拐进了一家小商场，看到门上贴着一张招聘服务员的红纸。小球子已经这样进出了好几家，他的毛子话竟一次比一次说得流利，甚至拿刚学会的几句黑话，把个小服务员说得满脸通红。他有了些信心，一家商场的经理，还同意他第二天再来试试，只是因为他不是个女的，眼睛里似存有几分遗憾。

　　走到火车站了。每天旗镇开往俄罗斯的列车，这时候快该入关检票了。候车室门口，很多的俄罗斯"倒爷"，都提着大包小裹，在不断地往里面挤走。大宗的货物，都在发包公司从公路上发走了，每人随身都还携几个大包。这样的大包，免税。所有的倒爷都往死里头拎，来回地走一趟，隔着国界哩！拎的包又大又多，常要雇人帮着朝里面拎送。小球子想，说不定碰上一宗活，挣个三块两块也好，索性就进去看看。

　　他费力气地挤进去，候车室里堆满了包，想找块插脚的空隙都难。满屋人熙熙攘攘，有的已经排起了队。检票还没开始，入关检查很麻烦，检票、查验护照、检查货物，还要验查检疫证明。不过这些都和小球子无关，他不会出国，也从未想过出国，他只是四处撒么着，希望能够找到一份活计。像他这种"帮帮干"身份的人，远东的洋倒爷们，一眼就能辨得出来"帮帮干——"他忽然听到身后有个俄罗斯女人，在用生硬的中国话招呼着。他急忙四处去寻，忽然后背被拍了一下。他转过身，立刻看到一张俄罗斯姑娘的脸，他蓦地心头一震，正是那张他所熟悉的脸，一头漂亮的金发下，那一双叫他无法忘掉的蓝眼睛——在她脚底，堆放着四个鼓胀得满满印着红白杠杠的编织袋。

　　"帮我——"她正用半生不熟的中国话说着，蓦地停住，惊喜地望着小球子惊呆的脸，急切地吐出了一长串俄语。小球子有些听懂了，是问他那天抢包的事。小球子忙激动地点着头，又飞快地做了个下蹲夺包又塞到她手里的动作，嘴里竟不知怎么也说出了一句"苏姆嘎"。"苏姆嘎"是书包的意思。金发女子懂了，惊喜交集，一下子把他抱住，一边反反复复地说着小球子无论如何也听不大懂的俄语，一边疯狂地去亲他的脖子和脸……

前边的人群已经涌动，开始验照过关，没有人去在意他们这样的两个人。

小球子一时懵了。金发女子激动狂热的亲吻，叫小球子几乎要晕过去；那饱满丰硕的乳房，紧紧地挤压、摩挲着他的心，仿佛是一团"轰"然而起的熊熊大火，一瞬间把他完全烧化了。他突然变得酸软无力，一种异样原始的冲动感觉，须臾间不可抑制地传遍全身……

所有的人都入关了，小球子仍在那发呆地站着，隔着已经空了的检票口，还在痴望。仿佛那空无一人的走廊里，那个金发女子仍然在朝着他挥手。

蓦地，他发疯般地冲出了候车室，沿着车站门前的大街，拼命地朝南跑。沿街的人都惊讶地望着，不知道这小伙子有啥事急成这样。小球子的心里正烧着一团火，胸膛里的一颗心，打喉咙里都快要跳出来。

小球子一口气跑出了车站，跑出了市区，一直跑上了站南头的那座小山顶上。他站在山风里，胸膛急剧地起伏喘息着，急切地望着山下那一片闪烁着阳光的铁轨，有一列长长的国际列车正从车站开来，然后加快了速度，向东、向着辽阔的远东风驰电掣地驶去。

夜里，他闭着眼，一遍又一遍地回味着白天的事，那柔软富有弹性的乳房，那被热烈地亲吻……

小球子失眠了。

十六岁的小伙子，第一次被年轻的姑娘、一位令他魂牵梦绕的金发蓝眼睛的俄罗斯姑娘紧紧地拥抱着，那种要将他融化的异样原始的冲动，再一次不可抑制地传遍全身……

他还不知道她叫什么名字，娜佳？丽莎？玛利亚？但他深深地记住了那双深不可测的蓝眼睛。即使是在茫茫的人海中，他也一眼就能辨出来。

　　无法入睡。头顶广阔的天空，从来也没有这样的湛蓝过，不然那澄澈的月亮和遥远的星不会那么的明亮！

　　他不再想离开这座城市，无论明天的日子将会是怎样的艰难。那俄罗斯姑娘最后喊的一句话，在他千万遍的回味中，似是蓦地明白了那其中的意思——

　　她很快地就会回来！

叫卖人生

市场设在老街上，就更含了几分深长的意味。小镇虽然不算老，却也有一百年了。一百年朝云暮雨，已老了几代人，一街碎裂的石头做证。

市场伸展在坡上，是一条曲走的小街。两边的房屋，都是石头房，一层一层叠下去，就是十字大路了。

小街上流人，流去了小镇百年日月，小镇老了。小镇留在人心里的，是日子在冬来夏去酿成的滋味。

霜风落木，红叶纷飞，长长街市就笼罩在一片料峭的寒气之中了。站在街市的高处望，就是寂寥天空下不尽的远山。百年小镇之人，依旧是春来秋去的日子。大千世界泊人生百味、七情六欲，就都浓在这一春一秋的街市中。春去了，秋也去了，只留下眼前疲惫劳累的日子。把岁月卖了，把青春卖了，把好时光都放到秤上斤斤两两地卖出去。

小市场终日沸腾着，人群往来不绝。人活着，吃和穿，是一个原始且千古的话题。

小街倏忽飘起了小雨，一支支伞开始撑起，渐渐就流成一个伞的长河了。卖菜的人头上，大都多了一顶草笠，光头孩子把书包顶在头上，快穿着人丛，沿着街市慌慌地跑。

两边是排好的铁床子，也有木头的，都摆满了货物。苹果啦，鸭梨啦，水滋滋的，摆得齐整。葡萄啦，香蕉啦，一嘟噜一串，再经雨水一洗，水灵得很。远着瞅，黄的红的，青青白白，不知有多少汗珠滴在里面。新鲜饱满的瓜果，是能叫得上好价钱的，老板喊得就格外响亮，也神气。

除了两边床子上的，也有人在街市中间边走边喊。卖豆腐的推着自行车，一边走一边吆喝，桶挂在后车座一旁，走在祥和的夕阳里。有买豆腐的，便停下，揭开遮在桶上的白纱布，水嫩的豆腐一块块捞上来，冒着暖暖的热气。干豆腐一张张擩得平整。

爆苞米花的地方热闹，围一群半大孩子，一脸馋馋的样子。一个五十多岁的老头，把苞米粒放进机器里，"砰"的一声，爆出雪白的一堆，一份份装在喇叭形的纸里，叫孩子们吃得兴高采烈。有的东西压缩了，有的却需要膨胀。都为了卖。卖货人眼睛，都随着满街市的人流转。买鱼的多，卖鱼的转眼就会多起来，长长一排都是。大白铁池子，游动着黑压压的鱼，一道道乌黑的脊梁，也有翻白肚皮的。

卖肉的沿街两溜，大都是猪羊牛肉，野味儿有狍子肉，野猪肉，野鸡飞龙，有时狼肉也有。卖肉的光着膀子，粘一层碎肉渣子，持着刀。人和人不一样，有愿买肥的，有愿意要瘦的。卖的人却都一样，为了赚钱。有卖瓜子的，卖松子的，卖十三香的。十三香，把麻辣苦涩的滋味，搅在一起叫人尝，叫人吃下去细细咀嚼，体会着日子的滋味。

一人一人的天地，一家一家的日子，各人有各人的打算。本钱小，胆也小，稳稳当当，挣点小钱度日，也把日头打发到西边了。

浙江来的小姑娘，一脸甜模样，小小人，卖的东西也小。是卖塑料袋的，红的绿的白的，一百个小小一捆，一捆捆摆在床子上。一只塑料袋，几分钱的事，没人去注意哩。浙江来的小姑娘就把这塑料袋卖得很红火，全市场卖货的都是她客户。买了菜，都用这袋儿装上，拎着就极方便。满街市的流人都拎这袋子。一天到晚，五七十块净赚到手了。本小利大，卖的是满脑子的精灵。

卖茄子的和卖茄子的不一样。板床上的一堆，都是老的，一堆老茄子。板床里站着个四十多岁的汉子，卖得也无精打采，靠着床子懒洋洋的。来了买茄子的了，问了价，放下包，茄子堆里扒半天，挑出几个黑的小的,再瞅瞅,又扔回了茄子堆。老茄子不好卖,卖的人也挺不起精神。先前拔着嗓门曾经吆喝过一阵,依旧无人问津。后来,茄子堆上插了一片硬纸壳,圆珠笔歪歪扭扭地写着:"一元四斤"。到了傍晚,又变成一元五斤了。

辣椒却是越老越红,红得火样的烤眼。一日日,润了雨水,溶了风霜,日照霞裹,在一生沧桑中成熟了。小镇吃辣椒的人多,三斤两斤,吃的是口里的感觉。乏味寡淡,天寒地冻,咬几口,把厚嘴唇辣一辣麻一麻,渗出一脸汗珠子,叫生活刺激,叫太敏感的神经麻木。辣椒这东西,愈老愈辣,愈老愈值钱,成就了"老辣"一词。

街市整日都在喊叫声中浸润着,一派奇腔怪调,颇有种趣味。人少时候,闲了,有人哼着流行调:"星星点灯,照亮我的大葱……"他的大葱不好卖,一颗颗枪一样长大,垛得小山样。

这边一堆葱,对面有座放像厅。放像厅日日热闹,从早到晚,里面不停地传出打斗声,惨叫声,声嘶力竭的呼救声,还有女人浪声浪气的呻吟声,整个一座魔窟世界。这放像厅突然没声了,一片静寂。放像厅被封了,两道封条交叉着贴在紧闭的门上,门前冷落荒凉,像岁月悠悠地迁了。

夕阳里的一条街,就寂寞了些。一街的人猜测议论,渐渐就明白了。里面常放些黄色录像,男的女的,搂着抱着裸着,叫看的人也模仿起来,就出了事,老板也好几天不见了。

街市把世界缩成一个点,生活往往是要靠一个点支撑的。

余老太太卖的都是自家种的菜,家在街市上能望见的那个屯子里。六七里地的光景,一路歇几气,筐里挎点,身上背点,芹菜、辣椒、香菜、韭菜、蒜苗,也带些豆角茄子,老太太蓬乱着头发,不尽的西风里,把这条路走得很累很漫长。余老太太的东西好卖,都是新摘的,价又便宜,常常被老蹲市场的包了去,再在市场上换个地方卖高价。

工商的来了,税务的来了,还有市容卫生的,一市场就惊慌起来。有些跑到街中间叫卖的,卖馒头的了,小饼了,包子了,端着拼命地跑,抓着了踢翻了篮子。

市场有不少人，专以贩卖为生计。五冬六夏就在这街市，他们对行情熟透了，缺啥，哪个赚钱，都瞅得明白。他们能吃苦，会算计，有头脑，把东西几百、几千里运了来，钱一分分一厘厘地算，算到肉里骨头里，叫人恨得服。手指头的，心思里的，秤杆子上的……芹菜啦、蒜苗啦，晚上放在水里，饱着泡上一宿，二日捞出来捆成捆，弄到街市上，将水和菜一个价钱卖出去。吴老太太说，作孽呀，早晚要报应的。

刘二一车泡水蒜苗，第二天就遇上连阴大雨，市场上少人，都丢魂似的，一车蒜苗全成了烂泥。刘二心疼出了一场大病，人瘦成皮包骨。

生意上的事，有挣就有亏。但摊到自家头上，想开的却少。张大西瓜贩来三车西瓜，算好少说赚几千块。西瓜个大水甜，卖得上价，自是眉飞色舞，一脸兴奋。两口子一天忙下来，心开花般乐，汗都顾不上抹一把。天有不测风云，响晴的天，忽然就黑云压顶，猛一阵狂风，刮得地动树摇，闪在黑云中颤了几颤，接着就一声沉雷大雨滂沱，天地混沌成一片，人满街乱跑。大雨变小雨，一连下了几天，西瓜价大跌，买的人无几，张大西瓜脸阴沉的比天还沉。西瓜全泡水里，一摇直响，刀切下去臭水直流，整堆西瓜全娄了。女人坐地上哭成了泪人。男人狠着眼说，人不会输一辈子的！

街市上的人，都生活得很具体，具体到一根黄瓜几斤土豆一分一厘。忽然就有人吵起来，都破口大骂，甚至操起了刀子，问吃"板刀面"还是吃"馄饨"？就是几分几毛钱的事。都嚷，不是这几分钱的事！人眼，大可以容世界，小却不能揉沙子。

卖菜的自家带饭，一大瓶水放床子底下，渴了就拿上来喝口。有人喊买菜，忙放下，喉咙上下凸动着，呛满眼泪，忙着拿菜称菜。晌午买菜的人多，常常吃一口停两口。日头照着买菜卖菜的人，来来往往，忙忙碌碌，称得是人心上的分量。

二十岁的小姑娘，刚站到床子里，腼腆着，白嫩脸皮上水汪汪的大眼没一星污染，怯怯的叫卖也脆生天真。街市上的日子带齿带刃，西风尽了又是北风，人整日整年站在风里。一春又一秋，眼角就留下了风的痕迹。一年二年三年，就是小媳妇的模样了，生意做得油了。再后来，就带着一个小女孩。

　　街市也有看病的，飘一块布，上面写着"老中医"。有七十开外了，飘着白须，连眼眉都白了，生命只剩下一个冬季，极慈祥。也有算卦的，摆扑克牌的，套圈子的，还有拉胡琴的瞎子，摆棋摊的老头……小镇千家万户，都连着这街市，每人都是一部故事。小孩将长大，大人将老去，这喊的，卖的，买的，都是这街市上匆匆的过客。

　　夜里，街空人散，一痕月儿亮在空中。两排床子空荡荡罩在黑影里。东西路旁堆着，有睡在这里的。一地的瓜皮纸屑和成堆的菜叶子，有人带着影儿慢慢扫，不小心，踩了人的脚。

短　街

清凉巷是条短街，浅浅的，从东到西，一眼望到头。

清凉巷东靠通天路。通天路是全市最繁华之处，人涌车鸣，门市拥挤。有好些热闹的场所，寸土寸金的青云市场群，万人闹夜的中心广场，台阶遥叠、轿车成排的市府大楼……

短街之西，是横亘南北的大棚市场。人头攒动的，都是日子里忙碌的平民百姓。卖米面油盐鱼肉蛋菜的，卖水果糕点碟子碗筷的，年根上一溜溜铺挂的大红对联，烫金"福"字，鹤松年画……买的，卖的，吆喝着，唱着喊着……

短街虽短，却也是一条街。从前的短街，是石头街，一条街上铺的都是石头。车碾人行，过风，落雨，脚踏过去，复踏过去，一街的石头多了些凹痕、印迹和泥土，裂纹了，破碎了。覆雪的早晨，夕阳暗影的黄昏，走在街上，不免多了一分感伤或茫然。

石街的两旁，都是石头房，石墙石屋，一道墙连着几家。后墙上刷过些标语口号，经不住风雨的日子。石墙好些裂纹和碎洞，有虫子爬进爬出，但刻下的"夥山"字样尚在。

石屋一家家，一方方的小院儿，自行车摩托车，破旧家什，都堆放在院子角。一根布绳或铁丝，斜斜扯在两面杖子木板上，晾一行浆洗的衣裳被面，水水地垂着。随风干了，便飘摆起来，"叭叭"甩出些响声。院子前边闲空出一块，勾出几垄葱韭。晨早暮晚，铲铲锄锄，当作练太极拳了。上街的时候，对邻居吱一声，门就那么敞着，衣裳仍那样晾着，也不用收拾，也用不着上锁，一件不会少的。

日子像石屋荫下的沉沉影，像短巷里刮过的一阵风。

石屋里走出个红肚兜的小孩，摇摇摆摆走到街心一泡尿"哗哗"尿到街上……

拉二胡的杨瘸子

杨瘸子是清凉巷一景。

没多少风，树呢，也只远远的一棵。短街为啥叫清凉巷呢？在行人眼里，有好些的疑问。

衰老的一株怪榆，扭扭的，有两三百年了。老树粗过两搂，枯出了洞穴，乱爬着成百上千的蚂蚁。树根四面伸延着，凸出来，有人常坐在上面小憩。

杨瘸子经年累月地坐在树底上修鞋。戴一副老花镜，搭在鼻梁上，眼睛很远地隔着镜片，瞧着手里的东西，慢慢地做活。听见有人喊他，略抬起头，目光从镜子上边射出来，接过活，便把腰背挺一挺，瞅瞅来人，再把花镜扶一扶，细细翻转着鞋，里里外外瞧，按按鞋帮，敲敲鞋底，接下来，开始补修。

杨瘸子戴一个水龙布的蓝围裙，戴了许多年，褪色了，白花花的，已分辨不清是蓝是白。做活的时候，围裙连腿脚罩住。他的围裙上，永远都是扑打不尽的土。

杨瘸子的招牌，是树上挂着的一只大鞋，一米多长，霍地惊人的眼。街上行人走过这里，都要朝树下望一眼。哦，竟会有这么大的鞋！

杨大鞋，是杨瘸子的外号。

杨瘸子的家，就在大树后边，一间石头老房。街上有不少的楼了，可树后边仍旧是石屋。每日都起大早，天有时将蒙蒙亮，短街尚静寂无人，木门便"吱"的一声打开，杨瘸子打里面高一下矮一下地走出来。先搬出那只大鞋，费劲地挂到树上，再踮回去，搬出只木盒子，盛半下铁掌铁钉，还有锤子薄刀之类。这样一件件搬，再搬出一张小木凳，还要折回去，提了一把胡琴出来。人去凳上坐了，把二胡斜倚在树上，先忙乎一阵活计。昨日留下的，今日便要来取，不能失信于人。

杨瘸子的生意，做得仁义，若只是几针几线的，就不要钱了。有人扔下几毛，落在木盒子里，也就那样扔着。活忙完了，闲了，便把围裙解下来，去树底摸过胡琴，支在腿上，五根手指握住，一手持弓，"吱吱呀呀"拉起来。

树顶一团日头，杨瘸子就坐在树下拉。杨瘸子拉胡琴，能拉忘一切。

有些闲人，都远远站着瞧。杨瘸子也不理，仍半闭着眼，只管拉他的二胡，天地间已没有了一切。

杨瘸子的这一把二胡，他宝贝得不行，放呀，取呀，拧弦、提弓，摸呀碰呀，均小心翼翼。看上去，二胡已经很旧了，手指把握的地方，已略见斑白凹痕。一只苍老的手，握住一把老旧的胡琴，粗糙的手指颤在琴弦上，却颤出一种柔情。

垂暮夕阳里，老树，老人，老琴，老曲，老巷，还有这街上流也流不尽的人——日子里的一切，都不知不觉地流进杨瘸子拉着残缺不全的曲子里。

一市场的小贩，都爱听杨瘸子拉胡琴，都说老瘸子这胡琴拉得好，有功夫，惹得市群众艺术馆的一位专家特地来听。专家背着手，站在人群后面，看杨瘸子在老树下拉，未及一曲，便哂然一笑，慢步地走了。有人后来问及，说杨瘸子的胡琴拉得如何？那专家微摇摇头，说谈不上，只是玩，曲子也拉不全，大约谱也未必识哩！

杨瘸子不识谱，只是凭着感觉摸。能唱出来的，就能拉出来，拉不太准，是那个调调，摸不准的高音，就用低音过渡过去，错点是常事。杨瘸子能拉好些歌，大都是从前的，像二泉映月啦，颤音呀，滑腔呀，三把也串得下。拉二泉映月，听着，心里有些酸。杨瘸子拉得最好的，是京剧，不用京胡，就用这二胡拉。空城计呵，草船借箭，十几个段子，叫一众京剧票友服气。

杨瘸子的胡琴，是拉着玩的，不当饭。杨瘸子说，凡拉胡琴的，不外有两种：一种是舞台上拉的，当饭吃的。就靠这两根弦来填饱肚子呵，虽然拉得好，却是拉给人家听的。拉得好的，给你几个巴掌。人家买了票，花了钱，你拉不好，要撅你的家什！

杨瘸子的胡琴，是拉给自己听的。

拉琴不当营生，有人来掌鞋，杨瘸子便把二胡靠到那棵百年老树上。胡琴跟老树一样的沧桑。老人打来人手中接过活，推推花镜，仔仔细细打量一阵，然后扎眼儿缝线，打掌穿钉。动作呵，眼神呵，都不济了。

人呵，毕竟是有些老了！

杨瘸子做活慢，却极是认真仔细，一针一线，从不糊弄。找他修鞋的，大都是回头客，老主顾了。也有的爱听他拉胡琴，隔些时间，就拎着双旧鞋来，或是就脚上的，脱下来，补缝几针，或打个掌，再坐一会，听一段曲子。

二胡是杨瘸子的一个支点。闲了，就在二胡里醉着，何以解忧，唯有胡琴。有时就想，就这么两根弦的东西，却把一个世界的声音，都能拉得出来。人为啥要拉胡琴呢？这辈子，鞋要掌，胡琴也得拉。

就取过二胡，再吱嘎一曲。

杨瘸子胡琴一响，总有三五个孩子围着听，也有巷里的闲人，或过路的行客。杨瘸子拉二胡，常常是闭着眼拉，有时就误了活。老街坊都说，杨瘸子若不是贪玩胡琴，一心一意好好掌鞋，也挣不少。杨瘸子听了，笑笑，胡琴依旧是拉。挣钱，糊口遮体而已。杨瘸子说，人活着，得活得有点意思。杨瘸子拉的曲，都不悲伤。秋里，叶子飘落在他的肩上，曲子仍旧是叫人欢悦。杨瘸子对秋天，对拉二胡，对这条短街的日子，另有一种理解。

杨瘸子是这条短街的名人，拉胡琴的杨瘸子，都知道。有人就产生了一个奇怪的念头，杨瘸子的那条腿，是怎样瘸的呢？杨瘸子只是笑笑。杨瘸子从没有说过。

瘸子的胡琴，浸润了一条街。

小　胖

小胖头一回上学迟到，就是听杨瘸子拉胡琴拉的。

小胖是短街最胖的孩子。一大早，小胖上学走到那，杨瘸子正在树底拉胡琴，小胖忽然萌发了一个奇怪的念头，两根头发丝状的细线，怎么能唱出声音来呢？

小胖极胖，把俩眼胖成了眯眯的两只小眼睛。个头长得矮墩墩的，是个小矮胖子。上学了，他妈给他买了个大书包，老长的带儿，挂到了腚上，涌两筒鼻涕，拖着书包上学。学校先是在附近的三小，但不是重点校，他妈望子成龙，就托人转到了一小。一小是全市试验小学，离家就远些。小胖他妈天天去送小胖去上学。到了学校，眼看着小胖进了学校大门，再转身去上班，晚上放学，再到学校门口候着。

下雨的时候，校门口一片伞。

小胖他妈在百货商店上班，三十岁吧，是个风韵犹存的少妇。顾客走到柜台前，一抬头，心里都要惊讶一下，真漂亮！小胖妈是全店最漂亮的售货员，后来就辞职，干了个体。商店里租一个床子，卖针呀、袜子呀、手绢呀，小玩意。后来就卖鞋呀，衣裳呀，再后来，就开了一座"大发"商店。经营"阿迪达斯"（假牌子）运动服、西服。再后来，就成了皮毛专卖店。来皮毛专卖店买货的，大都是俄国人，每月赚几万至十几万不等。

自打小胖妈干了个体，就不再送小胖上学了。小胖爸在一家大公司，忙得一天也见不着影，总是外出呵，又外出。小胖妈花钱雇了个出租车，早送晚接。小胖已经十三岁了，上五年级。他妈妈给他买了个"大哥大"，在同学面前，常拿出来，握在小手里，放到耳边，扬着脸肆无忌惮地喊。

小胖的床头，放着个小马蹄表，拧了弦，一大早就叮铃铃地吵。小胖听到铃声，便睁开眼，胡乱掀开被子，伸个懒腰，然后趿着拖鞋，迷迷糊糊地去卫生间。"哗哗"一阵响，又趿拉着鞋出来，去厨房弄开微波炉，下拃挂面，想一想，就再卧上两个鸡蛋。自己端到屋里，一边吃着，一边打开电视，斜着眼瞅。见下边的录像机还亮着，就打开，雪花点般的屏幕，渐渐清晰，露出俩裸着的男女，挤压着呻吟着……小胖看一会儿，就开始脸热发胀，喘气都粗起来。出租车在外边急急地叫。

放学了，小胖请几个同学去饭店。小青是必请的，小青学习好，每回做完了作业，还要再给小胖抄一份。小胖按月给小青开工资，三十元。小青家贫，他娘是个残疾，走路得拄拐，走得很慢。小青的爹在啤酒厂当工人，半年没见钱了。姐姐在上中学。小青把钱月月攒着，用作姐姐和自己的学费书本钱。有回被同学告了状，老师气冲冲地把小胖叫到教务室，小胖晃着脑袋，说他是在扶贫学雷锋，一屋老师都弄得哭笑不得。

吃完饭，小胖喝得小脸彤红，喊老板买单。看了钱数，就在菜单上圈一个圈，再歪歪斜斜写上"小胖"俩字。这一带饭店，都知道小胖妈是个富婆，开着一座商店，吃多少，都有钱给。饭店老板常拿些饭条去"大发"商店找女老板，老板娘认得宝贝儿子那歪歪扭扭的两个字，便照单付钱。目送饭店老板走了，小胖妈苦笑笑，一脸的无奈。

小胖妈生意很忙，有很多额外的应酬。常要到半夜才回家，再起大早。有时就不回去了。

小胖妈要去上海，先给厂家挂了电话，看一批皮货。刚打完，手机又响起来，是派出所打来的。

小胖妈去派出所交了罚款，五千块钱吧！把小胖领了回来，小胖哭咧咧的。

走在有风的清凉巷里，一街的眼光都异样。只杨瘸子依旧眼也不睁地拉着他那把老胡琴。短街的人议论说，才十三岁的孩子，就开始嫖娼，到多大是头呢？

一场暴雨，落一街的青黄叶子。

小胖妈带着小胖去省城，送进了一条龙服务下贵族学校，学费十七万元！

小胖他妈给小胖在银行存了三万美元，是定期。想等小胖长大了，不知道够不够用。

小巷黄昏

夕阳顺着街一泼，小巷便弥漫着黄昏的味道了。

满街静静屋影。一辆黑亮的小轿车一拐，驶进了小巷，再在巷子缝隙般的胡同里一挤，不见了。

车是接送吴市长上下班的。

吴市长是本市的副市长。"副"字没人叫，都叫吴市长。吴市长生在小巷，长在小巷，地道的小巷人。小巷的老人，看着他长大的，都叫老吴家的三小子。老街坊笑着说，小时候尿样，手背往鼻子上一抹，提提裤子，两筒鼻涕又涌出来。士别三日，当刮目相看，当了市长，人模狗样了。

吴市长的姑娘出嫁了。一条短街都是小车，那叫个多，一直排到短街外面的大街上。巷子里，老邻老居的，都去贺喜，记账的那一看，吓得直吐舌头，都几千上万！有人算了，吴家嫁闺女，收礼钱百万不止。

短街的老人，大都吃过吴家小姑娘的三日喜面，后来就上学了，上大学了，分在市政府大楼里工作，领回来一个小伙子，拉着手，挽着臂亲亲热热，一块看电影，逛马路，也不避人。

结了婚，俩人也常回来，再后来就牵着一个小孩的手。再后来，就带着孩子回来住了。有人说，两个打了"八刀"。一街人都感到意外，俩人多好呵，也不缺吃愁穿，咋就离了呢？

吴市长退居二线，再后来就退休了，一头白发。走在巷子里，蓦然老了！于日出日落里，手深浅老巷中，老吴在想些什么呢？

搬个小凳门前坐坐

老头常拿着把蒲扇，拎着小板凳，冲大街一支，坐在夏日的黄昏里，看长天落日，瞧余晖没物，瞅小街过人，望暮天飞鸟……一脸的和气。不一会，一个老太太提着个马扎走出来，在小门的另一旁支上，也坐着看光景。

就这么静静地坐着，守着门，也不言语，看着行人缓缓匆匆，听老树底悠悠胡琴。有小孩子的日子，永远是快乐的，围着电线杆跑，顺着屋檐下追，把短街闹得虎虎生气。

石屋寂寂罩下一行阴凉，把老人悄悄埋在里面。

石屋颓衰了，风雪里，侵蚀着混沌着。寿限了，就扒掉了。石屋变成了高楼，短街被高楼挤成了极瘦的一痕。

高楼的日子，门前只剩下老太太一个人。老伴忽然就去了，七十岁，还不算太老呢！只剩下老太太一个人，孤零零地坐在街旁，枯寂地望着这街，儿女们来接也不走。老太太仍住在这街上，苦守着什么？

吴市长去世了。人离开了人世，眼睛却还睁着，不知道这世间，还有什么叫他牵挂的。老伴叹一声，都走了，还有啥不舍的？就把手放在已亡人的额上一抚，老吴的眼就合上了，老伴顿时放声大哭。市里好些人都来送别，送来了花圈、幛子。

好些人在清凉巷消失了，又有小孩的哭啼声响起。短街只有一百年，一百年前，短街是个什么样子呢？看看朝阳，看看落日，人们都往好处想。